某天
成為公主

WHO MADE ME A PRINCESS?

어느 날 공주가 되어버렸다

NOVEL   V   EDITION

AUTHOR. PLUTUS   ILLUST. SONNET

WHO MADE ME A PRINCESS

某天
成為公主
WHO MADE ME A PRINCESS?

CONTENTS

CONTENTS

Chapter XVII — 004
世上所有故事終將落幕

Chapter XVIIS — 014
惹人憐愛的公主殿下在哪呢？

Chapter XVIII — 020
雖然我不是美麗童話的主角

Side Story I — 048
即使十八歲，我的一天依然過分喧囂

Side Story II — 090
成為奇異國度的公主殿下

Side Story III — 284
路卡斯

WHO MADE ME A PRINCESS

Chapter XVII
世上所有故事終將落幕

這到底是什麼情況?

「爸爸?」

「不要靠近。」

我剛想邁出一步,克洛德便冷冷說道。我驚慌地停在原地,遠遠看著他們兩人。克洛德周圍環繞著魔力漩渦,地面上的草葉和樹上落下的花朵像暴雨一樣四散飛揚,迎面而來的狂風讓我的頭髮如水流般飄揚舞動。

在那之中,珍妮特獨自絕望地喃喃自語。

「不可能……」

「不可能!」

我有點茫然地看著低聲嘶吼的珍妮特。她手上戴著的戒指不見了,此刻她的眼睛正閃爍著和克洛德一模一樣的璀璨光輝。

「愚蠢的丫頭。」

不帶任何感情的冷酷聲音在我耳邊響起。與此同時,颳過臉頰的風也變得像刀鋒一樣冷不帶任何感情的冷酷聲音在我耳邊響起。與此同時,颳過臉頰的風也變得像刀鋒一樣冷冽。

「妳真的以為,這樣妳就會成為我的女兒了嗎?」

那一刻,我忍不住深吸了一口氣。那銳利得彷彿能斬斷一切的目光和聲音,無情地將眼前

的人吞噬。珍妮特彷彿被鋒利的刀刃刺穿，大口喘著氣。我似乎終於理解了眼前的情況，腦中卻倏地一片空白。

在此之前，我當然也曾想像過這種場景。可當一切真的發生，我卻彷彿局外人般根本無法輕易介入。只見克洛德舉起手，我還以為他要殺了珍妮特，心臟一陣劇烈狂跳──幸運的是，他使用的並非攻擊魔法。

「哎呀，突然是怎麼了⋯⋯！」

克洛德手一揮，有個人立刻從天而降。

「呃，陛下！太嚇人了，大半夜突然使用召喚魔法⋯⋯」

原來是塔主爺爺啊。但那件畫有小雞圖案的睡衣是怎麼回事？他甚至還抱著一隻白羊玩偶，看來應該是剛睡著就被克洛德叫醒了。話說回來，自上次得到我的頭髮，他就一直關在研究室裡鑽研，看來終於成功了。我邊思考著，注意到了塔主爺爺手背上刻著的小魔法陣正閃爍著光芒。

「啊，不是。如果有急事，即使是半夜臣也應當回應陛下的召喚⋯⋯」

塔主爺爺穿著不合時宜的衣服出現後，先是對著克洛德一陣抱怨，但他很快就察覺氣氛有異，立刻改變了說法。

「伊萬尼塞爾。」

「是的，陛下。」

啊，那是塔主爺爺的名字嗎？我還是第一次知道呢。在黑塔裡，大家開口閉口都叫他「塔主」。

「哇，名字意外正常耶。」

路卡斯貌似也是第一次聽到塔主爺爺的名字,在一旁小聲嘟囔。不對,等一下?我突然反應過來,轉頭看向身旁。對啊,我們是一起瞬間移動過來的吧?一過來就遇到了這麼緊張的情況,我竟然忘了路卡斯的存在。

「說說看,那個丫頭的魔力怎麼樣。」

「怎麼突然讓臣看魔力⋯⋯」

即便如此,塔主爺爺還是跟著克洛德的視線轉過頭去,然後很快就驚訝地張大了嘴巴。

「寶、寶石眼?陛下,您什麼時候隱藏了一位這麼大的女兒⋯⋯」

「想死嗎?」

「恕臣失禮,是臣說錯話了。」

隨著懾人的魔力風暴再次湧現,塔主爺爺又一次迅速改變態度。他看著絕望至極的珍妮特,心裡似乎在琢磨著什麼。

「陛下是想讓我證明她不是您的女兒?」

塔主爺爺能夠用肉眼看到每個人特有的魔力波長,但他也說過不是總能看到的。

「但那並非臣能隨心所欲做到的。」

把一直抱著的白羊玩偶放在了草地上,塔主爺爺這才像是意識到事情的嚴重性,一臉嚴肅地看向珍妮特。

「幸運的是,臣現在看得非常清楚。不,坦白說,根本無需特別觀察。」

他銳利的眼神似乎能將面前之人徹底看透。

「圍繞在她周圍的,是沒有一絲縫隙的黑暗魔力。」

就在那一刻,珍妮特深深吸了一口氣。

「若是直系血親,固有魔力會顯現出某種關聯性,但無論如何,臣都無法看出她和陛下有任何關係。」

我看見珍妮特眼中逐漸漾起淺淺的漣漪。

「不對,應該說⋯⋯」

塔主爺爺突然眉頭一挑,表情瞬間發生變化。接著,只聽他震驚地大喊。

「天哪!竟然有與亞那司塔修斯先皇如此相似的魔力?難道⋯⋯」

他似乎終於意識到珍妮特的真正身分,不禁瞪大了雙眼。

「不可能、這不可能⋯⋯!」

絕望的聲音再次響徹耳際。珍妮特好似無法接受殘酷的事實,只能不斷搖頭否認。

「妳知道妳的母親佩涅羅沛為什麼要避開眾人的目光,孤獨而悲慘地死去嗎?」

珍妮特的母親是佩涅羅沛・尤迪特。珍妮特之所以一直認為自己是克洛德的女兒,是因為她聽說她的母親過去曾是克洛德的未婚妻。

「因為她愚蠢地被權力蒙蔽雙眼,連自己成為黑魔法的祭品都不知道,就這樣生下了妳。」

「而妳竟敢自認為公主,無知地出現在朕的面前。」

珍妮特被絕望徹底淹沒的眼神,深深刺痛了我的心。她甚至無法發出任何聲音,只能一臉茫然地流著眼淚。

「還真是亂成一團啊。」

啊,真是的。

即使在如此嚴肅的情況下,路卡斯在一旁插嘴的聲音仍顯得那麼淡定。我瞥了正在嘆氣的

路卡斯一眼，再次將視線轉回前方。

「朕的女兒只有阿塔娜西亞。」

從他口中再次聽見這番話，我的心情瞬間變得非常複雜。

「朕明明已經警告過妳，妳竟然還敢出現在朕的面前。」

克洛德冷酷的聲音接連在我耳邊響起，讓我不由得睜大眼睛。他警告過珍妮特？究竟是什麼時候？不，比那更重要的是……

「妳認為朕是一無所知才一直放過妳的嗎？」克洛德彷彿早就知道珍妮特的存在似地繼續說道：「絕對不是。每當聽到妳的事，朕都不知道有多麼想殺了妳。」

珍妮特的眼淚洶湧地潰堤而出。

啊，一直以為是父親的人，實際上卻想殺了自己，她如此崩潰也不奇怪。不知為何，我突然想起了克洛德失憶的那個時候。

「之所以到現在還讓妳活著，唯一的原因就是阿塔娜西亞。而妳竟不知天高地厚，在朕面前說出那種罪無可赦的話。」

他無情斥責的聲音沒有絲毫溫度，只剩下冷冽寒意。他看著珍妮特的眼神，就像在看一隻無足輕重的蟲子般充滿蔑視。

「妳的父親到底是誰？」

從珍妮特手中滑落的戒指掉到了草地上，最終被克洛德的魔力粉碎消失。

「妳的父親早已死去，遺骸在許久之前就已化為塵土，如果真的對至親有所緬懷，就只能去墓地之中尋找了。」

珍妮特完全沉浸在不知所措的情緒之中，雙眼空洞無神，好似曾經虛幻的願景皆被徹底擊

碎。看著她被淚水浸濕的無助臉龐，我再也無法繼續旁觀下去了。

「不。」

就在那一刻，克洛德的嘴角勾起了諷刺的笑容。接著從他口中吐露的話語，讓我頓時焦急萬分。

「妳也可以直接親自前去問候。」

他伸出手的瞬間，我幾乎是同時撕心裂肺地呼喚了他。

「爸爸！」

「轟隆——！」

抵擋住克洛德攻擊的並非我的魔力。宴會廳內似乎也感受到了魔力碰撞的劇烈波動，一時之間傳來了一片嘩然。

「公主殿下！」

菲力斯不知何時擋在了我面前，一個看不見的防護罩瞬間將我和路卡斯包裹。我注視著眼前飄散的魔力殘骸，金色和黑色混合的魔力碎片像玻璃般，在空中碎裂四散。

「天啊，這是魔力暴走的前兆！」

在防護罩中的塔主爺爺站在風中大喊。如他所言，珍妮特周圍正在形成肉眼可見的黑色魔力風暴。但怎麼會魔力暴走？珍妮特本身並沒有那麼強大的魔力，為何會突然這樣？

「真麻煩。」

克洛德冷漠地嘆了口氣，再次伸出手。

「在暴走前殺了她不就行了。」

聽到這句話，我驚慌地望向克洛德。殺了珍妮特？不，不可以這麼做！

「爸爸！也有辦法暫時封鎖魔力啊！」

為了未雨綢繆，我一直有向路卡斯學習魔力暴走的相關知識。魔力一旦暴走，就再無挽回的餘地；但如果在徹底失控之前，尚有應急措施。

「為何要冒那種風險？殺了她才能避免節外生枝。」

強行干預他人的魔力會對施法者造成一定的負擔，克洛德對我的提議很是不解。但對於此事，在場的人之中，有個人能像喝水一樣輕鬆地手到擒來。

「路卡斯！」

路卡斯，你表現的時候到了！既然他願意浪費精力帶我來這裡，一定有他的用意！

「快點把珍妮特的魔力束縛起來！」

「去吧，路卡斯！今天就靠你了！聽到我的話，一旁像在看熱鬧的路卡斯嘴角微微上揚。

「哇，居然毫不客氣地指使我封印魔力。」

「對你來說不是小事一樁嘛！」

畢竟他是宇宙第一天才美少年魔法師路卡斯大人！時間緊迫，沒有太多時間思考了！幸好路卡斯沒有辜負我的期待。

「沒辦法，既然是公主殿下的請求──」

下一刻，他向前伸出手。

轟隆！嘩啦啦──！

從路卡斯身上傾瀉的潔白光輝開始包裹住狂亂的黑暗魔力。四周的花朵和草葉再次四散飄蕩。

嘩啦啦──

暴風般狂亂的魔力波動瞬間平息，露出了躺倒其中的珍妮特。在場的所有人都用驚愕的眼神看著路卡斯，出乎眾人的意料，他幾乎毫不費力就抑制了即將爆發的魔力。

「好了，現在可以帶走奇美拉了。」

在閃爍的魔力碎片中，路卡斯獨自展現出壓倒性的存在。即使是我命令他封印魔力，也不由自主愣愣地看著他。換作以前，我可能無法直觀地感受到，但作為正在學習魔法的人，現在才真切地認知到他展現的實力有多麼驚人。

克洛德謎起眼睛注視著路卡斯。從之前的對話中，他應該已經知道眼前的人是真正的黑塔魔法師。

「不好意思，請問您是……？」

不過，菲力斯顯然並沒有認出成年版的路卡斯。就連我剛才叫了他「路卡斯」，他也沒有聯想起來，看來他似乎被路卡斯剛才展現的強大魔力嚇到了。

「這怎麼可能，那股魔力……」

塔主爺爺張大嘴巴，似乎意識到了什麼，結結巴巴地說道。他指著路卡斯大喊出聲。

「難、難道你是路卡斯……！」

「唉，說來話長……能用肉眼看見魔力波動的塔主爺爺，似乎也意識到了路卡斯的真實身分。」

「不可能，這一定是作夢！這、這個怪物！」

他像是無法接受現實般頻頻否認。

「什麼？是魔法師路卡斯大人嗎？天啊，怎麼可能一夜之間成長這麼多！」

這時，菲力斯終於認出了路卡斯，同時驚訝地瞪大了眼睛。

路卡斯似乎不太在意他們的反應，大步向我走來。看到他走到眼前，我不由自主地後退一步。

然而，這傢伙竟咧嘴一笑，將頭湊了過來。

「我做得還不錯吧？」

「嗯、嗯嗯。」

「考慮到可能不喜歡宴會上的人出來圍觀，我還順便封鎖了宴會廳。」

哇，居然主動提供額外服務？我呆呆地按照路卡斯的期望回應了他。

「做得好。」

「那就再多讚美我一點。」

哎呀，我們路卡斯做得真好！怎麼連魔力封印都做得這麼好！是、是要我說出這樣的話嗎？我呆呆地看著路卡斯的笑臉，不知不覺伸出手輕輕撫摸他的頭。但我立刻就後悔了，擔心他會因為被當成小狗而發脾氣。

「菲力斯，去把亞勒腓公爵帶到會客室來。」

「是的，陛下。」

克洛德看著我們，臉上露出不太高興的表情，隨即對菲力斯下達命令。但當他轉過頭，又立刻開口說道。

「不，不必那麼做了。」

我跟著克洛德轉過頭，映入眼簾的，是亞勒腓公爵蒼白如紙的臉色。

「把那個丫頭關進地牢。亞勒腓公爵，立刻跟朕過來。」

難道路卡斯是只讓需要的人可以出來？無論如何，不需要親自去找亞勒腓公爵的菲力斯接

到了其他命令,但很快就有人接替了他的角色。

「讓我來吧。」

伊傑契爾突然走近,抱起了倒在地上的珍妮特。我們的目光短暫地交會,但他率先移開了視線。光芒從喧鬧的宴會廳中透出,淺淺點亮了昏暗的夜空,風暴過後的夜空被淡淡的花草香包裹。這個如夢似幻的夜晚,也是所有人不眠之夜的開始。

Chapter XVII
惹人憐愛的公主殿下在哪呢

宛如永遠不會到來的早晨還是來臨了。

今天是使節團返回亞勒蘭大的日子，皇宮內充滿了忙碌的氛圍。昨日在宴會廳外發生的騷動，據說是黑塔做研究時魔力外洩所致。一陣奇特的波動過後，周圍很快恢復了平靜，彷彿什麼都沒有發生一樣。人們繼續享受宴會，直至愉快的時光結束。

叩叩。

房間外傳來敲門聲，在昏暗角落蜷縮著的少女微微一愣。敲門聲又響了幾次，但她既沒有回應也沒有動作。

喀啦。

這時，門被悄悄推開了。從外面透進來的光線照射到坐在床上並將臉埋進膝蓋的人身上。

「珍妮特。」

那道輕聲呢喃顯然是來自阿塔娜西亞公主殿下。昨日她因不忍心按照克洛德的命令將珍妮特關進地牢，便將她帶到了綠寶石宮。對於這份好意，珍妮特本應感激，但此刻她並不想見到她。

「您是來嘲笑我的嗎？」

黑暗中，珍妮特低落的聲音流淌而出。可能是昨天哭得太過撕心裂肺，抑或是在皇帝克洛德面前放聲嘶吼，她喉嚨發出的聲音極為沙啞。

阿塔娜西亞看著珍妮特，臉上看不出在想些什麼，過了一會兒才開口說道。

「父皇決定重新考慮對妳的處置。」

此話一出，珍妮特的肩膀輕輕地抖了一下。

「但妳不能繼續留在綠寶石宮，很快就會被送往其他地方。」

阿塔娜西亞徹夜未眠，天亮後便立刻去找克洛德。當她說出自己將珍妮特留在綠寶石宮時，父皇顯然非常不悅。

「即便如此，妳也不會被送去地牢之類的地方，所以不用擔心……」

原本平靜延續的聲音逐漸變小。阿塔娜西亞的瞳孔微微轉暗，她知道這樣的話對眼前的人來說，沒有絲毫安慰的作用。

「這應該是公主殿下的請求吧。」

終於，珍妮特抬起頭。這是阿塔娜西亞今天第一次看到珍妮特的表情，那張憔悴的面容上流露出的冷嘲，讓她不禁一陣沉默。

「是的，是我請求的。」

「為什麼呢？」

「公主殿下早就都知道了，對吧？」

彷彿在質問昨晚發生的一切，珍妮特臉上的表情看起來非常凌亂。

兩雙寶石般的眼睛在空中相遇。珍妮特昨晚也同樣未能入眠。在孤立無援的房間內，她屢次感受到自己好像身陷某種可怕的地獄之中。當她抬起頭與阿塔娜西亞對視的瞬間，昨夜那在她心中生根發芽的懷疑，竟殘忍地化為了現實。

「即使知道一切，您還是……」

那種感覺就像是有熾熱的岩漿在肚子裡翻騰一樣，讓人無法忍受。

「您還是欺騙了我。」

她知道自己的指責是不合理的。即使阿塔娜西亞知道真相卻選擇保持沉默，那也不會是出於欺騙她的意圖。不，或許正好相反。如果她真的是克洛德的親生女兒，為什麼要一直隱藏自己的身分呢？是她的母親生前得罪了克洛德，因此被退婚再也無法踏足皇宮？究竟是什麼樣的罪行，竟連她這個女兒都被迫遭到忽視？

事實上，她也曾經懷疑過。

珍妮特已故的姨母羅札雅伯爵夫人將她託付給亞勒腓公爵，並每年都會前來探望她一次。但不知從何時開始，每當她看到珍妮特，都無法掩藏心中的不安。而她也曾偷聽過羅札莉雅伯爵夫人和亞勒腓公爵之間的對話。

「現在才提起先皇亞那司塔修斯？妳是什麼意思？」

「但除了佩涅羅沛的日記和信件外，沒有明確的證據，所以只要能得到陛下的歡心⋯⋯」

「換句話說，沒有陛下的歡心，就意味著沒有任何好處，只是個危險人物⋯⋯」

珍妮特覺得有些不對勁，但又隱約覺得深入思考會將一切導向某個不可逆轉的可怕結局。

「我該怎麼辦呢⋯⋯」

昨晚，珍妮特終於知道了長久以來被隱瞞的真相。

「我以為他是我的父親，實際上卻是殺死了父親的凶手。」

「在克洛德的和平統治下，所有歐貝利亞的孩子都會學習到，之前的帝國曾經沉浸在何等可怕的暴政之中。先皇亞那司塔修斯總是被描繪成惡魔般的存在。」

「我以為您是我的妹妹⋯⋯」

然而，珍妮特是由先皇的黑魔法所生，眼前這個女孩與她並無血緣關係。

「而您……是殺害我父親的人的女兒。」

她竟然敢奢望不該奢望的東西，夢想不該夢想的事。

「沒有任何東西是我擁有的……」

深深的期盼卻帶來了無盡的絕望。

「為什麼沒有人告訴我呢？」

珍妮特不知道該怨恨誰，只想無理取鬧地發脾氣，對所有人大聲質問。然而，她依舊沒有採取任何行動。

「為什麼沒有人來結束這一切呢？」

此時此刻，珍妮特終於能理解伊傑契爾昨天所說的話。也許他也覺得難以接受，想以自己的方式結束這一切。但在她的想像中，結局不應該如此。

「我感到……每一天都像活在地獄般疲憊至極……」

她曾相信只要睜開眼睛，噩夢就會結束。她不知道自己哪裡做錯了。難道她的出生就是個錯誤嗎？還是因為她作了虛妄的夢？她現在又該去哪裡？又或是她過於無知？這些真的是必須讓她墜入如此絕望的深淵的重大罪過嗎？即使命運得以延續，她是否還要繼續這種行屍走肉般的生活？

「您說過能實現願望……」

帶著哭腔的聲音在黑暗的房間裡傳開。

──這個送妳。

──據說只要戴在手上，就能實現願望喔。

也許阿塔娜西亞並不記得了，但珍妮特仍然清楚記得兩人一起觀賞的煙火，對她而言，那就像昨天發生的事。這幾年來，她如同珍寶般保存著阿塔娜西亞在節日那天送她的手鍊，手腕上的手鍊怎麼可能真的有魔法，但她卻愚蠢地相信著。阿塔娜西亞似乎想對不斷啜泣的珍妮特說些什麼，但面對這樣的她，阿塔娜西亞最終只能保持沉默，悄然離開了房間。

❖❖❖

一走出綠寶石宮，耀眼的陽光立刻在臉上灑落。從太陽的位置來看，似乎已經過了正午。

珍妮特昨夜不是作為罪人，而是作為阿塔娜西亞公主的客人留在了綠寶石宮。現在她身旁只有阿塔娜西亞公主的護衛騎士菲力斯·羅培因陪著，沒有任何人監視或束縛她。她臉上覆蓋的面紗可能也是出於公主殿下的體貼。換作是昨晚怒火中燒的皇帝克洛德，可能天一亮就會立刻下達判處死刑的命令。

珍妮特走出了綠寶石宮。身旁的紅血騎士告訴她將要前往的地方，但她只是一笑置之。她似乎已經放棄了，未來將去往何處對她來說已不再重要。然而，過了一會兒，珍妮特的腳步卻因眼前的某人而停了下來。站在阿塔娜西亞身旁的人是伊傑契爾。儘管不知道他們在談論什麼，但兩人的表情都不是很好。難道是來關心自己的嗎？珍妮特遠遠地看著他們，突然萌生了一個充滿惡意的想法。

如果一切能立刻消失了就好了。反正終究無法成為自己的，不如都消失吧。之前伊傑契爾的手臂受傷時，她也曾有過類似的念頭。那時的她並不想參加舞會，不想親眼看見公主殿下和伊傑契爾相遇。

但與此同時，珍妮特也厭惡著這樣的自己。那無法自控的卑劣情緒，讓她只能怨恨著她所愛之人，期望他們陷入不幸。這讓她感到害怕，她最初的願望只是希望能堂堂正正地站在他們身邊……對，也許我消失在這個世界上會更好。

剎那之間，珍妮特手腕上的手鍊應聲斷裂，隨著昨晚路卡斯設下的魔法禁制被意外解開，她體內的魔力如洪水般湧了出來。

隔著面紗，珍妮特看到伊傑契爾匆忙跑來的身影。

「珍妮特！」

這是珍妮特第一次見到他如此迫切地奔向自己。對現在的她來說，這就已經足夠了。

啊……幸好他沒有看到她這副悲慘的模樣。

眼前的面紗隨風揚起，她眼中的淚水也一顆顆飄散在空中。珍妮特內心渴求著能讓自己從這個世界上徹底消失，狂暴洶湧的魔力並未像昨夜那樣爆發出強大的力量。儘管伊傑契爾用盡全力向前奔跑，但他們之間的距離實在太過遙遠，他根本無法觸及對方。珍妮特用泛著淚光的視線，定定凝視著她所愛的人。

轟隆——！

就在她閉上眼睛的那一刻，一股溫暖的氣息倏然包裹住她的全身。那種感覺像春風一樣溫暖柔和，彷彿是她未曾擁有過的、母親的懷抱。在這讓人難以置信的平靜中，珍妮特的意識漸漸脫離了束縛。

Chapter XVIII 雖然我不是美麗童話的主角

轟隆——！

感受到珍妮特身上的危險氣息，我體內的魔力立刻傾瀉而出。如同昨晚路卡斯所做的那樣，我手中的魔力頑強地纏繞著黑色風暴。當然，比起路卡斯，我多花了一些時間。不枉我昨夜不眠不休地跟路卡斯補課。感受到珍妮特的魔力完全消散，我終於鬆了口氣。啊，成功了。不枉我昨夜不眠不休地跟路卡斯補課。

路卡斯囑咐過我，如果他暫時離開時珍妮特的魔力再次暴走，就要對其進行封印。在魔力即將爆發前將其束縛只是權宜之計，稍有疏漏就容易發生危險。還好我是個優秀的學生，努力像海綿一樣將路卡斯的教導牢記於心。或許正因如此，即便是短期速成，結果還是相當不錯。

「珍妮特！」

伊傑契爾跑向倒下的珍妮特，檢查她的情況。看到他臉上放心的表情，我也不由自主鬆了口氣。伊傑契爾是經克洛德允許前來探望珍妮特的，突然目睹魔力暴走當然會感到驚慌。如果克洛德知道這件事肯定會大發雷霆，但我不希望讓珍妮特受到更多傷害了。

咳，束縛魔力這種事並沒有像克洛德擔心的那樣困難，路卡斯也說我完全可以應對。看來比起幾年前，我也變得更強了。

「這是怎麼回事？」

啊，剛才的騷動是不是有點太大聲了？伴隨著巨大聲響，附近的人們開始往我們的方向跑

020

來，其中不乏還沒離開皇宮的亞勒蘭大使節團，以及感受到突如其來的魔力波動而驚慌失措的塔之魔法師們。

我噴了一聲，揮了揮手臂將伊傑契爾和珍妮特轉移到其他地方。接著，我留在原地清理了珍妮特遺留的黑色魔力。即使不像塔主爺爺那樣敏銳，一般人也能用肉眼觀察到強大的魔力殘留。匆匆趕來的人們全都圍在我附近，呆呆地看著在空中閃爍、緩緩降落的魔力碎片。

「啊，真美……」
「天哪，這裡是天堂嗎？」
「精靈大人……」

咳咳……

閃閃發光的魔力碎片看起來美麗，真相卻並不怎麼美好。而且最後那個呼喚精靈的聲音，肯定是卡貝爾‧恩斯特！

「哇，公主殿下，這到底是怎麼回事？」

首先恢復神智的是塔之魔法師們。

「很抱歉驚擾到大家了。剛才出了點小意外，現在已經解決了……」

轟隆——！

說時遲那時快，我話都還沒說完，重新平靜下來的天空倏然傳來一聲巨響。起初以為是隕石墜落，但當飛揚的塵土終於平息，一個像抹布一樣的身影便顯現了出來。

「那、那是黑塔魔法師嗎？」

哇！我看向躺在地上像抹布一樣的人。一開始還以為是屍體，但那確實是我曾經見過的冒

牌黑塔魔法師卡拉克斯。路卡斯終於回來了！但他為什麼這麼粗暴地把卡拉克斯拖過來啊？

「黑塔魔法師？」

「什麼！」

「什麼？」

亞勒蘭大使節團一聽到黑塔魔法師現身，立刻產生了濃厚的興趣。他們剛來到歐貝利亞時也對黑塔魔法師表達了好奇，所以看到眼前的人自然會大驚小怪。

「啊，不是。但他為什麼遍體鱗傷地出現……」

「煩死了，幹嘛老是這麼囉嗦？」

「囉嗦……嗯？」

突然從上方傳來的聲音讓大家疑惑地抬起頭。沒等太久，就有人輕盈落地。緊接著，躺在地上半死不活的人立刻被無情踢飛。

砰！

「在我願意好好說話的時候就應該乖乖聽話，不是嗎？嗯？」

「嗚哇！」

砰！

「我最近是收斂了脾氣沒錯，但不代表我會對所有人都這麼寬容。」

「呃，等等，路卡……」

砰！

「更何況你這傢伙還犯下了不少惹人厭的罪行。我用同情的目光看著那位快要死去的綠髮男子

冒牌的黑塔魔法師被路卡斯痛揍了一頓。

雖然有點可憐……但知道是他讓珍妮特的魔力變得如此危險，同情心馬上就被澆滅了。聽到我的話，路卡斯終於停止了對卡拉克斯的毆打。

「路卡斯，先住手吧。」

嗯，畢竟他還有點用處。

「他是路卡斯？」

「路卡斯？」

「路卡斯？」

啊，看來塔之魔法師們沒有認出路卡斯。畢竟一夜之間突然變成大人，他們認不出來也是可以理解的。

「路卡斯，你這小子！怎麼能對黑塔魔法師大人如此無禮！」

在一旁看戲的魔法師們終於坐不住了，急忙大叫起來。他們崇拜的黑塔魔法師被路卡斯這樣踩在腳下，自然讓他們難以接受。

「你們的腦袋是裝飾用的嗎？」

「什、什麼？」

「如果他是黑塔魔法師，怎麼可能被我揍得滿地找牙？」

路卡斯平淡的話語，讓塔之魔法師們瞪大了雙眼，輪流看著路卡斯和他腳下半死不活的人。

「大家先冷靜一下。」

「塔主大人！」

這時，塔主爺爺出現了。啊，看來克洛德和小白叔叔的談話結束了。一想起早上差點死去的小白叔叔，我心裡不由得嘆了口氣。

「我們會帶走這個人並妥善處置。」

從塔主爺爺現在用的禮貌敬語來看,他應該也知道了路卡斯的真實身分。

「給黑塔魔法師大人帶來麻煩,我們深感抱歉。」

哇……就在這時,周圍的人們都驚訝地倒抽了一口氣。

「黑、黑、黑塔魔法師?」

「是對、對誰說的……?」

「難道是……?」

特別是那些一直與路卡斯共事的塔之魔法師們,就像當機一般結結巴巴,露出了難以置信的驚恐表情。

「塔、塔主大人,您是不是老糊塗了?這到底是什麼鬼話?那個傢伙突然變老我們還能勉強理解,但不管怎麼說,路卡斯怎麼可能是……」

「那個傢伙?你們這些笨蛋!不知道怎麼好好說話嗎?」

塔主爺爺流著冷汗大聲斥責,但對於陷入恐慌的幾位塔之魔法師來說,壓根無法聽進半點聲音。

「對啊!太荒謬了!」

「路卡斯怎麼可能是黑塔魔法師呢!」

面對眼前的情況,路卡斯似乎覺得非常有趣,露出了一絲狡黠的笑容。

「那怎麼辦?你們不信就算了?」

「啊,等等!看他那個表情,好像要做什麼壞事!」

「或許我應該給你們看看這個?」

我的預感是對的。

轟隆隆！

突然間，原本陽光普照的天空瞬間烏雲密布，四周變得異常昏暗，閃電和雷聲在四處轟鳴。

「隕石……？」

所有人都驚呆了，只能目瞪口呆地看著眼前發生的一切。但說這是隕石又有些奇怪，因為根本沒有看到任何像是石頭的物體。黑暗的天空隨著閃電出現，開始形成恐怖的漩渦，同樣感受到不祥之氣的鳥群開始成群結隊地在空中盤旋。

轟隆隆——！

天空彷彿要裂開一般，塔之魔法師們紛紛慌亂地驚呼。

「不會吧，這難道是……」

「喔，神啊……」

眾人一個接一個癱坐在地。對於眼前壓倒性的景象，他們感到無比震驚。使節團固然如此，但魔法師們的驚慌似乎更甚。特別是那些意識到眼前發生的現象究竟為何的人，幾乎被恐懼和敬畏壓得全身發抖。

「天哪，這是『神罰』……！」

神罰。我也只在古籍中見過的終極魔法。那是一種極其荒謬的魔法，一旦施放，便足以重新創造天地。如果說隕石魔法曾將彼時的歐貝利亞變成廢墟，那麼神罰則是可以將整座大陸徹底化為塵埃的災難性魔法。當然，我對於眼前這令人心悸的景象也分外不安，但看到路卡斯獨自威風凜凜站著的模樣，內心的恐懼頓時煙消雲散。

這傢伙，居然還有閒心給我投來一個「我很帥吧」的目光！

「路卡斯，住手吧。」

黑塔魔法師已經充分展示了他的威風，該收手了吧！果然，我話音剛落，路卡斯便輕鬆收回了神罰。不但能夠即刻發動這麼巨大的魔法，還能將已經開始施放的魔法快速收回，他果真是個怪物。

「天哪，這太瘋了⋯⋯這一定是夢⋯⋯」

「喔，神啊，這是怎麼回事⋯⋯」

然而，人們依舊呆若木雞。

路卡斯對他們不屑一顧地冷哼一聲。

「這點小事就嚇成這樣。」

「小事？神罰怎麼會是小事？這可是能將整座大陸摧毀的究極魔法啊！」

「喂，別裝死了。」

路卡斯再次一踢，那直到剛才還躺在他腳下的人突然動了一下。

「老頭子，這小子我帶走，其他你自己處理。」

路卡斯對還呆愣在原地的塔主爺爺說完，便拉著我的手瞬間移動離開了。

❖❖❖

「喂，你現在就把那個奇美拉的魔力吸收掉。」

進入室內後，路卡斯立刻開口說道。可能是突然瞬移的副作用，卡拉克斯就像被鹽水泡過

的菠菜一樣狼狽地蠕動著。啊,即使他是這次事件的幕後黑手,對待冒牌黑塔魔法師的方式也太隨便了吧……

「你說你帶來了解決方案,結果卻是一具屍體。」坐在王座上的克洛德冷冷地對我們說道。果不其然,他看起來心情很差。而我知道他心情不好是因為我的請求。

「卡拉克斯會穩定瑪格麗塔小姐的魔力。」

據路卡斯所說,將過量魔力注入珍妮特體內導致她魔力失控的人正是卡拉克斯。因此,若他將魔力收回,就能徹底消除魔力暴走的風險。

克洛德一直想處理掉珍妮特,老實說直到現在要阻止他還是困難重重。小白叔叔好幾次都在生死邊緣掙扎,一夜之間臉色變得無比慘白,幾乎快要死去。而珍妮特仍在伊傑契爾懷裡昏迷著。

這時,躺在地上奄奄一息的卡拉克斯開口了。

「咳咳……你現在是要我死嗎?」

「反正你很快就會死了。」路卡斯冷酷地回答,「在死之前,你應該清理掉你留下的爛攤子。」

等等,如果真的把珍妮特的魔力收回,這個人會死嗎?還是在說這是一件危險的事?應該是後者吧?卡拉克斯嘟囔了幾句,但可能是剛剛被路卡斯打得太慘,根本聽不清楚他到底說了些什麼。

看起來路卡斯並不打算管他的死活,所以我偷偷用了點治療魔法,讓他恢復到能夠說話的程度。

「我……」

這時,眾人才終於聽清楚他說的話。

「我以為你會喜歡。」

「這又是哪來的自信?」

「我幫你清理掉了糾纏在公主殿下身邊的害蟲們啊。」

「什、什麼?怎麼突然提到我了?還說什麼害蟲?誰?難道是珍妮特?但為什麼是「們」?仔細一想,原本這件事將會獲罪的人中應該也包括小白叔叔和伊傑契爾。難道說,因為路卡斯總是對小白叔叔的巢穴感到厭惡,所以卡拉克斯才想除掉他們?什麼瘋狂的傢伙?是有病嗎?有病是吧?」

我對著胡言亂語的卡拉克斯露出厭惡的表情。

「這傢伙真是沒救了。」

路卡斯也不屑地噴了一聲。

「路卡斯,你得慎選朋友啊。」

「誰跟他是朋友?」

聽我這麼一說,路卡斯立刻滿臉憤怒。

「喂,這可不是我們公主殿下想看到的。」路卡斯再次踢了踢卡拉克斯,說道:「老實說,不管是那隻奇美拉還是這些傢伙死不死,對我來說都無所謂。」

「等等,在別人面前說這些話也太失禮了吧?」

「公主殿下希望用和平的方式解決。你知道『和平』是什麼意思嗎?嗯?」

聽到這裡,卡拉克斯嘲諷地笑了笑,用袖子擦掉嘴角流下的血。好奇怪,他的手為什麼這

「你真的是路卡斯？」

「這世上還會有第二個像我這麼厲害的人嗎？」

「你也變無趣了，真令人失望。」

「隨便怎麼樣都好，趕快吸收完魔力然後滾吧。」

卡拉克斯緊閉嘴巴，看樣子不會那麼容易就乖乖聽話。

「你再怎麼固執也無所謂，那個丫頭的死活朕並不在乎。」

克洛德似乎對珍妮特的處境無動於衷，只聽他冷笑著說道。聽見此話，我有些憤怒地望向他。

感受到我的目光，克洛德瞬間有些動搖。隨後他面露掙扎，再次開口。

「但既然阿塔娜西亞不希望，趕緊把事情解決了吧。」

克洛德一改先前的語氣，看來是不想被我誤會。但即便是我的請求，他決定放過珍妮特這件事也著實令人驚訝。

見狀，路卡斯嘆了口氣，似乎下定了某種決心，開口說道。

「啊，我就是太善良、太心軟了。」

「我剛才聽到什麼了……？」

「你的人生真是太可憐、太讓人窒息了，因此我可以紆尊降貴實現你的願望。」

「下次再見面的話，我會裝作認識你。」

「蛤？什麼？那就是卡拉克斯的願望？不是，即使那個人真的是喜歡你才做出這種事，但這合理嗎？路卡斯到底是憑什麼這麼自信滿滿……

麼黑？

「……下次再見面會裝作認識我？」

哇，看來他的自信不是無憑無據啊。我驚訝地看著卡拉克斯的黑色瞳孔細微地顫抖著。嗯，那個人好像真的非常喜歡路卡斯。路卡斯只說是認識的人，但看來他們的關係不僅僅是那麼簡單。難道卡拉克斯看起來雖然年輕，但其實年紀很大？

「朕得忍受這種荒謬的鬧劇到什麼時候？」

克洛德對此情此景再次表現出不耐煩。

「如果已經作出結論，就趕緊處理那丫頭的事。亞勒腓公爵應將今天與朕的對話一輩子銘記在心，永不遺忘。」

克洛德冷漠地說完，似乎認為再浪費時間很愚蠢，便從座位上站了起來。此話一出，亞勒腓公爵和伊傑契爾立刻向他鞠躬。看來克洛德決定寬恕亞勒腓公爵家。說實話，光是一直隱瞞珍妮特的身分，就足以因叛國罪受到懲罰了。

幸運的是，到目前為止，小白叔叔只是偶爾出現，並沒有真正揭露他的陰謀，也沒有對我造成威脅。而且小白叔叔完全不知道珍妮特是由亞那司塔修斯先皇的黑魔法創造出來的孩子，如果他知道了，一定會立刻向克洛德稟報真相。

他表示把珍妮特視為公主並帶在身邊全都是出於對皇帝深厚的忠誠……但如果昨晚在宴會廳的人們看到了露出寶石眼的珍妮特，情況可能就會不一樣了。不過，幸運的是，知道珍妮特真實身分的人不多，要掩藏真相也變得相對容易。

讓人意外的是，亞勒腓公爵向克洛德下跪請求，希望能救珍妮特一命。也許是相處多年培養出的感情，他多次懇求克洛德，如果陛下願意放過珍妮特，他不會再讓她出現在皇帝面前，此後會遠離皇宮，安安靜靜地生活。

030

我對此感到非常意外。我原以為亞勒腓公爵隨時可能會為了自己的利益而拋棄珍妮特。無論如何，這也讓我向克洛德提出的請求變得更加容易。雖然沒聽到他們昨晚的全部對話，但我覺得小白叔叔和克洛德之間似乎進行了某種交易。

「臣對陛下的仁慈萬分感激。」

「不是朕，你應該感謝公主。」

克洛德這樣說完後就離開了。

「爸爸，謝謝您。」

我也立刻跟隨著他離開。即使亞勒腓公爵有所交換，但如果不是我開口請求，我知道克洛德也不會輕易答應。

「這次的事是我的失誤。」

克洛德說的話讓我倏然停下腳步。

「當我意識到，只有我或綠寶石宮的人們，無法完全填補妳內心的空缺……」他沒有回頭看向跟在身後的我，而是以低沉的嗓音繼續說道：「我認為妳需要一個能夠陪伴妳、讓妳不再孤獨的人。」

這個瞬間，我突然意識到，克洛德遠比我想像中更細心地關注著作為女兒的我。我小跑著來到他的身邊，終於看到了克洛德的臉。

「一開始，我讓那個年輕魔法師留在妳身邊，後來又想讓妳結交一些年紀相仿的朋友。」

所以，路卡斯和珍妮特才會留在我的身邊。一個是活了數百年的黑塔魔法師，另一個則是與克洛德有著惡緣之人的女兒。這個組合可真是太讓人意外了。從克洛德的臉色看來，他也是這麼認為的。

「自從成年舞會之後，妳就經常在我面前提起那個女孩。」

「我有嗎？我不太記得了，但如果克洛德這麼說的話⋯⋯也許在成年舞會之後，我對珍妮特的出現感到不安，偶爾會提起她來試探克洛德。

「雖然我不太喜歡，但她是妳第一次表現出興趣的孩子，所以我就任由她接近妳、待在妳的身邊。」

啊，沒想到他會因此認為我喜歡珍妮特。他似乎有些後悔，認為是自己讓事情發展到了這個地步。

「是我的愚蠢讓妳露出了這樣的表情。」

「不是那樣的。」

我毫不猶豫地否定了他的話。

「沒有人比我更了解爸爸究竟為我付出了多少。」

我抓住他的手，而克洛德只是靜靜地低頭看著我的臉。

「爸爸給予我的，都是最好、最珍貴的一切，所以請不要那麼想。因為爸爸，我一直都非常快樂幸福。」

我注視著他的眼睛，更用力地握住了他厚實的手。

「事情如今會變成這樣，絕對不是爸爸的錯。」

克洛德靜靜地站著，默默聽著我的話。我沒有躲避他那探究般注視著我的眼神。

過了一會兒，克洛德閉上眼睛，良久後才再次睜開，開口說道。

「如果留下那個女孩能不讓妳傷心，那就足夠了。」

我能從克洛德的話語中清楚感受到他的真心。我用力抱住了他。

「真的很謝謝您，爸爸。」

✦✦✦

珍妮特一直沒有醒來。

卡拉克斯聽到路卡斯說下次見面時也會裝作認識他，似乎相當滿意，甚至說會幫珍妮特處理掉她的寶石眼。嗯，聽起來好像有點恐怖……但他的意思，應該是可以切斷製造出寶石眼的魔力波動，讓她的雙眼恢復成普通人的眼睛。畢竟寶石眼是皇族特有的魔力波長而產生的現象。

卡拉克斯說他可以直接操控珍妮特的魔力，這種事情對他來說輕而易舉。但這要等到珍妮特醒來後，根據她本人的意願再決定是否進行。穩定魔力是關乎生死的事，但寶石眼的有無應由他人決定。即使珍妮特已經知道了所有真相，但她有可能不想失去與父母唯一的聯繫。

「我對公主殿下感到非常抱歉。」

因為決定讓珍妮特暫時留在皇宮，所以我最近經常見到伊傑契爾。他的臉色和遇到珍妮特第二次魔力暴走那天一樣僵硬地對我說道。

我靜靜看了他一會兒，然後搖了搖頭。

「這不是你的錯。」

「不，對公主殿下隱瞞真相並欺騙您，是不可饒恕的罪過。」

然而，伊傑契爾卻依舊向我請罪，並自稱是罪人。

「就算您對此心懷怨憤，我也絕無怨言。」

「伊傑契爾。」

但我怎麼可能責備他呢。

「我知道你對我說的話和你的所作所為始終都是真誠的。」

我沒有資格,也沒有權利這麼做。

「世上總有一些事是無可避免的,而且我並不認為你有任何欺騙或隱瞞。」

更何況,撒謊不僅僅是他一人的事。

「如果說你是騙子,那我也應當受到同樣的指責。」

在某種程度上,珍妮特會落到這種境地我也必須負起責任。我不是他們眼中的善良之人,也不是利他之人,所以此前我一直不希望由我親手結束這個故事。坦白說,如果能夠繼續維持這種危險的和平,我或許還是會繼續對一切視而不見、自欺欺人吧。

「你小時候曾說過。」

我既不能給予她想要的,也不想親手對她施加痛苦。從另一方面來說,我或許是在卑劣地利用珍妮特的不幸。知道她正被不幸吞噬,卻因自己的幸福更重要而選擇什麼也不做。珍妮特會對我有所怨恨也是理所當然。

「珍妮特才是你應該保護的孩子。」

或許三年前我推開伊傑契爾,正是因為那隱微的罪惡感,而我也隱約感覺到伊傑契爾或許與我有著相似的心情。

「去你應該去的地方吧。」

如果這是孩子們的童話,那麼每個人都能迎來美好的結局。沒有人不幸,沒有人失去,就這樣完美地迎接故事終結。

「那時候也好，現在也罷，需要慰藉的人從來都不是我。」

不再是書中主角的伊傑契爾對我露出了淡淡的笑容。

「是的，因為公主殿下是個堅強的人。」

儘管眼中帶著苦澀，他還是比上次見面時更加釋懷地對我笑著。那天晚上，珍妮特終於從長久的睡夢中醒來。第二天，她帶著像母親一樣的綠色眼睛，在燦爛的陽光下離開了皇宮。就這樣，漫長的故事終於落下帷幕。

❖❖❖

收穫節平安無事地結束後，天氣變得稍微涼爽了一些。這起事件過後，亞勒腓公爵變得非常安靜。儘管他偶爾會去皇宮謁見想起珍妮特和伊傑契爾。即使過著平凡的日子，我偶爾也會克洛德，但他不再像以前那樣糾纏我了。

我也沒有特別去詢問他們兩人的近況，即使偶爾相遇，我們也只是簡單地打個招呼就各自離開。

某天，那些偶爾會來參加茶會的名媛們搖搖頭說道。

「說起來真是奇怪。」

「那時候一見到瑪格麗塔小姐就忍不住想找她說話。」

「費歐娜小姐也是嗎？我也是呢。那時我真的很想和瑪格麗塔小姐成為朋友，甚至想邀請她一起去別墅玩。」

「賈爾埃公子也是。什麼孤獨的灰狼，對瑪格麗塔小姐簡直是情意綿綿。」

她們似乎對於自己當初對珍妮特突然產生的強烈好感感到非常疑惑。由於卡拉克斯穩定了珍妮特的魔力，從而消除了她無意識對其他人施加的影響。

「但瑪格麗塔小姐確實是個很好的人。」

「是啊，說實話，一開始我還以為她去哪裡療養就好了，這樣我們還能去探望她。」

珍妮特對外宣稱因健康問題前去療養。因為她本就體弱而少有外出，這件事從她首次亮相就已經為人所知，所以沒有人覺得奇怪。

「我偶爾會有點想念她呢。」

一位名媛低聲說道，其他人也表示贊同。而我心裡也有同樣的想法。

大約過了一個月，我收到了一封信。那是伊傑契爾寄來的，裡面簡短寫著他們的近況。知道他們過得還不錯，我真的非常高興。我希望伊傑契爾和珍妮特都能獲得真正的幸福。

「諾克斯大人，該吃飯了。」

「汪！」

諾克斯似乎聽懂了「吃飯」的意思，搖著黑色的尾巴朝漢娜跑去。唉，牠這種時候真的就像克洛德或路卡斯說的，完全是條真正的小狗吧？漢娜幾乎是全職照顧諾克斯，雖然她沒有明說，但我猜她也很想念小黑。

「但是，漢娜，妳是不是給得太多了？」

「什麼話呀，瑟絲！諾克斯大人還在成長，應該多吃點才對！」

嗯嗯，但我看諾克斯的肚子最近好像真的大了些。過度飲食對健康也不好，以後可能要注意。

「我要去黑塔一趟。」
「啊，路上小心！」
「路上小心，公主殿下。」

像往常一樣，漢娜和瑟絲的小聲爭吵讓一切看起來都很和平。我留下她們，走出了綠寶石宮。

❖❖❖

「路、路、路卡斯大人。您坐得舒服嗎？您也知道，塔裡相當簡陋⋯⋯」
「所以我早就說過了，應該早點換掉這種爛椅子。」
「對、對不起⋯⋯愚蠢的我沒能理解偉大的黑塔魔法師富有深意的建議！」
「怎麼可能不知道？應該一看就能感覺到才對吧。」
「路、路卡斯大人！那個，今天的天氣是不是有點熱？不知為何我一直流冷汗⋯⋯」
「因為你老了。」
「我突然感到一陣煩躁！」
「按年齡來說，黑塔魔法師您⋯⋯」
「我的外表看起來很年輕，沒問題。」
「又是一陣煩躁！」

剛才的和平一去不復返，我懷著一絲哀愁看著眼前的場景。這些魔法師們怎麼那麼專心地關注路卡斯，連我來了都沒發現？

「你怎麼又在欺負他們？」

「啊，公主殿下！」

我一開口，他們立刻將視線轉向我，並露出高興的神色。啊，但他們怎麼高興得眼淚都快掉下來了？啊啊，路卡斯你對他們做了什麼！看著魔法師們不知所措的樣子，與洋洋得意獨自坐在那裡的路卡斯形成鮮明對比，我不禁翻了個白眼。

「我什麼時候欺負過他們了」

「你最近每天都來，就是為了這個吧」

你什麼時候這麼勤快地造訪黑塔了！都是因為魔法師們的反應太有趣了，對吧？但路卡斯顯然毫無反省之意，只是轉頭看向周圍的人。

「你們對她這麼說的嗎？說我在欺負你們？」

「啊，不是的！」

「當然不是！」

面對他的魔法師們臉色立刻變得蒼白，他們像約好似地紛紛搖頭否認。啊，不是吧，路卡斯到底是露出什麼表情讓他們變成這樣？從我這邊看不到他的臉，但看魔法師們如此劇烈地搖著頭，不看也大概能猜到。

隨即，路卡斯轉頭朝我看了過來。

「都是在增進感情，看，我們多親近啊。」

雖然他的笑容天真無邪，但我才不會上當！

然而，當路卡斯再次側過頭，魔法師們立刻熱烈地回應了他的話。

「是的！」

038

「公主殿下一直誤解我們的關係。是不是要展現一下我們和諧學習魔法的樣子,妳才會相信?」

「我們是路卡斯大人腳下的僕……不,是珍貴的同伴!」

「對!我們是和路卡斯大人同甘共苦、奉獻血汗和淚水的同伴!」

同伴卻要奉獻血汗和淚水?你們說著說著都快哭出來了啊!

然而,當路卡斯隨口這麼一說,魔法師們就像咬住誘餌的魚一樣,爭先恐後地舉手。

「啊!學習魔法?那我要當第一個!」

「不行,我先來!我有九十九萬九千九百九十九個問題想問黑塔魔法師!」

「在這段期間,我為路卡斯大人奉獻了最多的血汗和淚水!選我,您不會後悔的!」

哇,真像選舉造勢現場呢。一聽到路卡斯提起魔法就這樣熱情奔放,他們還真是貨真價實的魔法師啊。

但這也不無道理。能夠直接從真正的黑塔魔法師那學習魔法,是再多金錢也買不到的寶貴機會。嗯,雖然他平時看起來很討厭這種事,但最近路卡斯對於魔法師們的提問似乎也樂於回答。而且他每次來黑塔總是保持著年輕的外表,看來是在顧及那些還沒完全適應的魔法師們。

「誰能在最短的時間裡喊十次『路卡斯是世界上最強大的美少年天才魔法師』,我就給他第一個名額。」

「……什麼鬼!你是邪教領袖嗎?」

「哇喔!路卡斯是世界上最強大的美少年天才魔法師!」

然而,魔法師們顯然已經失去了理智,爭先恐後開始讚美路卡斯。我對這令人咋舌的場面感到無言,不久後便搖著頭離開了黑塔。

「不要和那傢伙走得太近。」

那天晚上，克洛德一臉不悅地對我說。他所指的那傢伙，不用說也知道是路卡斯。

「和那種心思陰險狡詐的傢伙保持距離比較好。」

「允許那個心思陰險狡詐的傢伙成為公主殿下的，不就是陛下您嗎？」

「菲力斯，我什麼時候讓你進來了？」

唉，菲力斯被克洛德冰冷的目光逼得不得不退出房間。啊，菲力斯，你怎麼能在爸爸面前說出真相呢！

「您不用擔心。嗯，他比想像中要……要善良一點。」

我不知不覺結巴了起來。

我不是在說謊，但為什麼一說路卡斯善良，就覺得良心不安呢？被路卡斯折磨得格外憔悴的塔主和魔法師們好像隨時會口吐白沫衝過來一樣……這感覺……

「如果那傢伙善良，這世上就沒壞人了。」

克洛德似乎聽到了天大的笑話，立刻嗤之以鼻。啊，路卡斯的性格完全被看透，我的辯解顯然已經不管用了。但其實他真的比大家想的要好啦。

「啊，不是的。路卡斯看起來不像好人，但其實很有原則，也很聽話……」

我為什麼在替他辯解呢？突然感覺到一陣不對勁，我立刻停下話頭，只見克洛德正向我投來冰冷的目光，讓我不禁一陣緊張。

「他一定對妳施了魔法。」

什麼？魔法？

「從妳開始毫無根據地為他說話，我就覺得有點不對勁了。」

聽聞此言，我一時有些恍惚，直到看到克洛德站起身，一臉嚴肅地準備離開，我才終於回過神。

「我要馬上把那個狡猾的傢伙⋯⋯」

「啊，爸爸！」

你們不會懂的，為了阻止想把路卡斯粉身碎骨的克洛德，我究竟有多麼辛苦。如果他們兩個真的打起來，誰會贏呢？即便克洛德再強，路卡斯畢竟不是普通人類所能比擬的，難道不是克洛德會處於下風嗎？當然，如果我這麼說，他一定會更生氣。這樣一想，我只能更積極委婉地阻止克洛德了。唉，我的人生啊。

❖ ❖ ❖

「公主殿下，您今天過得愉快嗎？」

啊，今天也是非常精彩的一天。

感受著梳理頭髮的溫柔手感，我暫時忍住了眼淚。有莉莉在，即便感到孤獨或悲傷，我也絕對不會哭泣的！

「莉莉是我的天使。」

「能成為公主殿下的守護天使，我感到非常榮幸。」

鏡子裡映照出莉莉微笑的臉龐，讓我的心情也變得柔軟放鬆。啊，被治癒了。

「明天一定會是更快樂的一天。」

聽到她的話,我想起了克洛德和我告別時說的話。他讓我今晚提前想好,明天如果有什麼想做的事,可以全部告訴他。回想起來,我忍不住輕笑出聲。

「公主殿下竟然已經十八歲了。」

莉莉替我整理頭髮的手稍微放緩,臉上帶著微微的感慨。

我對她揮了揮手,玩笑似地說道。

「十八歲也請多多指教。」

「我也是。」

莉莉回應了我的問候,我們故意相互提起裙襬致意,對視之後不禁咯咯地笑了起來。

不久後,莉莉整理好我的床鋪便離開了房間。但我沒有睡意,翻來覆去片刻,最終走到灑滿月光的陽臺上。

「啊,好亮。」

今夜空中掛著滿月。怪不得即使熄了燈,房間也比平時明亮。

哇,我真的已經十八歲了嗎?剛才莉莉一臉感慨,其實我也有同感。在原作《可愛的公主殿下》中,阿塔娜西亞在她十八歲生日那天被克洛德賜死。最初,我的夢想就是無論如何都要平平安安度過十八歲生日,安安穩穩地活下去。沒想到我竟然真的平安地活到了十八歲,實在有點令人不敢置信。突然間,過往的種種如過眼雲煙般掠過我的腦海。這麼一看,我的人生……真是經歷了各種各樣的事情啊。不過,因為有大家的陪伴,這十七年還是很幸福的。

「嘿,公主殿下。」

正當我沉浸在感慨中時,頭頂傳來了一個瀟灑的聲音。啊,又是你嗎?總是不給我靜靜沉

思的機會。

「不甘心變老，所以睡不著嗎？」

「雖然老了一歲，但我依然很年輕，才不會不甘心呢。」

「你當然不會懂了，這個活了好幾百年的臭魔法師，哼。」

「和妳相遇已經過去十年了呢。」

今天路卡斯似乎也想加入緬懷過去的行列，居然走到我身邊，出乎意料地說出了這麼平常的話。

「是啊，已經十年了。」

仔細一想，我和路卡斯真的黏在一起很久了啊。

「第一次見面的時候，你就超級討人厭。」

「什麼？我做了什麼？那時候我可是個超級友好又善良的魔法師啊？」

「你一點也不覺得羞愧嗎？就算你做出無辜的表情，我也不會上當的！」

「真是時光飛逝啊。」

我無視裝出冤枉表情的路卡斯，抬頭望向月亮。

「才活了十七年，說話卻像活了一輩子的老太婆一樣。」

「你不懂，我的心理年齡遠比實際年齡還要大。」

「但還是很年輕。」

聽路卡斯這麼一說，還真是沒錯。嗯，畢竟就算這是我的第二次人生，和你比起來也年輕不少。

「但和你在一起很有趣。」

因為是十七歲的最後一個晚上,我對路卡斯說出了平時不敢說的話。雖然有時候他讓我氣得要死,但在一起的時光,我從未感到無聊,總是非常快樂。路卡斯的黑髮在空中輕輕飄揚,他沒有說話,只是靜靜看著我笑了笑。不久後,比春風還要溫暖的觸感輕柔地落在了我的唇上。那雙紅色的明亮眼瞳中,倒映著我呆滯的表情。

我還沒意識到發生了什麼,就只是這樣愣愣地凝視著靠近的他。

過了一會兒,我才意識到路卡斯剛才做了什麼。

「你、你剛才……我……」

我有些不知所措,但話還沒說完,同樣的觸感便再次落了下來。

這始料未及的情況讓我只能僵持在原地,屏息凝視著他。他的表情彷彿剛才什麼都沒發生,平靜得不可思議,讓我一時間不知該作何反應。但我很快就回過神來,腦中陷入一片混亂。

路卡斯輕輕把唇移開。

「你、你這是……」

「這絕不是偶然或誤會。即使第一次勉強可以說是意外……不,那也不是能輕易忽視的問題!總之,不是一次而是兩次耶!」

「你這是什麼意思?」

我一臉困惑地詢問。剛、剛才他對我做了什麼?我被他怎麼了?但路卡斯依然保持著平靜的表情對我說道。

「啊,不好意思。妳看起來太美了。」

我頓時語塞。

「你、你見到美人都會這樣?」

終於，我勉強擠出了一句蠢話。
「什麼？當然不是。」
我的內心一團混亂，路卡斯卻覺得有趣般瞇起眼睛笑了。
「因為是妳，我才想這麼做。」
哇，我又說不出話了。現在這個情況簡直荒謬至極。剛才發生的事和我們現在的對話，全都太奇怪、太讓人困惑了。我的腦袋一片空白，忍不住開始胡言亂語。
「你……這、這樣對我，沒有經過我的允許……」
「啊，得到允許就可以了嗎？」
哎呀，才不是那個意思！
路卡斯依舊無恥，而我也一如往常，不知不覺就被這樣的他牽著鼻子走。
「我還想再來一次，可以嗎？」
我的心情倏然變得有些奇怪。月光在路卡斯的臉上灑落，將眼前這張俊帥的臉龐襯得越發明亮，讓我一時之間什麼話也說不出來。我只能嘴唇微張，抬頭看向他。答案尚未脫口而出，再次靠近的眼睛便讓我無從抗拒。
也許，我也不想拒絕吧。
當唇瓣再次相觸，我不由自主閉上了眼睛。溫暖的觸感比方才更深入了一些。這是什麼？怎麼回事？我現在跟他在做什麼？當路卡斯的手探進髮絲，觸碰到我的後頸時，我整個人幾乎無法思考，大腦一片空白。
片刻過後，如玫瑰在夜晚盛開的紅色眼眸在我面前笑著彎了彎。
「啊，妳臉紅了。」

耳邊的輕聲細語，帶著春風般的笑意。如他所說，我的臉頰如著火般炙熱。我在想要躲到窗簾後面和想再看一眼他的微笑之間猶疑不定，最終我依舊無法動彈，只能愣愣地凝視著他。遠處傳來了午夜的鐘聲。曾經，那預示著故事即將結束的十八歲生日的到來。但對現在的我來說，它卻宣告了另一個故事的開始。

——《某天成為公主05》完

Side Story 1 即使十八歲，我的一天依然過分喧囂

「什麼？!您剛才說了什麼？」

塔之魔法師們一臉驚愕，紛紛懷疑起自己的耳朵。他們完全無法理解剛才聽到的話是什麼意思。然而，將他們推入震驚之中的罪魁禍首，依然悠哉地躺在沙發上吃著零食。

「怎麼，大家都聾了嗎？這麼年輕就開始耳背，以後該怎麼辦啊？」

噴噴！面對這熟悉又惹人厭聲音，魔法師們內心深處湧起一股無名怒火。但對方是路卡斯，所以，得忍，必須忍！

「不是那樣的……我們可能聽錯了什麼，麻煩您再說一遍……」

當魔法師們低聲下氣地再次詢問，路卡斯先是噴了一聲，然後像是施捨般再次說明。

「我問女生都喜歡什麼啊。」

那瞬間，魔法師們的瞳孔劇烈震動。

「沒有聽錯！剛才聽到了吧？他說了什麼？」

「女、女生喜歡什麼，難道路卡斯大人您……」

原本圍繞著路卡斯詢問各種古老魔法的魔法師們，像是集體吃錯藥般說不出話來。雖然沒有繼續開口，但他們想問的問題簡直再明顯不過——

——您是在談戀愛嗎？

談戀愛？

談戀愛……

談戀愛……！

誰？路卡斯？活了數百年的黑塔魔法師路卡斯在談戀愛？連他們都沒談過！

「那、那、那個，您為什麼要問我們……」

「怎麼？我不能問你們嗎？」

聽到其中一位魔法師結結巴巴地提問，路卡斯一臉困惑地反問道。但很快他便意識到了什麼，發出「啊」的一聲，臉上表情隨之一變。

「啊，這麼說來，這裡的人怎麼可能知道那些事呢？是我的失誤。」

說著，路卡斯又露出一副人厭討的憐憫神情。正如路卡斯所言，塔之魔法師除了極少數人之外，幾乎都是單身。而且在那些單身的人當中，真正談過戀愛的人更是屈指可數。偶有空閒時間，也總是自願留在黑塔，埋首於魔法書籍或是研究魔法陣，這早已成為他們的日常。況且由於魔法師的特質，大多數人都既獨立又固執。

因此，這樣的他們想成為異性眼中理想的戀愛對象幾乎是不可能的。

但是！他們可不想被路卡斯這樣的人指指點點！

「我們哪裡不好了！」

「對，我們不是談不了戀愛，而是選擇不談！」

「因為！我們！已經和魔法結婚了！」

「正是這樣啊啊啊啊！」

「對對對！」說起性格不好，黑塔中還有誰能比得上路卡斯！再說年齡，年齡三位數的路卡斯都已經放棄計算自己到底幾歲了，不是嗎！

太委屈了！太難過了！我們究竟哪裡不如這個人！

聽著路卡斯說出的話，魔法師們不知為何莫名感到一陣忿忿不平。

「啊，耳朵都快聾了，你們怎麼這麼吵啊？」

……難道是因為臉？是因為臉的關係嗎！

「總之沒人知道對吧？噴噴，大家都白白活在這世上了。真是的，怎麼連一個有用的人都沒有呢？」

看來路卡斯是為了挑撥離間故意說出這種讓人無言以對的話。他完全不顧其他魔法師們正因羞愧而氣得發抖，只是搖頭嘆著「你們的人生真是沒救啊」。

「那、那麼，路卡斯大人為什麼要問我們這個？」

「對啊！連偉大的路卡斯大人都有不知道的事情啊！」

「難道說您到這個年紀還沒談過一次戀愛嗎？」

看來魔法師們和路卡斯在一起的時間，增加的似乎只有魔法技能和膽量而已。起初，在認知到「偉大的黑塔魔法師重新現世」這個事實後，他們在路卡斯面前都一副戰戰兢兢的模樣，但人類可是擅於適應的動物呢！

現在隨著時間推移，那彷彿靈魂被抽離般的恐怖「神罰」帶給眾人的記憶也逐漸模糊。而且從那之後，路卡斯就沒有再施展過如此駭人的魔法。

相反，如果他們小心翼翼地問起魔法的事，他雖然會十分輕蔑地用「唉，無知的眾生，連

那個都不知道嗎」的態度回應，但確實有認真給予答覆。儘管會折磨他們，但也沒有真正讓他們感受到生命威脅的程度。

當然，以訓練為名被折磨得體無完膚的情況還是有發生過的，嗚嗚。

無論如何，他們也是因此才能如此大膽地向路卡斯說出這般言論。

「嗯，你們這些人。」

但當路卡斯慢條斯理地眨了眨眼睛、開口的瞬間，他們腦海中響起了危險警報。

「最近我對你們、非常親切、非常溫和是吧？」

路卡斯並沒有用威脅的語氣說話，但那卻更嚇人了！魔法師們對路卡斯那平靜、甚至柔和的聲音感到萬分驚恐，身體不自覺緊繃了起來。

「過段時間，你們是不是連我的戀愛都要指點了？」

「啊，不是的！」

「怎麼，朋友之間不都是這樣的嗎？以後也繼續保持吧。」

路卡斯這麼說著，臉上露出了笑容。但沒有一個人敢把那當成純粹的微笑。

「啊，對了。你們不是說過要去西內里亞火山蒐集研究材料嗎？」

路卡斯像是突然想起了什麼，讓魔法師們感到一股莫名不祥的預感。

「上次你們不是在考慮怎麼到那麼遠的地方去嗎？」

隨即，路卡斯臉上浮現出燦爛的微笑。

「不如我現在就送你們過去吧。」

「什麼？」

「你們輪流使用短距離瞬間移動也很辛苦。我就大發慈悲，特別把大家一起送到那裡吧。」

魔法師們哀怨的呼喊在路卡斯一揮手後瞬間煙消雲散。

「嗖——！」

「等等，路卡……」

「不用太感謝我，畢竟我們是朋友嘛。」

「怎、怎麼這麼突然……」

「座標設為西內里亞火山山頂，可以嗎？」

轟隆隆！

從某處吹來的炙熱氣流籠罩了魔法師們。他們對眼前的景象目瞪口呆。

這是哪裡？自己又是誰？

轟隆隆，砰——！

但不管他們怎麼揉眼睛，看到的都只有漆黑的煙霧。

剛一回神，炙熱的熱浪就瞬間將他們吞噬。

「啊啊啊啊！」

「啊，要爆發了！」

「防護魔法！快用防護魔法！」

「不是，用冷卻魔法！」

「直接瞬間移動到山下！」

「路卡斯你這個混蛋……！」

突然毫無準備就被扔到即將爆發的火山上，魔法師們憤怒地呼喊著把他們送到這裡的那個

人。但周圍只有火山開始噴發的聲音回應著他們。

❖❖❖

「今天就到這裡吧？」

「哎呀呀，正好老頭子我也快體力透支，再多也吃不消了。」

在灑滿陽光的房間裡，我正和塔主爺爺伊萬尼塞爾一起研究古代魔法的變體。但我們似乎太過專注了。抬頭看了眼時鐘，發現已經研究了將近三個小時。於是我打破沉默，提議休息一下，塔主爺爺也點了點頭。

「眼睛有點模糊，肩膀也有些痠痛……這時候如果有孫女或像孫女一樣的人能給我揉揉肩膀，感覺就會精神百倍呢。」

隨後，他竟然開始撒這種荒謬至極的嬌。但無論他怎麼說，塔主爺爺擁有三十多歲的年輕外表，這番話並沒有讓人產生多少同情。當然，他內在確實是個老人沒錯。

我對他的玩笑瞇起眼睛，不屑地哼了一聲。

「不好意思，我的按摩只為父皇提供服務。」

「呵呵，看在我這麼多年來一直以父親的心情看護陛下的分上，公主殿下對我來說也如同孫女一般……」

「如果您能在父皇面前說出同樣的話，我也會認同。」

「呵呵呵，那麼，明天見，公主殿下。」

塔主爺爺發出與他年輕外表不符的低沉笑聲，光速離開了房間。

我看著他的背影，不禁搖頭嘆氣。

看來克洛德的威力仍然很強大。畢竟我爸爸是最厲害的，對吧？

莫名其妙感到自豪的我從椅子上站了起來。該回房間了。

我現在所在的地方是為了魔法研究而特別設立在綠寶石宮的房間。本來我會直接去黑塔與其他魔法師們一起進行各式各樣的研究，但每天那樣做實在太麻煩了，所以我就在宮殿裡特別設置了一間研究室。

實際上，我最近一直避免前去黑塔，因此塔主爺爺偶爾會來幫忙或是一起討論魔法的事。

「公主殿下，您現在要出去嗎？」

「莉莉！」

在離開研究室、前往房間的路上，我遇到了莉莉。大家知道我在進行魔法研究時會格外專心，所以沒有人會來打擾我。

「嗯，我想休息一下。」

「那我送茶和點心到您的房間，請稍等。」

「謝謝妳，莉莉。」

啊，莉莉果然是最棒的。

在我感嘆莉莉的細心之際，她笑著對我說的話讓我加快了回到房間的腳步。

「還有，您期待的信件已經送達，我放在桌子上了。」

聽到有信件，我立刻像個傻瓜般興奮了起來。不知道多久沒有這種激動的感覺了。終於抵達房間的我，看到被細心放置在桌上的信件，忍不住屏住了呼吸。

致阿塔娜西亞公主殿下，珍妮特・瑪格麗塔敬上。

如春天般清新的淡黃色信封上，寫著優雅的字跡。

我站在原地深呼吸了一下，然後坐到沙發上，拿起桌上的信封。

不久前，我開始與珍妮特重新通信。這對我來說是一件非常令人振奮的事，直到現在我的心臟仍在怦怦直跳。

「啊。」

我拆開信封，把折疊的紙張展開，夾在裡面的某樣東西緩緩地落到我膝蓋上。

「花？」

我感到疑惑，拿起其中一朵仔細觀看，那是朵乾燥的紫色花朵。

公主殿下，您好。許久未見，最近別來無恙？今天天氣也十分晴朗呢。

我開始閱讀珍妮特的信件。像往常一樣，溫暖的問候首先迎接了我。

從年初開始，溫室裡我一直照顧的植物終於開花了。是非常漂亮的紫嬌花。

啊，是不是這朵花？是紫色的，應該沒錯吧？

我想如果作為書籤應該會別有一番韻味，所以隨信附上幾朵。花瓣真的很像星星吧？

看呢。在製作的時候，突然想到了公主殿下，所以嘗試著曬乾了幾朵，形狀居然出乎意料地好

我微笑著，輕輕撫摸著信封中的乾燥花。

珍妮特離開後，我偶爾會透過伊傑契爾間接得知她的消息。起初我也充滿擔心和焦慮，但

幸運的是，現在她的狀態似乎已經相當穩定了。

當我第一次收到珍妮特寄來的信，我簡直不敢相信，站在原地愣了許久，呆呆地看著手中的信件。

而當慢慢讀著信中文字，我便忍不住感到鼻尖一陣酸楚。

雖然當時我似乎帶著怨恨對公主殿下說出了那樣的話，但那並非出於我的真心。給需要安慰的人安慰、當對方需要時伸出援手並主動開口，這些從來都不是一件容易的事。如果位置互換，我覺得自己可能做不到像公主殿下那樣。

如果是珍妮特的話，她一定能做得比我更好。直到現在我也一直這麼認為。如果我是她的話，一定會更加猶豫不決、優柔寡斷，不會這麼輕易就放下一切，主動聯繫對方。

我對珍妮特既感激又抱歉。從那之後，我們偶爾會互相分享日常生活。當然，這段關係並非完全回到從前，但我希望能藉此逐漸縮短彼此的距離。如果有一天我們還能帶著微笑再次相見，那就太好了。

我是真心希望珍妮特能幸福。

這樣溫柔且善解人意的她，完全有資格獲得屬於自己的幸福。

只要珍妮特能幸福，對我來說那真是再好不過了。

「妳最近跟奇美拉很頻繁地信件往來呢。」

「啊！」

突然，背後傳來了某人的聲音，瞬間嚇得我魂飛魄散。我發出一聲驚叫，驚慌失措地彈了起來。

「路、路卡斯！」

「見到我這麼高興？」

轉頭一看，路卡斯正咧嘴笑著站在那裡。

欸欸欸！我短暫盯著他的臉片刻，眼睛一陣亂轉，終於忍不住使用了瞬間移動。

嗖！

「啊啊啊！」

風景突然改變，我深吸一口氣並發出一聲吶喊。方才只是隨便使用瞬間移動避開路卡斯，我一時之間也搞不清楚自己現在身在何處。但眼前搖曳的熟悉雪白和鼻尖傳來的淡雅香氣，明顯是玫瑰花園的特徵。

「幹嘛？為什麼突然瞬間移動？」

啊！又一次聽到路卡斯的聲音，我立刻在內心發出尖叫。

我就是不想見到路卡斯的臉，才會用瞬間移動逃跑啊。但他竟然這麼快就追上來了！

嗖！

我再次施展魔法。這次到達的地方是藍寶石宮的宴會廳。大廳擺放著暫時未使用的桌椅，牆面則被白布覆蓋。廳內非常安靜。現在沒有需要招待的客人，宴會然而，路卡斯又輕易地找到了我。從虛空中出現的路卡斯，玩笑似地捧起我的頭髮說道。

「嗯，妳這是想和我玩嗎？」

「別再跟著我了！」

當近距離與路卡斯對視，我的臉迅速一片通紅。之後，我又好幾次試圖逃離路卡斯，但最終都只是徒勞。

當第十五次抵達紅寶石宮，我已經放棄了，絕望地癱坐在噴泉前方。

路卡斯坐在噴泉邊，興致滿滿地看著我。

「我以前沒注意到，這是妳的愛好嗎？畢竟妳看的書裡也經常出現這些。」

他接下來的話讓我忍不住大聲喊了起來。

「這就是所謂的『你追我跑』嗎?」

「才不是!」

你追我跑?什麼你追我跑!根本不是!我才不是在和你玩那種無聊的遊戲!呃啊啊!

「早知道妳喜歡這個,就早點陪妳玩了。」

「才不是,我⋯⋯!」

我氣得話都說不出來,最終只好閉上嘴,雙手掩面短暫地掙扎了一會。

面對路卡斯,我依然感到非常羞澀,怎麼可能告訴他我是因為害羞才逃走的!呃啊啊!自從我的十八歲生日之後,每次看到路卡斯我都有種想立刻逃跑的衝動。最大的問題就是我的心臟要不堪負荷了。

這都是路卡斯的錯!都是因為他對我做了那種事!

「最近為什麼這麼難見到妳的臉?」

意外的是,路卡斯卻非常自在。難道他不知道我故意把日程安排得很緊湊,甚至不去黑塔,就是為了避開他嗎?他似乎真的認為我們剛才的瞬移競賽是一種你追我跑的遊戲。

我有些尷尬地辯解道。

「我最近在學帝王學。」

「妳想成為女皇?」

「誰知道未來會怎樣,先學了再說。」

唉,這情況是怎麼回事?路卡斯這麼平靜的反應,讓我覺得自己剛才的小題大作有點尷尬。

我不知不覺放鬆下來，莫名感覺到一股虛脫。

算了，不管了！路卡斯這麼平靜，我為什麼要自己一個人那麼慌張！

對，那點小事根本沒什麼大不了的。那種程度，我跟小黑和諾克斯也做過，不就是跟狗狗親親嗎？這就跟小狗親一下沒什麼兩樣！

但不知為何，看到路卡斯如此淡定，我還是感到有些不悅，但又不想表現出來。

「妳還真能學那些無聊的東西。」

每當我開始學習新東西，路卡斯總是這樣，這次也不例外。只見他滿臉嫌棄地搖著頭。但這次我竟然能理解路卡斯的反應。因為帝王學真的很無聊，特別是最近學習的課程與我想像中相去甚遠。

我忘記剛才為了躲避路卡斯而逃跑的事，靠坐在噴泉旁邊，手撐著下巴，深深嘆了口氣。

「這跟我一開始想的完全不一樣。國王可以是個騙子，也可以是偽君子。但作為一國之君，直到死的那一刻都不應該被人看穿。書裡是這麼教的。」

我本以為會學到更精彩、更華麗的知識。歷史上的許多偉人，有很多都是帝王，他們在書中看起來非常威武氣派，但我在帝王學中學到的第一件事居然是這些。因此，我心中最近多了一個疑問。

「一個好的皇帝應該是什麼樣子呢？」

「為什麼不去問妳爸？」

「嗯，我覺得這個答案應該要我自己去找。」

當然，如果想問克洛德也可以，但我不想這麼做。

聽到我的話，路卡斯漫不經心地回應道。

「怎麼說呢，反正有的是時間慢慢來，妳還很年輕嘛。」

唉，這傢伙對別人的事情總是這樣。有的是時間是什麼意思！

「我覺得我開始得太晚了，現在都已經十八歲了。」

「妳和妳爸以後還有幾百年的壽命呢，這算是很早就開始了吧？」

「什麼……？幾百年？」

路卡斯隨口一說，我卻大吃一驚。

剩餘壽命幾百年？這是什麼意思？

「我知道魔法師的壽命本來就很長！但我和爸爸也到那種程度了嗎？」

「我們竟然跟歷代最強魔法師皇帝亞埃泰勒尼塔斯是一樣的等級嗎？」

「妳忘了我之前送妳的生日禮物是什麼了嗎？妳和妳爸可是吸收了世界樹的枝條。」

聽到這段話，我不由得張大嘴巴。當克洛德因我的魔力暴走而失憶時，路卡斯為了治療而硬塞給我的那根樹枝！為了穩定魔力而把它插在我頭上的那次！那之後我的魔力確實增加了不少……

「是因為那個嗎？」

「但即使知道還能活幾百年，我還是有些茫然。」

「所以妳也應該長遠地計畫妳的人生。帝王學之類的，百年後再開始學也不遲。有那個時間不如和我一起玩。」

路卡斯一邊嘟囔著，一邊伸手撈起我肩上的頭髮。當我還處在茫然之中，他已經開始玩弄起我的髮絲。

「對了，說到這個，女生們喜歡收到什麼禮物？」

就在這時，路卡斯像是突然想起了什麼似地問道，讓我忍不住懷疑起自己的耳朵。

難道是想給我……？他現在是在問我女生們喜歡什麼？如果是的話，應該不會問我吧？難道，他有認識別的女生？而且是連宇宙第一美少年天才魔法師路卡斯都要費心準備禮物的女生？

那一刻，我的心情突然變得非常奇怪。雖然無法準確地用言語表達，但比剛才更加奇異的感覺在胸腔中沸騰。

「禮物就是禮物，隨便給什麼都會喜歡吧。」

我不由自主地用生硬的語氣回答。

「如果是這樣，我怎麼知道什麼是好的？」

路卡斯一邊把玩著我的頭髮，一邊問道，似乎在要求我給出一個標準答案。

但我怎麼會知道！你給其他女生的禮物怎樣都與我無關！

「妳覺得妳會想要什麼？」

路卡斯用一種微妙的語氣問道。啊，我真想狠狠揪住他的頭髮。他竟然在問幾天前吻過的女孩，要給另一個女生什麼禮物？這個無腦的傢伙。

「哼，不知道，我已經什麼都有了，沒有特別想要的。除非你能捉來一條龍，那可能就另當別論了。」

我心情不好地嘲諷道。

哼，我又不是真的想從你那裡收到禮物。我是公主殿下，自然不需要男生的禮物，我已經擁有一切了，哼。

在我感受著內心莫名的憤怒時，路卡斯似乎很意外地看了我一眼。

「什麼，龍？妳喜歡那種東西？女生們通常喜歡那種東西嗎？」

「我怎麼知道！說完了就快點走吧！」

即使我惱怒地發著脾氣，路卡斯還是在說完之後，就突然從噴泉旁消失了。啊，比剛才更生氣了。於是我二話不說，瞬間移動到克洛德所在的石榴宮。

「好吧，那我們待會見。」

「爸爸！」

即便我突然闖入，克洛德也沒有絲毫反應。他正站在庭院中央。我朝著站在紫色花叢旁的克洛德跑去。

「不要用跑的。」

即使我已長大，他似乎還是把我當成小孩，擔心我會跌倒才這麼說。想到這裡，我的內心突然感到一陣酸澀，立刻撲向克洛德並大聲說道。

「在這個世界上，我果然還是最喜歡爸爸了！」

我不需要男人！像路卡斯那樣的人我也不在乎，哼！

雖然我覺得因為剛才的事而獨自生悶氣有點尷尬，但畢竟心情不好是沒辦法的事！

「今天兩位看起來也是親密無間，真讓人高興。」

就在這時，某人欣慰的聲音在耳邊響起。

啊，菲力斯也在！想起來了，他好像說要去見克洛德才離開綠寶石宮的。

嗯？不過是我的錯覺嗎？

「菲力斯，最近有什麼好事嗎？」我看著菲力斯的臉，有些疑惑地問道：「為什麼你今天看起來氣色特別好？」

這麼一想，最近菲力斯的臉色確實容光煥發，看起來更有精神了呢。

「比起以前，好像更帥氣、更年輕了？」

「哎呀，真的嗎？」

下一刻，菲力斯似乎意識到了什麼，突然大叫一聲。

「這一定是陛下賜予的龍鳳湯的恩澤吧！」

是、是因為這個嗎？

自從克洛德下令之後，菲力斯堅持完成了一個月的龍鳳湯任務，所以現在效果才如此明顯？真的嗎？

「陛下，不如趁此機會您也試試龍鳳湯如何？」菲力斯滿臉笑容地對克洛德說，「感覺最近陛下的氣色與往常不同，作為臣子，一直在考慮該如何是好。現在親身體驗到龍鳳湯的效果，臣認為對陛下來說，沒有比這更好的靈藥了。」

那一刻，我看見克洛德的眉毛微微一動。

「這、這似乎是危險的訊號呢，菲力斯，你現在別說話比較好吧？」

「真的嗎？沒想到你這麼擔心我。」

「臣菲力斯·羅培因，將永遠滿懷忠誠之心，盡責關心陛下的安危。」

然而，克洛德隨後說出的話，讓菲力斯臉上的笑容立刻消失。

「既然你這麼喜歡，那就多喝一點吧。」

「陛、陛下？」

我看到菲力斯的瞳孔劇烈地顫動著。

「已、已經足夠了，不用再給我，陛下您……」

「我只要好好休息一段時間便能恢復，但你不是吧？你還算幸運，至少靈藥尚有效果。」

我感覺背後冒出了冷汗，菲力斯此刻的感受可能更甚。

啊啊，菲力斯！為什麼你要在爸爸面前說什麼氣色不同之類的傻話呢？嗚嗚，在克洛德身邊待了那麼久還不懂他的性格嗎？

「關心臣屬的健康也是君主的責任。如果你願意，我甚至可以賜予你一整年份的龍鳳湯。」

菲力斯不知道該怎麼拒絕，滿頭大汗地結結巴巴。在龍鳳湯的可怕味道和克洛德的「好意」（當然並不是真正的好意）」之間，他顯得左右為難，不知所措。

此時，某處突然傳來轟然巨響，一股強風從頭頂吹拂而過。

轟隆——唰啦啦！

「那、那、那個……」

「怎麼突然有這麼大的風……剛才那個聲音又是什麼？」

菲力斯極度驚慌地喊道。我和克洛德則一齊轉頭朝聲音傳來的方向看去。

「是皇宮內部。」

正如克洛德所說，剛才異常現象發生的地方是皇宮內部。這到底是怎麼一回事？皇宮周圍不是有防禦魔法嗎？

「可能會有危險，妳留在這裡。」

「不行，我們一起去吧。」

「陛下、公主殿下，我也……」

儘管菲力斯在後面呼喊著,但面對當前的情況,克洛德和我都沒有多加理會,直接使用魔法前往事發地點。

當我們終於抵達,眼前所見的景象讓我瞬間驚訝得張大了嘴巴。

在這場混亂中,路卡斯像去野餐般輕鬆地朝我揮了揮手。但任何人看到路卡斯此時此刻乘坐的東西,都會被嚇得目瞪口呆。

「啊,妳來啦?」

我驚慌到說話都結巴了。

「這、這、這現在是⋯⋯」

外形來看似乎沒錯?不,這不可能吧!

「龍?」

克洛德似乎也對當前的情況十分好奇,瞇起眼睛低聲呢喃。周圍已經聚集了許多聞聲而來的群眾。當然,他們也是一副雙眼圓睜、大張嘴巴的模樣。

沒錯,被路卡斯帶到皇宮之中的,竟然是一條龍!那、那是真的嗎?難道真的是龍嗎?從嘆轟!

我正因疑惑和震驚而陷入混亂,那個平躺在地上的巨大生物突然噴出一口氣。那強烈到足以讓頭髮四散飛揚的氣息,彷彿颱風過境般將周圍景物吹得一陣東倒西歪。

「路卡斯,那是什麼?你到底帶了什麼到皇宮來!」

我滿臉不可置信地質問路卡斯。但這傢伙竟然回答了一個荒謬至極的答案──

「妳的新寵物。妳不是想要一條龍嗎?果然是我的女朋友。嗯,這樣才有飼養的價值。鞍座要自己裝嗎?」

說罷,路卡斯從那條長滿金色鱗片的龍頭上跳了下來。

「什、什麼?寵物?那條龍是我的寵物?這是在什麼夢話……」

「對了,說到這個,女生們喜歡收到什麼禮物?」

「——哼,不知道,我已經什麼都有了,沒有特別想要的。除非你能捉來一條龍,那可能就另當別論了。」

與路卡斯分別前的對話忽然在我腦海中閃過,但我卻比剛才更詫異了。

不是,所以說現在是……因為我的那些話,他真的捉了一條龍給我?為了我?

啊,不不是,先不談這個!

「我、我怎麼會是你女朋友?」

「確實,這句話不能就這麼裝作沒聽到。朕的女兒怎麼會是你的女朋友?」

轟隆!

我剛驚呼出聲,旁邊就傳來了一道低沉的聲音。從克洛德身上散發的氣息陰森恐怖,讓我以為旁邊又多了一條龍。

但路卡斯依舊厚著臉皮,對我和克洛德歪著頭問道。

「不是嗎?上次妳和我親……」

喂,你瘋了嗎?你現在是想公開說我們那、那個了?

就在那一刻,我像子彈一樣衝向路卡斯,用手猛地摀住了他的嘴。

路卡斯看著我通紅的臉,把我摀住他嘴巴的手拿開,然後用只有我能聽見的聲音說。

「親了還想否認?妳明明也很喜歡啊。」

對於他那如轟雷般的發言,我只能結巴地回應。

066

「我、我什麼時候說過喜歡了!」

天啊,這傢伙真要人命!我、我什麼時候說我喜歡了!我、我那時候沒有拒絕,只、只是配、配合當時的氣氛,絕對不是因為喜歡你!

就在這時,路卡斯似乎意識到了什麼,表情突然一變。他隨後脫口而出的話讓我又是一陣崩潰。

「難道妳現在是想占我便宜嗎?」

我、我剛才聽到了什麼……?占便宜?我?我占路卡斯便宜?

「我從沒想過妳會是那種無恥之人……」

「啊,不……那是什麼荒唐的……」

「嘗完甜頭之後,現在就想丟下我?」

因為太過震驚尷尬,我一句話都說不出來。這時路卡斯還裝出一副深受傷害的模樣,像在質問我怎麼能這樣對他。

「你們在竊竊私語什麼?」

就在這時,克洛德向我們走來,不滿地問道。

「我問的是,為什麼朕的女兒會和你是那種曖昧關係。」

我被夾在克洛德和路卡斯之間,只能緊張地不斷冒出冷汗。儘管大家都知道路卡斯是令人恐懼的黑魔法師,但克洛德對他的態度卻始終如一。唉,畢竟他是我爸爸嘛!

「阿塔娜西亞,妳自己說說看。這傢伙為什麼敢這樣胡說八道?」

啊啊,這到底跟我什麼關係啊!

「那、那是……」

噗轟！

龍來幫我了。原本安靜待在路卡斯身後的龍突然展開翅膀，試圖逃跑。原本呆愣在原地的人們皆因恐懼而尖叫出聲。龍拍動著翅膀，強風再次肆虐。

「啊啊啊！」

被巨龍的存在感震懾，原本呆愣在原地的人們皆因恐懼而尖叫出聲。

「喔？牠想跑呢。」

果然，在這種情況下還能保持泰然自若的就只有路卡斯。

「喂，別鬧了，坐下。」

咚！

路卡斯喊了一聲，那頭龍沉重的軀體便再次落回地面。

「我在這裡，你居然還想逃跑？嗯，不過就是有這種膽量才配作為禮物呢。」

嗚嗚。不知道是不是我的錯覺，那條龍似乎發出了小狗般的呻吟。

就在這時，一旁正瞇眼觀察著龍的克洛德隨口說道。

「龍啊，當朕女兒的寵物還算不錯。」

喔，看來爸爸意外喜歡呢。我、我也越看越覺得牠可愛……畢竟是路卡斯送我的……啊啊啊，這到底是怎麼回事？結果路卡斯想要送禮物的人是我嗎？那他直接告訴我不就好了，為什麼要繞來繞去的？

「這傢伙叫『小黃』怎麼樣？很符合妳的品味吧？」

路卡斯完成了對龍的「調教」後，轉過頭來看我。

我趕緊控制好自己的表情，裝作不在意地開口。

「我的品味是什麼？」

「怎麼，不喜歡嗎？要不我再捉一條給妳？」

路卡斯一邊歪著頭，一邊再次詢問。

我繼續裝作不滿意地嘟囔，用袖子遮住不自覺上揚的嘴角……我現在心情超好絕對不是因為路卡斯，真的！

當然，能聽到的人只有我自己。

我在心裡默默嘀咕著不知是對誰的辯解。

❖❖❖

「那麼，今天的課程就到此結束。」

「老師今天也辛苦了。」

今天的課程終於結束了！

我在內心大聲歡呼，對今天也認真教授帝王學的老師恭敬地道謝。

「呼，終於可以放鬆一下了。」

一回到房間，我立刻倒在沙發上。雖然我還算喜歡學習知識，但帝王學越學越讓我覺得腦袋亂七八糟……這門學問似乎真的不適合我，唉。

畢竟，原本我最大的人生目標就是好好吃飯、好好活著，現在竟然要學習如何統治一個國家？對我這種普通小市民來說，這個任務難度實在太高了吧？

最近學的是關於帝王的能力、正確的用人之道之類的內容。但老實說，感覺這些都還離我

非常遙遠，就像走馬看花似的。

嗯，如果真的成為皇帝，想要任用的人才，首選應該是伊傑契爾吧……

自從和珍妮特開始單獨通信，和伊傑契爾的聯繫自然就減少許多。他們現在不住在亞勒腓公爵宅邸，而是暫居於基洛迪斯地區的別墅。

他們離開的時間不長，亞勒腓公爵也沒有表達退隱的意向，所以這大概算是一種閉門反省的意思。當然，這種狀態會持續多久尚且是個未知數。

現在似乎不是合適的時機，但我確實很想再見見他們。即使克洛德可能會不太高興，我還是打算某天親自去拜訪一下。

「啊，公主殿下，課程結束了嗎？」

在享受了短暫的寧靜後，我在走出房間時遇到了瑟絲。她剛好經過書房門口，手中拿著的毛巾散發著剛清洗完的清新氣息。

「嗯，課剛結束。漢娜和莉莉呢？」

「莉莉安大人去見管家先生了，漢娜現在應該在廚房。如果有什麼需要，請告訴我。」

「不用了，我只是好奇問問。妳看起來很忙，去忙吧。我要出去一下。」

正值太陽高懸於頂，大家似乎都非常忙碌。

菲力斯也因為覺得最近身體有些僵硬，一大早就去了訓練場……看來今天我得獨自度過了。

平時我有空的時候，路卡斯總會突然出現，讓我的心跳不受控制地加速，但不知為何今天他沒有露面。

對了，上次路卡斯帶到皇宮的龍已經被送回原本的棲息地了，後來我才知道，那竟然是一條幼龍！成年的龍很難馴服，所以路卡斯特意挑了最年幼一隻的帶回來。

唉，難怪跟我想像中的龍不太一樣，看起來很溫順，甚至有點呆呆的，還很害怕路卡斯，一直發出啜泣般的嗚咽。

知道這件事後，我久違地嚴厲斥責了路卡斯一頓。無論如何，怎麼可以隨隨便便就帶一條幼龍回來！

唉！其實要怪我，我不該隨便提起龍的。啊，不是，我怎麼能想到路卡斯真的會把一條真龍帶到我面前……法官大人！我不是路卡斯的共犯，真的！我對幼龍被綁架的事一無所知！

我一邊對著空氣自言自語，一邊離開了皇宮。

既然難得有空，要做些什麼呢？去黑塔看看？還是去找諾克斯和小藍玩？最近沒什麼事做，我幾乎整天都泡在圖書館，現在不太想去那裡，或者……

我一邊從向我打招呼的宮人們身邊經過，一邊思考著，然後突然打了個響指。

「爸爸！」

「阿塔娜西亞。」

視野一轉，我便看到了今天也埋首於公務的克洛德。

克洛德因為上次路卡斯的胡言亂語而心情不佳了一段時間，最近才終於稍稍恢復。當然，這其中少不了我費盡心思付出的努力。

「這個時間來這裡做什麼？之前不是說要專心學習，連個人影都不見。」

看到我出現在書房，他瞇起眼睛說道。聽他這麼一說，我只能尷尬地笑了笑。

啊，自從上次的事件後，他就一直懷疑路卡斯和我的關係，為了躲開他，我只能拿學習當

「當然是想來看爸爸啊，呵呵。」

我嘻嘻哈哈地走向克洛德。

「今天有很多事要做嗎？」

「要做的事永遠很多。」

他簡潔有力地回答了我的問題。

啊，是這樣啊。要做的事永遠很多。是的，我問了個傻問題。面對克洛德直截了當的回答，我一時語塞，不知該說些什麼才好。看我這副模樣，克洛德側了側頭。

「不過，休息一天也不會有什麼問題。」

聽他這麼一說，我頓時露出燦爛的笑容。

其實我早就知道他會這麼說了。即便再忙，爸爸也總是會抽空陪我，所以今天我決定做一回任性的女兒。

「那就一起去宮外玩吧！」

沒想到我會提出這樣的要求，克洛德的臉色瞬間變得有些微妙。看到他那副表情，我暗自開心地笑了起來。

藉口了！

❖❖❖

「這裡真是雜亂、骯髒又吵鬧。」

一離開皇宮,克洛德便給出了他的第一印象。

聽到他如此嫌棄的聲音,我無話可說,只能在一旁乾笑。

「這也太過分了吧!和女兒出來玩的感想竟然只是「雜亂、骯髒又吵鬧」!啊啊,這也太……」

克洛德似乎不在乎周遭喧鬧的環境,環視一圈後慢悠悠地評論道。

「上次出來的時候比現在還要安靜些,看來今天會這麼吵是因為有市集啊。」

事實上,這並不是我們第一次這樣一起出來。就如之前約定的那樣,我們曾一起外出觀賞煙火,也曾在我堅持要去逛節日集市的時候一同外出。

「我們往那邊去吧。」

我抓住克洛德的手,帶著他走向熱鬧的街道。

克洛德似乎對於人多的地方不怎麼感興趣,但還是默默跟著我。我們穿著普通的衣服、使用偽裝魔法改變了臉型,就這樣混入了人群之中。

「挑吧、挑吧!今天超值特價!」
「美女魔術師的表演,快來看!今晚六點開始!」
「健康又美味的南瓜汁,買就送抽獎券!大獎等你來拿!」

果然,在這樣熱鬧的地方,才能感受到生活的氣息。我拉著克洛德的手走著,很快就找到了目標。

我指著那個目標,向克洛德發送出閃閃發光的眼神。

「爸爸,買那個給我」的技能。

我施展了「爸爸,冰淇淋!」的技能。

雖然這不是我第一次在外面向克洛德撒嬌,但我仍有些害羞。畢竟已經長這麼大了,這樣

做會不會有點羞恥？

哼，仔細想想，十八歲在韓國還是高中生呢，這樣撒撒嬌嬌應該沒問題吧！

「歡迎光臨！要兩份冰淇淋嗎？」

「不，給我一份香草口味的。」

「要在上面加巧克力醬嗎？」

「妳要嗎？」

「加巧克力醬和草莓醬！」

爸爸變了！

我看著克洛德在攤位前自然地點餐，內心充滿了感動。

老實說，第一次和他一起外出時的情景實在太好笑了。當我說想要用一個童話故事就能換到的棉花糖時，他卻毫不猶豫地掏出一枚金幣，讓賣棉花糖的阿姨都驚訝地瞪大了眼睛；在路邊看到喜歡的獅子玩偶，他竟然想把商店裡所有的玩偶全都買下來。

「這個好吃嗎？」

當我快樂地吃著克洛德買給我的冰淇淋，就聽他好奇地問道。於是我把冰淇淋遞了出去。

「爸爸也嘗嘗看。」

「我不喜歡甜食。」

看到被滿滿的巧克力醬和草莓醬覆蓋的冰淇淋，他露出厭惡的表情拒絕了我。呃，明明很好吃啊。不懂冰淇淋魅力的爸爸真可憐。

「啊，爸爸！這次試試這個！」

「不得了，上次沒有的焦糖味新出現了耶！」

「爸爸，雞肉串！」

按照鹹甜輪流原則，這次該吃棉花糖了！」

我拉著克洛德的手，不停地享受美食。

「每次看到都覺得驚訝，妳怎麼能吃得下那麼多東西。」

啊，我以為爸爸已經習慣了，但他似乎一直對此感到驚奇。不過，看到女兒這麼能吃也是件好事吧？

「說起來，妳好像真的胖了一點。比起之前，臉似乎更圓潤了，應該不是我的錯覺。」

啊啊啊！

聽到他的咕噥，我差點把手中的棉花糖扔了出去。啊，我怎麼可能會變胖呢？我哪裡胖了？哪裡！說！

「啊啊啊！不可能！這絕對是騙人的！我不承認！」

「這傢伙是第一次賭錢嗎？輸光了就該滾出去啊。」

此時，旁邊突然傳來了大聲的爭吵，讓我嚇了一跳。即使在喧鬧的市集中，人們的叫喊聲和東西被翻倒的聲音也清晰地傳入耳中。

「賭博嗎？」

我聽到克洛德皺著眉頭低語，不由得豎起了耳朵。

因為對食物太過關注，我沒有注意到我們站立之處旁邊正在進行賭博。

當我出於好奇而偷偷觀望時，這次是克洛德先拉住了我。

「這不是妳該關注的，別管了。」

啊，我就是好奇嘛。但看到爸爸嚴肅的表情，我立刻決定放棄觀望。

「那位小姐也來試試吧？」

就在這時，耳邊響起某人的聲音。

啊，似乎是在對我說的？他們一定是看到了我好奇的眼神。

「看妳的打扮，賭注應該不少，許多和小姐年紀相仿的朋友都參與了，是個健康的活動喔！」

嗯？這位先生似乎在糊弄我，看起來明明一點都不健康。

咳咳。雖然這麼說有點那個，但我看起來確實無知又天真，天生的氣質還是藏不住的，所以克洛德和我被認為是有錢人父女，試圖詐騙我們也已經不是第一次了。

「說起來，你們是父女嗎？一起參加如何？按照各自想要的數字來下注就行。」

旁邊的人甚至開始輕聲勸誘。

嗯，說實話我有點想試試，但爸爸一定不會同意的。畢竟，哪有爸爸會同意女兒賭博呢？

「竟然說賭博健康，連路過的麻雀都要笑了。」

果不其然，克洛德表示了反對。

此時，一位大叔膽大地上前挑釁。

「哎呀，怎麼了。兄弟，沒錢啊？外表光鮮亮麗以為有點什麼，結果是個虛有其表的窮光蛋，呸！」

哇！那位先生顯然瘋了，竟敢對爸爸那樣胡言亂語！

如果克洛德沒用魔法改變樣貌，他們絕對不敢如此放肆。

但現在的克洛德外表看起來確實有點容易被欺負。因為我剛才對克洛德的臉開了點小玩

笑！

偽裝魔法會讓五官本身模糊不清，而我故意讓他的臉變得更加難看，在鼻子旁加了個痣，要說現在的克洛德有魅力實在有點勉強。

呃，對不起，爸爸！我以後不會再開這種玩笑了！嗚嗚嗚！

當然，天生的氣勢是藏不住的，克洛德冷冽的目光便足以讓他們膽寒，但可能是賭博氣氛過於熱烈，或是人多勢眾的自信，他們很快又開始放肆地嘲諷。

「要是沒錢就該待在家裡！窮光蛋出來閒晃什麼？」

「對，長成這樣還沒錢，乖乖待在家裡舔老婆的腳吧！就像鐵匠家的二兒子，家裡沒人老婆跟別的男人跑了怎麼辦？」

「哈哈哈！」

而且他們看起來還喝了不少酒。

天、天哪，居然有人敢對君臨天下的克洛德說什麼臉怎樣、錢怎樣、老婆會不會跑了之類的話！

但很明顯，他們只是想故意激怒我們，好把我們拉進賭局。

呃，難道爸爸會上這種明顯是挑釁的當……

「真是不知死活的傢伙。」

……果然！

看到克洛德嘴角浮現的邪惡笑容，我不禁一陣寒毛直豎。

「娜西。」

「是、是的。」

當他喊出我的名字，我立刻緊張地回道。因為在外面我使用的名字是「娜西」，所以克洛德也這樣稱呼我。

「我想了想，這些無賴對妳的教育應該有所幫助。」

啊？哪裡有幫助了？

在我感到不安之際，克洛德走向了賭場的中心。接著，他向剛剛還在狂妄挑釁他的人扔了一個袋子。

袋子落在用木頭粗糙雕琢而成的桌子上，閃亮的金幣從中散落而出。在這種市集裡流通的基本都是銅幣，他們可能連銀幣都很少見過。

在這種情況下，金光閃閃的金幣從袋子中散落的場面無疑極為震撼。

「這是賭注。這可能是你們這輩子都摸不到的金額。」

留下一臉驚愕的人群，克洛德優雅地在賭場坐定。

「你也下注吧。」

他們似乎沒料到克洛德會有這麼多錢，剛才還嘻嘻哈哈地想從克洛德那裡賺點小錢，現在看到賭注遠超想像，頓時顯得有些手足無措。

但很快，坐在克洛德對面的男子眼中閃現出強烈的貪婪。不僅如此，周圍喧嘩的人群臉上也浮現出類似的情緒。

「那、那我也把今天賺的錢全都⋯⋯」

「就那點小錢？覺得能贏嗎？」

克洛德一邊輕蔑地掃了眼桌上的銅幣，一邊嘲笑道。

啊，那種表情，那種看不起人的眼神還是一如既往。爸爸對那種輕視的眼神果然手到擒來

啊，唉。

接著，克洛德冷笑著說出的話讓場內再次一陣沸騰。

「對了，如果你敢拿你的手來賭，那就有趣多了。」

面對這突如其來轉變的氣氛，克洛德對面的男子顯得相當驚訝，但他很快就掩去眼中的動搖，露出牙齒大聲說道。

「什麼？」

「瘋也得瘋得體面點，你在胡說些什麼？我為什麼要把手當成賭注？」

「剛才不是很囂張嗎？現在害怕了？大言不慚後才發現自己沒有贏的把握？」

克洛德只是淡然地說道。

哇，這次換成是克洛德挑釁那位先生了。

「用你那悲慘的手來賭贏一大筆錢的機會，不是很好嗎？」

然而，克洛德所採取的挑釁方式與他們稍早時略有不同。

「如果你沒這個膽，現在滾也還來得及。不過那樣的話，就會有其他人把這些金幣全都拿走了。」

克洛德的話再次讓所有人的目光落在桌上散落的金幣上。

那就像丟進鬣狗群中的一塊肉，而克洛德正是站在鬣狗頭上俯瞰牠們的獅子。

「好、好吧！輸了就別哭說你一分錢也沒剩！」

最終，那名男子接受了與克洛德的賭局。他可能認為如果自己不參與，金幣便會落入旁邊那些虎視眈眈的人手中。

但無論如何，把手當作賭注實在是……如果輸了怎麼辦？嗯，爸爸是想教我不要成為這種

「那麼,知道規則嗎?大概解釋一下,聽好了。鐘聲一響,這張牌要**翻十次**……」

「我知道,閉嘴趕快開始吧。」

規則看起來相當複雜,但克洛德卻相當熟練地操作著。嘿,難道爸爸在我不知道的時候,自己偷偷跑去賭場?

我抱著一絲懷疑看著克洛德。

「喔喔,猜中了!」

「兄弟,還挺會的嘛!」

雖然我不懂賭博,但從周圍的反應來看,克洛德似乎意外地贏了。當然,我從一開始就不認為克洛德會參與他沒把握贏的賭局。

「這下輸了可別哭著說你房子都沒了,老婆也跑了!哈哈哈!」

「閉嘴!誰輸還不一定呢!」

剛才還在嘲諷克洛德的人們這次將矛頭轉向了對面的男子。

持牌的男子臉上已經沒有剛才的輕鬆,一開始還嘻嘻哈哈的他,隨著牌面揭露,表情越發不可置信,轉眼間便已滿頭大汗。

畢竟是一局定勝負的賭局,結果很快就揭曉了。

「這、這怎麼可能!」

誰能想到爸爸竟然有賭博的天賦!克洛德的對手原本是在賭桌上橫掃千軍的人,因此所有人都在為克洛德的勝利歡呼,只有輸掉這次賭局的男子憤怒地滿臉通紅。

「這根本不可能!」

他一邊用手猛拍桌子，一邊氣憤地站了起來，指著克洛德大聲斥責，口中唾液四處飛濺。

「對，這是出老千！這全是詭計！這個卑鄙的傢伙一定是對我的牌動了手腳！」

「動手腳的應該是你吧。」

克洛德只是輕輕撇了撇嘴角，隨手將他面前的牌拋向桌面。

「以為我不知道你對這些牌做了什麼嗎？看來你之前也是用這種手段贏錢，真夠無恥。」

他的話讓周圍群眾再次嘈雜起來。

「對牌做了什麼？」

「真的嗎？把我的錢退還回來！」

「怪不得一直只贏不輸，原來是這樣！」

嗯，克洛德的話顯然產生了極大的迴響，周圍立刻變得混亂無比。不管那個人是否真的作弊，人們似乎不太在意。他們只不過是抓住了一個機會，便像豺狼般要將他啃食殆盡。當然，我不認為爸爸會說謊。

「別、別開玩笑了！你有證據嗎？」

看自己的計謀即將被揭露，那名男子拚命反抗，但克洛德只是平靜地站起身，朝他走去。

「那與我無關。無論如何，你輸了這場賭局，我只需拿走應得的報酬。」

下一刻，克洛德抓住了男子的手腕，將其固定在桌上。這時，男子和周圍的人才真正意識到這次的賭注到底是什麼。

不論他們如何慌張地張大嘴巴，克洛德已從腰間抽出一把短劍。鋒利的刀刃在空中閃耀著冷冽的寒光。

「欺詐成性的骯髒之手，沒了或許更好。」

「等、等一下！啊啊啊……！」

男子掙扎著，克洛德卻毫不動搖。男子恐懼的尖叫在場內迴盪，與此同時，克洛德動了。

鏘！

但刀子並沒有刺中男子的手。

「呃、呃……？」

男子雙眼緊閉，身體不斷顫抖著，過了一會兒才勉強睜開眼睛。看著刀尖插在手指的縫隙，他忍不住驚恐地倒抽了一口氣。

「不能讓我的女兒看到如此醜陋的場面，就當作是收下你那卑鄙的手段吧。從現在開始，你最好學會看人說話，要不然就待在家裡永遠不要再爬出來。明白了嗎？」

語畢，克洛德像丟棄骯髒之物般將男子甩開，悠然向我走來。

被壓制住的人群瞬間像死去般安靜，然而不過片刻，他們又再次大聲歡呼起來。我對著向我走來的克洛德皺眉表示不滿，但還是默默豎起了大拇指。

「爸爸，你好帥！」

「看到了嗎？這種不知天高地厚、毫無畏懼想往上爬的傢伙，偶爾需要被踩一腳才會清醒。」

「什、什麼？」

「你不是想展示人類的貪婪有多危險，以及如何透過賭博毀掉一生嗎？」

唉，賭博果然不是好事呢？竟然一時好奇就……我會反省的！

但克洛德只是冷哼一聲，脫口而出的話讓我頓時啞口無言。

「而且一旦下定決心，就要不擇手段。如果真想賭博，無論是出老千還是其他方法都無所

謂,畢竟只要贏了,就可以奪走對方的性命。」

啊,這話是什麼意思?難道你真的出了老千……?還有,什麼叫贏了就可以奪走性命!啊,爸爸好可怕!

看來,今天的最重要的領悟是絕對不能招惹克洛德。

不知為何,我感覺如果再談論下去,會從克洛德嘴裡說出更可怕的話,所以我抓住他的手,急匆匆地從賭場離開。

之後,我們又走遍了市集的每一個角落。不知不覺中,天已經黑了,市集上到處都掛起了橘色的燈籠。

「您這是什麼話!夜市才是慶典的精華!絕對不可以錯過!」

我堅決主張要去逛夜市,對克洛德提出的回宮建議置若罔聞。他瞇起眼睛,看著我說道。

「妳已經吃了好幾個小時,還有沒吃完的東西嗎?」

「那當然是夜市賣的炸雞和炒麵……不是!我不是因為想吃才……我只是、只是想去逛逛夜市而已……」

啊,不小心說出真心話的我急忙改口。但連我都覺得這解釋沒什麼說服力。當然,對於已經嚐遍宮廷中所有珍饈美味的我,街頭美食有著獨特的味道。那就是調味料的味道!垃圾食品的味道!唉,我可能是歷代皇室中最沒品味的公主了。

最終,我又拉著克洛德在夜市的各種美食攤販間穿梭。儘管他臉上露出了厭倦的表情,還是任由我隨心所欲地四處閒逛。

「那邊的漂亮小姐,來看看飾品吧。」

這時,我看向旁邊的攤位,突然停下腳步。

眼前的手鍊,和之前我送給珍妮特的那條有些類似。那用幾股線繩編織而成的簡單造型,與我前世擁有的願望手鍊也非常相似……看到在夜市出售的物品,我突然想起了珍妮特。

「有想要的東西嗎?」

見我目不轉睛地盯著攤位上的飾品,克洛德問道。

「沒有,我……」

「在那裡!」

突然,某處傳來了響亮的叫喊聲。

「那個有一顆痣的臭傢伙,快抓住他!」

只見之前和克洛德賭博輸掉的男人正帶著一群人衝了過來。話還沒說完的我轉頭朝聲音傳來的方向看了過去。

啊,是為了剛才的事來報復的嗎?如果知道會這樣,我應該在中途換一次臉的!

「剛才應該直接殺了他的。」

但我爸爸顯然不同凡響,口中惋惜地說出極為恐怖的話。看來他有些後悔在賭場時,因為我在場而沒有將事情處理乾淨。

當然,這裡的「處理乾淨」意味著將那個男人的脖子或手臂「喀嚓」一下。

克洛德甚至藉此給我上了一課。

「阿塔娜西亞。如果有人在妳面前肆無忌憚地挑釁,最好把他踐踏得再也站不起來。如果態度軟弱,就會有那種像豬一樣不知死活衝上來的傢伙,記住這點。」

呃啊,看來爸爸真的很後悔放過那個叔叔!再這樣下去會不會血流成河啊?那邊已經有人

開始叫囂了!最重要的是,克洛德似乎完全沒有迴避的打算。

「爸爸,快跑!」

走吧!在爸爸把那些人全部送到黃泉之前,我們趕緊離開吧!

「喂,你這個有一顆痣的混蛋!給我站住!」

克洛德對我們需要逃跑這點似乎是不悅,但還是默默跟著我跑了起來。

我不合時宜地感到有點興奮!其實每次在小說裡看到這種場面,我都很想親自試試!

「他們去哪了?」

「呼嗚,這些該死的傢伙,跑得真快!喂,你去那邊看看!」

「找到了就立刻叫人!別自己把錢吞了!」

其實用魔法躲開幾個人比吃飯還要簡單,我們跑了一會兒之後,就施展了隱形魔法,隱匿了自己的身形。等追趕的人盡皆散去,我們才再次解開魔法。

「啊,好有趣。」

「這有什麼好玩的?」

我咯咯笑著,與克洛德那副到了這把年紀還得因為女兒遭遇這種麻煩的表情形成鮮明對比。

我們換了張臉,再次融入人群。

「登!給爸爸的禮物!」

然後,我將為克洛德準備的禮物展示在他眼前!

那是一副可愛又迷人、帶有動物耳朵的髮箍!去遊樂園的時候,大家不都是戴著這種東西四處走動嗎?在這個夜市,動物髮箍似乎也頗受歡迎。

「把那個醜陋的東西立刻從我眼前拿開。」

當然,克洛德馬上嚴肅拒絕了我的禮物。

「為什麼?不是很可愛嗎?看看周圍,大家不是都戴著嗎?在這裡,如果不戴這種東西反而顯得很土呢?」

即使看到克洛德的表情變得非常難看,我還是堅持將動物髮箍戴在他頭上。他雖然非常不滿,但就像往常一樣,在我的堅持下只好讓步。

戴上熊貓耳朵的克洛德,就像是一隻活生生的熊貓!當然,是一隻心情不太好的熊貓。

我戴著狐狸耳朵的髮箍,滿意地和克洛德一起在夜市閒逛。

突然間,克洛德像是想起了什麼似的,遞給了我一樣東西。我看著落在手中的物品,愣了一下。

「拿著,路上撿到的。」

克洛德給我的,正是我之前看到的那條手鍊。在夜市暖黃的燈光下,那條用多股線繩編織成的簡樸飾品閃爍著橘色的光芒。

「妳不是想要這個嗎?」

看來他認為我之前盯著攤位上的東西,是因為想要那條手鍊。

我看著克洛德笑了。

「是特意買給我的嗎?」

「我不是說了,是路上撿到的。」

克洛德看起來有些惱怒,但我並不在乎,笑著戴上了手鍊。

「怎麼樣!很適合吧?」

「勉強可以接受。」

克洛德斜看了我一眼,隨口說道。嘿嘿,但我知道那是讚美的話喔!

我再次抓住他的手,走在掛滿燈籠的夜市街頭。

「爸爸,你知道嗎?戴上這條手鍊就能讓願望成真。」

「妳相信這種迷信?」

「就算是迷信,又有何妨呢。爸爸你沒有什麼願望嗎?」

可能是周圍太吵沒聽到我說的話,又或是他在思考些什麼,克洛德並沒有回答。之後,我們靜靜地走在繁華夜市的燈火下,就這樣回到了皇宮。

「莉莉!這是給妳的禮物!」

「哎呀,這是什麼?」

我送給莉莉的是夜市上賣的動物髮箍。當然,平時她不可能戴著這個出門,但禮物的意義在於心意嘛!

「我也給漢娜和瑟絲買了,菲力斯也有喔!」

「我想如果只買給莉莉,其他人可能會失望,所以禮物大家都有。」

「啊,好可愛!」

「我是羊嗎?」

「莉莉是兔子,漢娜是貓,瑟絲是羊,菲力斯是鹿。」

「是鹿茸呢。我很喜歡。」

「嗯⋯⋯嗯?菲力斯的是鹿角,說是鹿茸也不能算錯⋯⋯但為什麼好像在說補藥一樣?咳咳,龍鳳湯也是,看來菲力斯最近對保健食品很感興趣的樣子。

「看來你們在外面玩得很開心呢。」

莉莉帶著溫柔的微笑說著,我也跟著笑了。

「小藍,有好好吃飯嗎?」

嘰嘰喳喳。

洗漱完出來後,我看向鳥籠裡的青鳥。啊,牠看起來好像睏了,不停點著頭打瞌睡。剛才去看諾克斯時,牠也在睡覺。畢竟今天逛了一整天,我的睡覺時間比平常晚了一些。

雖然是衝動地決定外出,但真的很有趣!

我躺在床上,抬起手臂,凝視著手腕上的手鍊。克洛德說那是迷信,但我認為這樣也不壞。為什麼會有「夢想成真」這句話呢?如果真心渴望某件事,整個宇宙都會幫助你,不是嗎?

無論大小,世界上不存在沒有任何願望的人。從某一刻開始,我也變成了一個貪心的人,有很多真心希望能夠實現的願望。

「公主殿下,頭髮要吹乾才能上床睡覺。」

啊。莉莉開門走了進來,開始對我說教。

我尷尬地從床上坐起來,聽著莉莉一邊嘮叨,一邊用毛巾幫我擦乾頭髮。

當然,用乾燥魔法一秒就能解決,但我喜歡莉莉幫我整理頭髮的感覺。老實說,我一點也不討厭莉莉的嘮叨。

「公主殿下,您在聽嗎?」

「嗯。」

我對莉莉傻笑著。她無奈地看著我,終於也笑了出來。

不久後,我躺在床上,突然想到了一件事,心裡不禁泛起疑問。路卡斯呢?他今天怎麼一整天都沒露面?難道他會深夜突然出現在我的房間嗎?

但今天在外面逛了很久,疲憊的我很快便沉沉睡去。

就這樣,一個溫情的夜晚又悄悄過去。

——〈外傳Ⅰ〉完

Side Story II
成為奇異國度的公主殿下

在悠閒的某一天,我決定探索那座宮殿。

「皇宮的禁地藏著寶藏嗎?」

不久前聽到塔主爺爺說的話,我驚訝地瞪大眼睛反問。於是,他就像一位給孫女講故事的爺爺一樣,笑呵呵地向我解釋。

「這是自古以來流傳的傳說。據說是第一代皇帝陛下為了選擇繼承人而製作的魔法神器。」

「選擇繼承人?是怎麼選的?」

「這個嘛,古書上沒有詳細記載,我也不太清楚,但據說那個魔法神器非常神祕,能夠自行辨別出有資格成為皇帝的人。」

哇,魔法神器竟有這樣的本領?

我突然想到了出現在某部電影中的、會說話的帽子。在那裡,魔法帽被用來選擇最適合各個學院的學生。雖然不太清楚,但第一代皇帝製作的魔法神器是不是也和那個類似?

「不過,據說除了用來選擇第一代皇帝的繼承人外,就再也沒有使用過了。當時使用魔法神器來決定繼承人遭到了皇族成員的強烈反對。幾代後的皇族在皇宮禁地發現了那件魔法神器,留下了這個紀錄。」

「但它為什麼沒有被當成國寶,而是依舊放在皇宮的禁地呢?」

「原因未被記載，但目前最有可能的解釋是，那種類型的魔法神器無法隨意移動。」

「皇宮的禁地在哪裡呢？」

據我所知，皇宮中似乎沒有明確被標示為禁地的地方。

我思索了一會兒，依舊沒有什麼符合的地點。只有一個地方稍微讓我有點印象……難道是那裡嗎？自古以來，那座位於西北方，只偶爾有人負責維護，卻從未被用於其他目的的黃寶石宮。

但我之前問克洛德和莉莉時，他們都說那座宮殿是用來遊玩的，沒什麼特別的地方。

「我這個老頭子也不太清楚。也許只有在我們祖先的年代，那裡才被視為禁地吧。」

連塔主爺爺也不知道嗎？畢竟只是古書上的記載，至於現在是否還存在，真的很難說。

但下一刻，塔主爺爺隨口一提的話讓我立刻心神不寧。

「比起那個，公主殿下，這也許是臣無聊的妄言，但不知公主殿下是否正在考慮讓路卡斯大人作為駙馬？」

「駙、駙、駙馬？」

我結巴著反問。

「上次隱約聽到那些笨蛋在說，路卡斯大人突然捕獲了一條龍是為了向公主殿下求婚……」

「呃啊，什麼求婚！這個爺爺現在在說些什麼啊！」

「那不是真的！」

「真的不是嗎？您只需要跟我這個老頭子實話實說……」

「我說不是就不是！」

我拚命否認。這個突然冒出來的話題讓我臉頰發燙，內心十分慌亂。

廢話！什麼求婚？什麼駙馬？誰？路卡斯？

那完全是胡說八道！

「呵呵，如果不是，那就太好了。路卡斯大人不在，我只是隨便說說，但如果要選駙馬，穩重又謹慎的男人不是更好嗎？」

趁著本人不在，塔主爺爺暗中說了幾句路卡斯的壞話。

我亂七八糟地堅稱我和路卡斯十分清白，然後逃跑似地匆忙離開黑塔。

什麼求婚？什麼駙馬？都是什麼鬼話啊！我現在才幾歲！還、還有為什麼是路卡斯？就算是瞎猜的也太離譜了吧？

不管怎樣，一牽扯到路卡斯，我的心情總是七上八下。

「真是的，他最近在做什麼啊？」

我一邊回頭望著剛踏出的黑塔，一邊小聲嘟囔。

不知為何，自從上次龍的事件之後，路卡斯最近一週以來音訊全無。他一直沒有露面，我今天才忍不住親自來了黑塔。

根據塔主爺爺和其他魔法師所說，這段期間路卡斯連黑塔都沒來過。

這麼一想，路卡斯不在皇宮時，我應該去哪裡才能找到他呢？那傢伙平時是怎麼度過的，我竟然一無所知。

只要路卡斯願意，我身上就像被裝了定位裝置一樣，他隨時都能找到我，而我卻做不到。

這讓我有點不滿。

啊，這麼一來，豈不是讓我看起來對路卡斯特別關心嗎？

我立刻清醒過來，決定不再糾結此事。一個一整週都消失的傢伙有什麼好在乎的，哼。

「去黃寶石宮看看吧。」

我使用了瞬間移動，直接前往黃寶石宮。

這是剛才塔主爺爺提及被推測為皇宮禁地的地點。

這裡沒有任何人的氣息，寂靜到令人毛骨悚然。雖然克洛德的宮殿平時也空無一人，但這裡實在太安靜了。

難道是我的錯覺嗎？比起石榴宮，這裡似乎充滿了更深沉的靜默，就像進到沒有絲毫水流的深海之中。

事實上，我會將這個地方認定為古書中的禁地，最主要的因素就是這股奇特的氛圍。

嗯，我知道這座宮殿平時幾乎不使用，但這裡真的安靜過頭了。從外面看起來還好，裡面卻有種被遺棄的廢墟的氛圍。

喀噠喀噠。

四周太過安靜，我不自覺放輕了腳步。即便如此，鞋跟撞擊大理石地板的聲音還是無法完全消除。

喀噠喀噠。

回音從身後傳來，彷彿有什麼東西正在追趕著我，讓我不由自主地轉過頭去。霎時間，一股難以名狀的窒息感倏然將我籠罩。

我並不相信這世界上有鬼……但、但這裡的氣氛比想像中還要神祕，不知為何讓我的心臟一陣莫名緊縮。

據說這座宮殿已經有好幾百年沒有被使用過了，關於過去有哪些皇族在這座宮殿居住的紀錄也沒有留下。

不過，當我打開了幾扇門，看到裡面的裝潢後，發現內部華麗的裝飾完全不輸我居住的綠寶石宮，讓我覺得這座宮殿就這樣被荒廢實在有些可惜。

嗯，這個地方如果被小時候的我發現，肯定會成為讓我一夜暴富的寶地……我帶著淡淡的懷念，看著四周璀璨閃耀的景象。

不過，這裡似乎沒有看到任何像是魔法神器的東西。看來塔主爺爺所說的話是空穴來風啊。

畢竟是古書上的內容，這也在意料之中，而且也沒人能保證黃寶石宮就是古書中提到的禁地。

抱著這種想法，我對探索宮殿內部的興趣稍微減輕了些許。

我現在所在的位置是黃寶石宮的某處，一間被用作臥室的房間。也許是宮人們平時認真維護，這個房間乾淨得就像平時有人在使用一樣。

桌上甚至還自然地攤開了一本書，就好像剛才有人閱讀過……

「咦？」

就在那一刻，我突然感受到了一股違和感，倏然停下了腳步。

這座宮殿已經有好幾百年沒人使用了，但突然出現的書本是怎麼回事？難道是打掃這裡的宮人在休息時閱讀的嗎？

我帶著這個疑問，拿起桌上攤開的書。理所當然地，我並沒有從這本書上感受到任何魔法氣息。

不過有一點很特別，書本的封面上沒有標題。我稍微檢查了那片漆黑的封面，看了看被翻

「哎呀，這不是古文嗎？」

書頁上的文字，竟是目前研究人數不多的古文。宮中有能讀懂這個的人嗎？如果有的話，不是應該聘用到皇室任職嗎？

我一邊想著，一邊翻譯著眼前的古文。我從小到大學習的知識甚廣，這種程度對我來說不算太難。

展開的書頁上只寫了一句話。

「只有抵達真理之人，才能返回並擁有聖運？」

這是什麼天馬行空的……

突然間，耀眼的光芒倏然從書中迸發。剛才還是平凡物品的書本，瞬間湧出劇烈的魔力波動。

我急忙將手放開，但完全無濟於事，眼前那道耀眼的光芒已將我徹底吞噬。熾烈的光芒沒過多久便消散而去，但我的眼睛依舊十分刺痛，根本無法好好看清前方。

啊，我的眼睛！突然發生了什麼事？書本突然射出光芒？明明只是一本感覺不到任何魔力的普通書籍，怎麼會突然這樣？看來我得把這本書拿到黑塔去調查一下了。

「妳、妳是誰……」

就在那時，我聽到前方有聲音傳來。難道是看到黃寶石宮爆發的光芒而前來的宮人嗎？

「妳是誰啊？」

但她怎麼會問我是誰？宮裡應該沒有不認識我的人。受到那股耀眼的光芒影響，我尚且看不太清楚，只能伸手揉了揉眼睛，等視力慢慢恢復。

視線由朦朧轉為清晰，當我終於確認了面前之人的容貌後，不由得瞪大雙眼僵在原地。

而對面的人也是同樣的反應。那個女孩就像無法相信眼前的情況一般，臉上露出了訝然和驚恐交雜的表情。

不知道剛剛是否在就寢，還是正在準備別的什麼，她只穿著一件白色睡衣。

她波浪般散開的頭髮閃爍著耀眼的白金，而錯愕睜大的眼眸竟是一雙閃閃發光的璀璨寶石眼。

但最讓人震驚的是──

「妳和我長得一模一樣……？」

就像站在鏡子前，我和面前的女孩有著一模一樣的外貌。

我呆呆看著自言自語的女孩，感到十分驚恐。我迅速看向四周，一個陌生的場景倏然映入眼簾。

不，對我來說並不陌生。

因為這裡像極了我小時候居住的紅寶石宮。

我無法隱藏內心的動搖，向那人問道。

「妳是誰？」

我看著那個和我長得一模一樣、正可憐地顫抖著的女孩，不由自主地發出一聲錯愕的輕笑。

「難道……」

「難道……？」

「妳是阿塔娜西亞？」

對於我衝動的提問，女孩終於有了反應。啊，原來不是我的錯覺。

她正是書中那個不幸的公主殿下。

她是在珍妮特作為女主角的《可愛的公主殿下》中的阿塔娜西亞。

◆◆◆

路卡斯覺得有些惱怒。因為某個煩人的傢伙讓他浪費了整整一週的時間。

「下次如果再來煩我，是不是直接讓他永遠沉睡比較好？」

他嘖了一聲，自言自語道。

現在讓路卡斯感到困擾的不是別人，正是卡拉克斯。那彷彿隨時都會死去的卡拉克斯，現在依然非常頑強地活著，且一直糾纏不清，他早就一腳踢開了，但對方一副快要死去的樣子，說要實現死前最後的願望，他也不好完全無視。

不過，如果知道對方會像水蛭一樣纏著自己，他當初也許會改變想法。

現在路卡斯也正在為沒有徹底結束卡拉克斯微弱的生命而感到後悔。反正不管怎樣他還是會再重新轉世，不是嗎？

而且，這個厚顏無恥的傢伙竟然還擺出一副高人一等的模樣，自以為是地對他說教。

「如果妳所願做得太多的話，女人很快就會厭倦。」

「你不懂什麼叫『欲擒故縱』嗎？」

其實，那些話讓路卡斯有點動搖，但他表面上還是裝作一副若無其事的樣子。

他利用魔法移動到了另一個地方。能讓路卡斯這樣急匆匆去見的人只有一個。

「這又是哪裡？」

但下一刻，陌生的房間讓他皺起了眉頭。平時，路卡斯對阿塔娜西亞的行動範圍瞭如指掌，所以眼前的場景讓他很是困惑。

是綠寶石宮的另一個房間嗎？但即使是這樣，這裡的空氣怎麼感覺這麼奇怪？

正當路卡斯皺著眉頭仔細觀察周遭，他的目光落到了地毯上的一本書上。

奇怪，他為什麼從這本書裡感受到了自己正在尋找之人的魔力呢？

路卡斯彎腰撿起了地上的書，輕鬆讀懂了書內的古文。

只有抵達真理之人，才能擁有聖運。

「什麼亂七八糟的話？」

路卡斯讀了書中的文字後，不悅地嘟囔著。

他尋找的人不見蹤影，反而在一本可疑的書中感受到了熟悉的魔力，這讓他非常不爽。路卡斯想進一步調查這本書，便在指尖聚集起魔力。

嘩啦！

下一刻，眼前耀眼的光芒突然將一切都染成了白色。

這不過發生在眨眼之間，但也可能是他失去了片刻知覺。無論如何，路卡斯感覺比剛才更加心煩意亂，本能地睜開眼睛。周圍耀眼的白光已完全消失，觸目所及是一片濃重的黑暗。

明明是一本毫無魔力的普通書籍。路卡斯完全搞不懂這該死的紙突然在搞什麼鬼把戲。這讓他自尊心受挫，心情變得極差。

那該死的書，回去後一定要直接燒毀，連灰燼都不留。

路卡斯咬牙切齒地想著。與此同時，視野逐漸變得明亮，就像霧氣漸漸散去。

然後，眼前顯露出的景象讓路卡斯的眼神瞬間閃爍不定。

「真是個可憐的孩子。」

平靜的男性嗓音在耳邊響起。那雖然是細微的耳語，卻像沉寂千年的廣闊海洋般，散發出奇異的宏偉和深邃。

「你可能覺得我很可悲，但我認為你更加可憐。」

路卡斯已經脫離了深邃的黑暗，眼前是即將落下的夕陽。他站在塔頂，彷彿剛才在封閉皇宮房間裡的一切都是一場夢。此時他正面對著湧動的寒風，定定注視著某個人。

「你大概以為自己擁有全世界，其實你卻一無所有。」

染紅了視野的夕陽，穿透風聲的乾燥耳語，還有背對著他、站在落日下的男人的背影。這一切景象他都無比熟悉。

下一刻，白髮男子回頭望向他的臉龐也逐漸清晰。

「在擁有這麼多美好事物的世界裡，只有你一個人一無所有地誕生，一無所有地活著，最後一無所有地死去，那該是多麼可悲啊。」

聽到這句話的瞬間，路卡斯腦海中湧現出長久以來被遺忘的記憶。

「別開玩笑了。」

冷冽的風中，冷漠的微笑悄然綻放。

「你不是早就死了嗎？」

眼前的這個人，早在很久以前就已然死去，是個以最惡劣的方式將自己從世界上抹除的可恨人物。

突然以這種方式重新出現，難道不是犯規嗎？

099

「算了，無所謂。」

路卡斯靜靜凝視著眼前的男子片刻，隨即閉上了眼睛，露出一抹冷淡的笑容。

「無論是夢境還是幻象，只要活著，就能再次殺死。」

直到這時，男子仍以超脫一切的表情，靜靜站在他的面前。

不久後，路卡斯的手毫不猶豫地向那名男子伸去。

❖❖❖

「這到底是怎麼回事？」

我望著剛剛逃離的紅寶石宮，努力平復仍在劇烈跳動的心臟。

面對一個和自己長得一模一樣的人，那種感覺根本無法用言語形容。這就是見到分身的感覺嗎？但這明顯已經超出了分身的範疇。

「妳是阿塔娜西亞？」

她不僅長得像我，還自稱是「阿塔娜西亞」。

「是的。妳到底是誰？怎麼會突然出現在我的房間？而且為什麼長得和我這麼像？」

起初，她因極度的驚訝和不安難以開口，但一開口，就開始滔滔不絕對我提出各種問題。

哈哈，那我做了什麼呢？

我對她施展了睡眠魔法，然後逃跑了！

呃、呃啊，我原本不是這樣打算的，但想到情況緊急，不知不覺就……畢竟我也需要時間來整理思緒並搞清楚這到底是什麼情況，不是嗎？

剛才看到她時，我不經意地想起了《可愛的公主殿下》中的阿塔娜西亞，但那是有可能的嗎？如果是的話，我現在所處的難道是書中的世界？

不……之前我也曾經穿越進入那本書中，成為了「阿塔娜西亞」，所以這不是完全沒有可能的。

我再次想起了留在紅寶石宮的那個女孩，眼睛不自覺地顫動了一下。我對她施加了睡眠魔法，而她沉睡的臉龐不管怎麼看，都和我的臉過於相似，甚至連手臂上的痣位置都一模一樣！

想到這裡，我又不禁感到一陣寒意。

在這混亂之中，我再次彈了彈手指，使用了瞬間移動。

這種情況下，我首先能做的就是去綠寶石宮看看。雖然覺得實在過於荒謬，但直覺告訴我不可以輕易忽視。

綠寶石宮裡，臥室的燈未被點亮，室內一片漆黑。

考慮到去黃寶石宮的時候是白天，如果我從那時就消失無蹤，那麼現在宮裡應該已經徹底亂成一團。

但從剛才開始，皇宮就非常安靜。

不久後，我發現我的床上有個人正在睡覺，不禁輕輕地笑了出來。

月光從窗外灑落，在床上安詳入睡的人正是珍妮特。她彷彿原本就是這個房間的主人般，非常自然而舒適地沉睡著。

由於太過困惑，我一時什麼話也說不出來。

我舉手用力拍了一下自己的臉頰。好痛，那難道真的是現實嗎！

什麼？這是真的嗎？這不是夢，是現實嗎？

在紅寶石宮看到的、那個和我長得一模一樣的女孩，還有綠寶石宮裡的珍妮特。

我在黑暗中茫然地凝視著珍妮特的臉，然後慢慢環顧房間。看著這熟悉又陌生的景色，我很快就沉默下來。

房間的主人不是我，這一點從我記憶中的房間與這裡沒有任何相似之處就可以看出來。

但這真的很荒謬。

這裡明明是我在綠寶石宮的臥室，如果房間的主人不是我，又會是誰呢？

我再次凝視著在床上沉睡的珍妮特，又隨手彈了個響指。

隨著一聲脆響，場景隨即轉換，我的視野中灑滿了柔和的月光。

紫色花朵四處盛放，在月光的照耀下顯得更加神祕。我抵達的地方，是石榴宮的後花園。

眼前站著一位我再熟悉不過的人，他的背影讓我感到無比親切，於是我鼓起勇氣朝他走去。

柔軟的草坪隨著我的腳步發出了沙沙聲響。與此同時，克洛德轉過身來望向我。

我本想開口呼喚他。

「真是個令人厭煩的女人。」

但下一刻，他那冰冷刺骨的聲音讓我終究一句話也沒能說出口。

「如果妳打算重複白天那些無聊的話，就立刻從我眼前消失。就算妳苦苦哀求上百次，也不會有任何改變。」

「看來妳沒聽懂我的意思，我再說一次。」

他那凝視著我的目光彷彿由寒冰雕琢而成般，極為冷漠。

克洛德直視我的眼睛，比以往任何時候都更加冷酷地說道。

「我從未把妳當成我的女兒。這樣的情況將來也不會改變，所以別再做出令人反感的事了。光是看到妳的臉，我就感到無比煩躁。」

說完，他好像完全不在乎我會有什麼反應一樣，轉身離去。

我注視著克洛德遠去的背影，那是我明明非常熟悉卻又完全陌生的爸爸。

「唉，真是的。」

我不自覺吐出了一聲輕蔑的笑聲。

或許我在紅寶石宮遇到另一個阿塔娜西亞，又在綠寶石宮看到睡著的珍妮特，就已在某種程度上預料到了目前的情況。因此，看到克洛德對我那般冷漠，我並沒有太過驚訝。

「對我說出那種話，證明他真的不是我的爸爸。」

這片我曾數次凝望的夜空，此刻也讓人感覺格外陌生。

我再次使用瞬間移動，檢查了皇宮各處。

果不其然，克洛德為我而建的私人圖書館和總是盛開著嬌豔玫瑰的花園都不復存在，綠寶石宮花園裡的花也在一夜之間從玫瑰變成了其他品種。

與我同住在綠寶石宮的諾克斯和小藍也不見了，莉莉也改為住在紅寶石宮。漢娜和瑟絲不見人影，至於菲力斯，剛才在後花園時，他就默默站在不遠處。克洛德離開後他便向我輕輕一鞠躬，悄悄跟隨在克洛德身後。

更重要的是分別住在紅寶石宮和綠寶石宮的阿塔娜西亞和珍妮特，以及對我冷漠說出「我從未把妳當成我的女兒」的克洛德。

我一點一滴回顧著這些不尋常，混亂的思緒逐漸變得清晰。

再加上我來到這裡之前看到的那本奇怪的書。我讀完書裡的詭異文字後散發出的白光明顯

第二天早上，我對自己施加了隱形魔法，再次前往紅寶石宮。昨晚我整夜未能闔眼，特地去了黃寶石宮一趟，試圖尋找讓我來到此處的那本書，可惜卻一無所獲。

我心想那本書可能遺落在自稱「阿塔娜西亞」的女孩房裡，但那裡除了被我用睡眠魔法強制入睡的女孩之外，並未出現我在尋找的書。

「公主殿下，您的臉色似乎不太好。」

「啊……是嗎？」

這時，我看到從睡夢中醒來的女孩動了動，不由自主地打了個寒顫。

路卡斯以前用魔法製造出一個跟我長得一模一樣的人偶時，我也沒有這種感覺。因為那只是一個沒有意識的人偶，而現在我眼前的卻是一個活生生的人類？

天啊，在大白天看到她，更加讓人毛骨悚然了！

「昨晚我作了個奇怪的夢。」

「奇怪的夢？」

「嗯，夢裡出現了一個跟我長得一模一樣的人。」

看來她把昨晚的事當成了一場夢。可能是昨天見面後我立刻施加了睡眠魔法，所以她才會

❖ ❖ ❖

是魔力釋放的徵兆。

事到如今，除非極其遲鈍，否則我不得不懷疑這裡可能早已不是我原本生活的世界了。

這麼認為吧。

「但直到現在我還是覺得那場夢太過真實了……」

「您最近可能太累了。今天請好好休息。」

那個跟我長得一模一樣的女孩陷入沉思，聲音逐漸變得模糊了她。隨後，女孩也輕輕地笑了笑。

「嗯，我會的。謝謝妳，莉莉。」

她面前的人正是莉莉。

我看著兩人如此和諧的場面，心情變得非常複雜。

如果是這樣的話，那珍妮特住在綠寶石宮，而這個女孩住在紅寶石宮，還有莉莉對她的溫柔和昨晚克洛德對我的冷漠，一切似乎都說得通了。

公主殿下》裡的阿塔娜西亞。

等等，那個女孩是怎麼回事？她真的是另一個我嗎？仔細想了想，她似乎真的是《可愛的

或者說，我現在是在作夢嗎？

我懷著這樣的疑問，像昨晚一樣再次拍打著自己的臉頰，順便捏了捏大腿。啊，確實好痛。

「那麼公主殿下，我現在就去準備早餐。您最近的食量似乎有所減少，我特別準備了您喜歡的食物，希望您今天能多吃一點。」

當我這麼做的同時，自稱阿塔娜西亞的女孩開始獨自在房間裡享用早餐。

我觀察了她一會兒，便移動到了綠寶石宮。

「哇，公主殿下，那束花是什麼？」

綠寶石宮的氛圍與紅寶石宮截然不同。與紅寶石宮的靜謐相比，綠寶石宮則給人一種明亮

「這是要送給父皇的禮物。」

看著笑容燦爛的珍妮特懷裡抱著像陽光一樣耀眼的黃色花朵，我不得不感到有些悵然。在我熟悉的宮殿中，珍妮特的身影竟讓人如此陌生。

珍妮特略帶憂地詢問，而一位宮人笑著回答。

「我打算今天用早膳時帶去給父皇……您覺得他會喜歡嗎？」

「當然了。公主殿下的禮物無論是什麼，陛下都會喜歡的。」

聽到這話，我的心情頓時變得更加複雜。

「不過，公主殿下，您跟我們說話時可以放鬆一些。對我們使用敬語並不合適。」

「啊，在亞勒腓家的時候，我就習慣這種說話方式了……你們已經照顧了我三年，至少應該要給予這種程度的尊重。」

聽到珍妮特的話，周圍的宮人臉上皆露出了感動的表情。作為一國公主，她不僅不輕視且十分尊重在宮裡工作的人，他們對此十分感激。

如果她已經被照顧了三年，那珍妮特現在是十七歲嗎？按照書中內容，她是在十四歲參加成年舞會後才入主皇宮。

當然，她曾短暫居住在招待客人的藍寶石宮，後來因克洛德的寵愛，才被賜予了這座綠寶石宮。

雖然不想這麼說，但考慮到紅寶石宮裡的阿塔娜西亞還活著，她們的年齡應該還不到十八歲。

我跟著懷抱花朵的珍妮特一起行動，而她正向著石榴宮前進。就如同他們的對話，她的目

106

「父皇！」

看著珍妮特帶著燦爛笑容向站在走廊一側的克洛德跑去，我差點咬到自己的舌頭。

的地確實是克洛德所在之處。

看著克洛德漠然迎接珍妮特的樣子，我不禁瞪大眼睛。

「來了？」

「今天也是美好的一天呢。這是給您的禮物。」

親眼目睹曾在腦海中想像過的場景，我心中的驚駭遠超預期。儘管昨天已經見過克洛德，但看到他對待珍妮特的態度，我的感受又與昨日有所不同。

「昨晚我去花園時，發現花開得很美，想讓父皇也看看，所以今早特意去花園親自摘了這些。」

珍妮特像一隻活潑的小鳥般絮絮叨叨，將花遞給克洛德。只見克洛德的目光落在珍妮特手中的黃色花朵上。

「花啊。真是稀奇的禮物。」

儘管他接過花束和說話時都面無表情，但他的眼神卻因珍妮特而變得溫暖，與昨夜對我的冷漠截然不同。

「這束花正如珍妮特公主殿下那般明媚動人。這份禮物一定能讓您感到愉悅的，陛下。」

站在克洛德身旁的菲力斯看著兩人，微笑著說道。眼前所見就像是他們的日常，三人的互動非常溫馨自然。

隨後在餐廳的情景也是如此。

我看著開心說著話的珍妮特和靜靜聽著的克洛德，心情又一次掀起了漣漪。

107

在這之中，被幸福包圍的珍妮特讓我的情緒變得更加微妙。此前我們最後一次見面，是她在假的黑塔魔法師卡拉克斯的幫助下，除去了寶石眼並離開皇宮。

此刻，在我眼前的克洛德，正用一種看似漠不關心卻又隱含溫情的眼神注視著珍妮特，讓我一陣五味雜陳。

而當我想起正在紅寶石宮獨自用早餐的阿塔娜西亞，心情更是越發沉重。

「啊，為什麼我會這麼悶悶不樂？」

明明沒有吃任何東西，我卻感覺像是吃壞了肚子一樣從石榴宮走了出來。剛才還有些飢餓的胃部，現在卻一陣翻攪。

不知為何，我有種想狠狠撕扯東西或是踢飛東西的衝動……

「對了，我得找到那本書！」

我決定去尋找那本導致一切的可疑書籍。

只有抵達真理之人，才能返回並擁有聖運。

「唉，那到底是什麼意思啊？」

不管怎麼想，我陷入這種困境與那本書中記載的內容似乎有著某種關聯。

抵達真理？擁有聖運？

從昨晚開始，我就反覆思考著這句話，塔主爺爺曾對我說過的話也在腦中一一閃過。

——這是自古以來流傳的傳說。據說是第一代皇帝陛下為了選擇繼承人而製作的魔法神器。

——古書上沒有詳細記載，所以我也不太清楚，但據說那個魔法神器非常神祕，能夠自行辨別出有資格成為皇帝的人。

108

——幾代後的皇族在皇宮禁地發現了那件魔法神器，留下了這個紀錄。

得知此事，我出於好奇前往被認為是皇宮禁地的黃寶石宮，然後在那裡發現了那本奇怪的書，從而陷入了目前的困境。

那麼，那本書是否就是塔主爺爺提到的魔法神器呢？我現在是否應該到黑塔去問他？但如果我的猜測沒錯，這裡真的是《可愛的公主殿下》的世界。那麼這裡的阿塔娜西亞與塔主爺爺之間可能沒有任何交集。

當然，我尚且不能確定這裡是否真的是小說中的世界，又或者僅僅只是一個製作精良的幻夢罷了。

畢竟小說中的阿塔娜西亞無法使用魔法。

因此，我決定先回到黃寶石宮再次尋找那本書。

「到底在哪裡啊？」

但即使花了好幾個小時，眼睛瞪得像燈泡一樣仔細搜尋整座宮殿，我依舊一無所獲。太陽從山頭跌落，我終於因疲憊而癱坐在地。肚子飢餓萬分，且因昨晚徹夜未眠，我感到異常疲倦。

我一邊咀嚼著用魔法召喚出來的蘋果，一邊無助地嘆了口氣。

在這種情況下，我竟然還有食欲，人生還真是有趣啊。

如果我就這樣消失，我原本所在世界的時間也在同步流逝，那麼大家一定都非常擔心我。為什麼我要對初代皇帝製造的魔法神器感興趣呢？我以後絕對不會隨便觸碰任何書了！那本書看起來明明很正常，拿起來時也毫無異狀，結果竟然是個陷阱。

不過，即使自責，現狀也不會有所改變。那麼，我應該做一些我能做的事。看來解釋書中

那段文字是個關鍵。話說回來，從一開始我就覺得……

「這裡的空氣確實有點奇怪。」

我在寂靜無聲的宮殿走廊輕聲嘀咕。

這種氣氛似乎非常適合鬼魂出沒。我以前只以為小時候住的紅寶石宮陰森恐怖，但現在看來，黃寶石宮在傍晚時分也相當……

「咦？」

就在這時，我突然聽見遠處傳來的音樂聲。

聲音似乎是從外面傳來的，而且這首曲子感覺有些似曾相識……難道今天皇宮裡在舉行宴會嗎？

一想到這，我雖然因為其他事情分心而沒有深入探究，但外面似乎真的有點吵雜。

我決定短暫離開一下去看看情況，於是再次彈了彈手指。

「克洛德陛下的生日宴會越來越盛大了。前幾年都還只是形式上的慶祝。」

「自從珍妮特公主殿下來了之後，宴會好像變得更加華麗了。」

「聽說從去年開始，珍妮特公主殿下就特別關注陛下的生日宴會？」

宴會廳內如同預期般擠滿了打扮華麗的人群。

啊，原來今天是克洛德的生日？所以才會有這麼盛大的慶祝活動。

而且，大家果然都在談論克洛德和珍妮特的話題。畢竟在這裡，珍妮特是備受寵愛的公主，這也是理所當然的吧。

這麼想的瞬間，不知為何我竟感到有些不是滋味。

看來如果我繼續留在這裡，心情只會更加鬱悶。啊，如果我一直在找的書不在黃寶石宮，

而是在其他地方呢？既然宴會讓宮裡變得紛亂忙碌，不如趁機搜尋其他宮殿？

我抱著這樣的想法，離開了宴會廳。

「衷心地祝賀您的誕辰，父皇。」

在比宴會廳安靜許多的走廊上，我發現了兩個人的身影。一個是克洛德，另一個是和我長得一模一樣的女孩……算了，為了方便，就叫她「阿塔娜西亞」吧。畢竟她自我介紹時就是這麼說的。

所以，這個世界的阿塔娜西亞和克洛德現在待在一起。看起來是她在進入宴會廳前遇到了克洛德。

這顯然不是事先約好的愉快見面，更像阿塔娜西亞想提前祝賀克洛德，所以特意在這裡等他。

但她看起來相當緊張。

唉，看著她用和我長得一模一樣的臉露出那種表情，感覺真的很怪。

克洛德靜靜注視她片刻，隨意地說道。

「妳比我想的還不要臉。」

啊，對了，昨晚見到克洛德的人是我。他似乎把我誤認為是這個阿塔娜西亞了？

我記得在我出現之前，他們之間就已經發生了一些事。看來，克洛德這番話是對於她儘管被無情拒絕兩次，卻仍膽敢出現在他面前的嘲諷。

克洛德冷淡的語氣讓女孩明顯地手足無措起來。不過，她很快又勉強擠出一絲笑容，重新開口。

「我……我準備了一份生日禮物，雖然不多……」

然而，克洛德只是冷冰冰地回應。

「從我的眼前消失，就是妳能給我的唯一禮物。」

這一刻，我不由得瞪大眼睛。

「什麼……」

那道顫抖的呢喃並非源自於我，而是從另一個阿塔娜西亞口中流淌而出。克洛德無情的話語似乎狠狠地傷害了她。

對於好不容易鼓起勇氣來見克洛德的阿塔娜西亞來說，那種話實在太過殘忍。

「陛下。」

但即使是菲力斯，在這個世界也跟阿塔娜西亞不是很親近，他的臉上也流露出克洛德說的話有些過分的表情。

在一旁如影隨形、靜觀其變的菲力斯似乎想勸勸克洛德，並沒有積極站出來為她辯護。

「父皇！」

就在這時，一陣輕快的腳步聲隨著愉快的聲音一同響起，讓克洛德馬上轉過頭去。

「珍妮特。」

看到克洛德臉上那少見的柔和，我不禁再度被一股難以名狀的情緒包裹。

菲力斯的臉上也掠過一絲如釋重負的表情，看來珍妮特的出現，讓他不用再擔心克洛德和阿塔娜西亞兩人獨處時的緊張氣氛。

但如果他看到阿塔娜西亞的表情，或許就不會有那樣的想法了。

「雖然早上已經說過了，但還是再次祝您生日快樂。我為父皇準備了一份禮物，您願意接受嗎？」

「我已經說了，早上的花就足夠了。」

「在這麼特別的日子裡，怎能如此呢？」

珍妮特像隻歡唱的鳥兒一樣向克洛德訴說，隨後她才注意到站在他背後的女孩。

「哎呀，阿塔娜西亞，妳在這裡啊。抱歉，我太興奮了，沒有注意到妳。太好了，我們一起去宴會廳吧。」

克洛德依舊用冷淡的目光俯瞰著她。見此，阿塔娜西亞勉強吐露出一句彷彿喉嚨被勒住的沙啞聲音。

收到珍妮特的邀請，阿塔娜西亞不禁微微一震，目光不由自主地轉向克洛德，似乎想起了他先前對自己說的話。

「不、不用了，我突然有點不太舒服……只是前來問候一下。」

「哎呀，真的嗎？妳臉色的確看起來不太好。」

「沒關係的，只要回去休息一下就好。」

雖然珍妮特看起來依依不捨，但面對阿塔娜西亞蒼白的臉色，她終究沒有再堅持。

「那麼父皇……祝您度過一段愉快的時光。再次祝您生日快樂。」

她小聲留下最後的問候，步履蹣跚地離開了現場。

「陛下，是否能容許臣護送阿塔娜西亞公主殿下返回紅寶石宮？」

菲力斯看著她的背影，似乎十分擔心，於是小心翼翼地向克洛德問道。

「別做無謂的事。」

但克洛德斷然拒絕了他的請求，隨後便頭也不回地轉身離開。

最終，菲力斯只能跟上克洛德的步伐。儘管如此，他仍十分擔憂獨自一人離開宴會廳的阿

塔娜西亞，不時回頭望去。

「菲力斯，別太擔心。宴會結束後我會去看看她的。」

「公主殿下願意這麼做的話，臣就放心了。感謝您，公主殿下。」

「不用感謝我，我也很擔心阿塔娜西亞。」

珍妮特的話讓菲力斯的臉色明顯地亮了起來。珍妮特給了他一個淺淺的微笑後，輕快地走向前方步伐較快的克洛德。

「父皇，您走得太快了。」

「是妳太慢了。」

「您就不能為了我走慢一點嗎？我想和父皇並肩而行。」

珍妮特輕輕勾住克洛德的手臂，克洛德的步伐終於放慢了些。珍妮特對他露出微笑，他們在溫馨柔和的氛圍下走進了宴會廳。

❖❖❖

與此同時，早早回到紅寶石宮的阿塔娜西亞得到了和剛才截然不同的問候。宴會才剛開始，她卻已經回到宮中，所以莉莉有些擔憂地問道，而阿塔娜西亞只是笑著回答。

「公主殿下，您怎麼這麼早就回來了？」

「我突然有點不舒服，父皇擔心我，讓我回來好好休息一下⋯⋯所以我就提早回來了。」

那是個謊言。

聽了她的話之後，莉莉似乎意會到了什麼，沉默地凝視著她面前的那個笑容。我注意到莉莉的瞳孔微微震動了一下，但她很快便自然地掩飾了自己的動搖，向阿塔娜西亞走去。

「原來如此。您還好嗎？是因為昨晚沒睡好？今天請早點休息吧。」

隨後，莉莉親自為阿塔娜西亞沐浴更衣，還為她準備了一杯熱茶，並點燃一支有助於放鬆身心的香薰蠟燭。在她離開後，房間一直保持著寂靜。

「嗚嗚⋯⋯」

室內沉寂了一段時間，一道細微的啜泣聲自床鋪隱隱約約地傳了過來。

聽到這淒涼的哭聲，我竟一時無法動彈。猶豫片刻，我似再也無法忍受般離開了那裡。

「啊啊，快把我送回家啊！」

不久後，在一片寂靜的蘆葦叢中，我的聲音隱隱迴盪著。

克洛德這個壞蛋！大壞蛋！

太過分了吧？對自己的女兒那麼冷淡、冷冰冰地旁觀，還無情地說出那種狠話，在自己生日宴會上對女兒說妳消失就是最好的禮物，然後跟珍妮特嘻嘻哈哈！呃啊，氣死人了！

我到底要在這裡待到什麼時候？誰來回答我啊？

我滿懷怨憤，向星光點點的夜空張開雙臂，大聲疾呼。

「我想回去！」

就在那時，一道慵懶的聲音從我頭頂傳來。

「想回哪裡去？」

那一刻，我被嚇得驚叫出聲，本能地抬頭望向聲音的來源。

隨後，那雙在黑暗中也能散發出明亮光芒的紅眸彷彿等待已久般，鎖定了我的視線。

「妳想回到哪裡去？」

那道帶有些許玩味的聲音再次在耳邊環繞。月光下，他的黑髮如同攬住眾星的夜空一樣恣意瀟灑。

「路卡斯？」

我不由自主地張開嘴，喊出了他的名字。

❖❖❖

這也許是有人精心製造的幻影，但眼前的場景實在過於生動，恍若現實。這是從自己的記憶碎片中衍生出來的嗎？

「真是莫名其妙的鳥事。」

這個情景已經重複無數次了。路卡斯開始覺得有些厭煩，不自覺地皺起眉頭。

「真是個可憐的孩子。」

「你可能覺得我可憐，但我覺得你更可憐。」

即便真是這樣，又是因為什麼才幻化為如此具體的存在？

聽了無數遍那句無聊的話，路卡斯已經能夠一字不漏地背誦了。

他不知道已經看著相同的人、相同的場景重複上演了多少次，這一切全都無聊至極。

「你可能以為自己擁有了全世界，但實際上你一無所有。」

路卡斯一邊聽著耳邊的嘮叨，一邊懶洋洋地躺了下來。他嘗試用了幾次魔法，仍然無法殺死眼前的男人。

116

「在這個充滿美好之物的世界裡，你孤身一人空手而來、空手而活，最終將空手而去，這是多麼悲哀啊。」

「已死之人快點閉嘴吧。」

路卡斯對著回音不悅地嘟囔。

他還記得他就像觸摸鬼魂一樣，將手直接穿過了男人的身體。那感覺就像是把手伸進濃霧中攪動。

路卡斯釋放的魔力也直接穿過男人無效。

路卡斯嘗試了各種方法，試圖打破眼前的幻象，但一切終究一次又一次地重覆上演。

即使他嘗試用瞬間移動去其他地方，但一回過神，就會發現自己又回到原地。這個情況令他十分困擾。

儘管路卡斯試圖製造混亂，情況依舊沒有任何變化，他的努力終究只是徒勞。因此，他決定尋找其他方法，坐下來盯著那個男人。

不久後，男人終於轉過身來看著他。

又到了場景變換的時候了。在路卡斯面前重複的該死場景不只這一個。

咻嗚嗚。

風在呼嘯，白色的髮絲隨風飄揚，像正要展翅高飛的鳥羽。路卡斯望著那幅景象，轉過身去。當他躺著背對那個男人的那一刻，原本沐浴在落日餘暉中的天空，變成了一片清冷的晨曦。

「我相信終有一天你會理解我。」

即便視線被遮蔽，耳邊仍能聽到那些話，路卡斯像在表示這一切與他無關般閉上了眼睛。

「但另一方面，我又希望你永遠也無法理解。」

細小的聲音隨著風聲,如沙粒般在空中散去。

「不要那樣看我。」

儘管已重複過無數次,但接下來的話,他實在是不願再聽。因此,路卡斯伸手遮住了耳朵。

「父母先於子女離世,不是理所當然的嗎?」

但那句話依舊清晰地鑽入耳中,讓他忍不住輕蔑地笑了出來。

那個人彷彿毫無留戀,獨自灑脫地說著那番話,讓人難以原諒。曾經有段時間,他無法忍受眼前瀕死的男人,甚至想親手結束他的生命。

「真是笑死人了⋯⋯」

他低聲嘀咕,聲音隨風消散。

路卡斯決定改變主意。為了親眼目睹那個男人的悲慘結局,他從地上坐了起來。

當他轉過頭時,空中像風雪一樣飄散的白色粉末映入眼簾。

那個男人的身影已然消失。只有如塵埃般在風中飛舞的白灰,在破曉的陽光下如同玻璃碎片般閃耀。

路卡斯不知何時已變回了小孩的模樣。就像很久以前,那個男人在他面前死去時一樣。

他在塵土飛揚的天空下重新躺下。

他無法確定自己還需要重複經歷多少次這種糟糕的情況才能解脫。

唉,這一切是如此地煩人。

路卡斯極度厭倦地閉上眼睛。

這段期間,視野再次被染紅。

「真是個可憐的孩子。」

不久後，剛剛化為灰燼消失的男人的聲音再次傳入耳中。

這又是一個不知道是否有結尾的開始，而這個事實讓他感到無比疲憊。

❖❖❖

「路卡斯？」

我輕喊出聲。由於意外遇見了一個完全出乎意料的人，我不由自主地說出了那個名字。

那瞬間，在月光下的紅色瞳孔閃過了一絲異彩。

「妳怎麼知道我的名字？」

聽到這句話的瞬間，我立刻意識到眼前的並非我所認識的那個人。

啊，這個人不是那個「路卡斯」。

這也是理所當然，但我仍感到一股失望在心中蔓延。

對，即使他們長得一模一樣，他也不是我認識的那個路卡斯，就像現在皇宮中的克洛德不是我的爸爸一樣。

「我第一次見到妳，但妳卻認識我？」

看來在這個世界中，路卡斯和阿塔娜西亞未曾相遇。

畢竟在小說中，路卡斯甚至都沒出場過。

如果路卡斯和書中的主要人物有所關聯，他定然會以某種方式出現在故事中吧？

「真奇怪。我許久沒有離開過塔外，妳是怎麼知道我的？」

不管怎樣，我似乎無意中引起了這個世界的路卡斯的興趣。

唉,我只是單純來到蘆葦叢中,想抒發內心積壓的情緒,這個家伙怎麼就突然出現了?啊,如果在這裡的路卡斯不認識阿塔娜西亞,那他怎麼會突然出現,還跟我搭話呢?

我、我該怎麼回答?直接說「什麼?我不知道你的名字。你可能聽錯了,呵呵呵」,然後馬上逃跑?或者說出真相,表示「我認識另一個世界的你」?啊,那聽起來好像「您相信教嗎」的另一種版本。

「還有這個魔力。」

當我正猶豫時,路卡斯從空中降落,無聲地踏上地面。

他站在隨風搖曳的蘆葦叢間,彷彿隨時都會消失般,散發著隱約模糊的氣息。但與此同時,那股強烈的存在感卻又令人很難忽視他。

「妳的魔力波長和我非常相似。」

我不知道這是什麼意思。我們又沒有血緣關係,魔力怎麼會相似?

「那個,你能不能先離我遠一點⋯⋯」

總之,路卡斯朝我走近後,開始仔細打量著我的身體,讓我感到很不自在。我支支吾吾地對他說了一句,他似乎這才意識到了什麼,開口說道。

「咦,奇怪。」

隨後他說出的話讓我當場愣住。

「我以前偷吃的神獸的魔力和妳一模一樣,這是怎麼回事?」

「⋯⋯你剛剛說什麼?你偷吃了什麼?神獸⋯⋯神獸?我想起來了,我們第一次見面就是因為你想綁架我的小黑!」

那一刻,我受到了巨大的精神衝擊。

難道這傢伙！

你、你吃了小黑嗎？真的吃了嗎……？我的小黑！

「你吃掉我的小黑了嗎！」

在我難以置信地大喊時，路卡斯疑惑地歪著頭問道。

「小黑？」

「你說你吃掉的是不是那隻可愛迷人、又愛撒嬌的黑色神獸？」

隨後，路卡斯好像想起了什麼，終於開口說道。

「啊，我想起來了。牠好像確實是長那樣。畢竟是十年前的事了，我的記憶有點模糊，但應該是吧。那隻該死的神獸瘦到幾乎看不見，找牠費了我不少功夫呢。」

晴天霹靂！

聽到路卡斯的話，我忍不住大聲斥責。

「喂，你這個壞蛋！憑什麼吃掉我的小黑？」

「嗚哇、嗚哇哇！嗚哇哇哇！這個人、這個人竟然吃掉了我的小黑！」

原著中的阿塔娜西亞不會使用魔法，但自從知道我擁有作為魔力結晶的神獸後，我就一直覺得奇怪。

再加上以前路卡斯一有機會就威脅我說他要吃掉小黑，還有他一來皇宮就想偷走小黑的事實，讓我心裡一直很是不安。

我曾懷疑原著中的他是不是真的吃掉了小黑，才會導致阿塔娜西亞無法使用魔法？

但我萬萬沒想到這居然是真的！從路卡斯口中聽到這殘酷的事實，我受到的心理衝擊簡直無法言喻。

「什麼，妳認識那隻神獸？還叫牠小黑？反正時間一過就會消失，幹嘛給牠取什麼無謂的名字？」

在我崩潰的同時，路卡斯露出一副不解的表情，嘲諷地回應道。

即使是另一個世界的路卡斯，看來也一樣討人厭。他如此冷靜說話的模樣，讓我想起我認識的路卡斯也曾經指責過我對小黑的態度。

「小黑就是小黑，因為牠是黑色的啊！」

我再次對這個路卡斯生氣地回答，但他毫不在乎，繼續猜測著我的魔力來源。

「從寶石眼和魔力波長來看，妳確實是歐貝利亞的皇族。那我吃掉的神獸是妳的？不可能，那是不可能的。但妳現在怎麼會擁有那樣的魔力？」

我再次感到一陣怒火中燒。

「沒錯，怎麼會這樣呢？還不是因為你吃了牠！」

路卡斯仍帶著些許困惑地看著我。隱約猜到我真實身分的他，同時露出了感興趣卻又十分厭煩的樣子。

「妳似乎對我有所了解，奇怪的地方不只一兩處呢。」路卡斯嘟嚷幾句後，向我提問道：

「妳到底是誰？」

「我告訴你，你能理解嗎？」

哼，這個傢伙還真可笑！

我嘲笑著眼前的路卡斯二號，輕蔑地哼了一聲。

我可沒打算跟吃掉小黑的傢伙好相處！

然而，聽到我的話，路卡斯的瞳孔微微一縮，隨即露出了一抹狡猾的微笑，讓我不由自主地一驚。

啊，等一下！這不是這傢伙惹麻煩時會露出的笑容嗎？

我本能地感覺到了一絲危機，向後退了幾步。

太邪惡了！

就在那一刻，某種銳利的東西劃過我面前。被看不見的利器切開的蘆葦隨風飄揚，充斥著我的視野。

「喔，躲過了？妳的直覺滿準的嘛？」

聽到他意外的語氣，我不由得發出冷笑。

什麼情況？這傢伙剛才攻擊了我？

「你⋯⋯難道想殺了我？」

「說什麼呢？怎麼可能。」

與我年紀相仿的路卡斯笑了起來，彷彿聽到了什麼荒謬的言論。但他接著說出的話卻讓我不禁目瞪口呆。

「我找了這麼久，終於遇到看起來很有趣的人類，怎麼可能這麼輕易就殺掉呢？而且如果我真的想殺妳，妳覺得妳現在還能好好站在這裡嗎？」

「這、這個傢伙？你不是說我們才第一次見面嗎？第一次見面就這麼過分是對的嗎？」

「那你幹嘛突然攻擊我？」

「在我原來居住的地方，這是一種打招呼的方式。」

他又在胡說八道什麼啊？

不過路卡斯似乎並不關心自己的發言究竟有多荒謬，自顧自地繼續說道。

「我感受到有趣的魔力波動，所以就過來看看，沒想到比我預期中還要有趣呢。」

下一刻，眼前的人突然消失了。但他並不是真的消失。霎時間，路卡斯移動到我身旁，手指纏繞著我的頭髮輕輕拉扯，低聲細語道。

「妳想不想跟我一起走？」

他露出誘惑般甜美的微笑，那雙突然靠近的紅眼正凝視著我。

「我對妳很好奇，有很多事想知道。」

我在他的言行之間感受到了某種陌生，但那張慵懶微笑的臉卻與我所認識的路卡斯別無二致。

或許是這個緣故，即便知道他剛才對我發起攻擊，我的內心還是不由自主地動搖了。

與他的目光相遇後，我開口問道。

「什麼一起去？去哪裡？」

「我住的地方。」

能夠進入路卡斯私人的領域，對我來說確實頗具吸引力。平時幾乎不肯透露任何隱私的路卡斯竟然要公開住處，誰也說不准未來是否還有這樣的機會，所以我心中不免有些掙扎。

但我還是拒絕了他的邀請。

「不行，那個地方不是我能隨意去的。」

面前的人疑惑地歪了歪頭。

「我都說可以了，有什麼問題嗎？」

「我需要得到許可的人不是你。」

他顯然不太明白我的意思。但我並不希望說出這番話的人是眼前這個路卡斯。

我們的對話有許多奇怪之處。但最奇怪的是，不論路卡斯還是我，似乎都不太在意這點。

路卡斯臉上露出不悅的表情，似乎對事情並未按照他的意願進行感到不滿。

轟隆！

我本能地察覺到異常，立刻從他身邊退開。就在這時，我原本站立之處突然出現了一個深坑，被切割的蘆葦再次亂舞著填滿了我的視野。

「喂，這也太過分了吧？」

我的困惑比剛才還要深，忍不住開口質問他。

竟然毫無預警地連續攻擊，而且這次的威力看起來相當大？

「第一次邀請別人到我的塔裡卻被拒絕，我很受傷。因此，妳得負起責任。」

只聽路卡斯用冷淡的語氣說著。

隨即，我感受到了從他手中流瀉出的強大魔力。意識到他居然是認真的，我不禁驚訝得張大了嘴巴。

「等、等一下，路卡斯……！」

「別擔心，就算手腳掉下來，我也會幫妳漂亮地接回去。」

說實話，直到那時我還抱有一絲希望。但所謂「知人知面不知心」不是沒有道理的，路卡斯居然真的向我釋放了飽含殺意的強大魔力。

轟隆隆隆隆隆！轟隆隆——！

巨大的爆炸聲穿透耳膜，彷彿證明了這不僅僅是個玩笑。我試圖用魔力進行防禦，但路卡

斯本身就是個怪物，我的防護屏障最終還是被打破了。

當吞噬我的魔力完全消散，我迅速恢復意識，急忙檢查自己的身體。

啊啊啊！我的手腳還好嗎？頭呢？真的都還在正確的位置上嗎！

但讓人驚訝的是，我似乎並沒有受到任何傷害。

我感到有些茫然，抬起頭望向眼前的人。

「咳咳……」

周圍揚起的塵土終於平息，我在一片凌亂的蘆葦殘骸中發現了摀著胸口呻吟的路卡斯。

「咦、咦？你怎麼會那樣？」

「妳……到底對我做了什麼？」

然而，他竟以一副難以置信的表情瞪著我，說出了難以分辨是人話還是鬼話的字句。他的反應就像我對他做了什麼壞事一樣，讓我感到非常震驚，同時也非常困惑。

「不是我對你做了什麼……是你做了什麼才對吧？」

「妳……我一定要把妳弄死。」

呃，這傢伙。不知為何他居然生氣了？從他那扭曲的表情來看，他可能真的傷得很重。本來想等他冷靜下來再好好聊聊，但看他那副要殺了我的眼神，想來是沒辦法好好溝通了吧？

「呃，嗯。那麼，路卡斯啊，我有門禁時間，我得先走了。」

「喂，妳要去哪？想死嗎？給我回來！」

「不要這麼激動，情緒起伏太大對你這個年紀來說很危險的，要特別注意喔！」

路卡斯咬牙切齒，但受傷的地方似乎真的很疼，讓他幾乎動彈不得。

為了以防萬一，我還是迅速彈了下手指，離開了那個地方。

我本以為他可能會再次追來，但幸好沒發生這樣的事。

一想到黑髮瘋子的名聲果然在任何世界都通用，我心裡便不由得打起一陣寒顫。

❖❖❖

「原來妳在這裡啊？」

但顯然，我太低估這個世界的路卡斯了。

第二天，我坐在天使雕像上時，他突然出現在我面前，讓我大吃了一驚。

「妳怎麼把魔力的味道分散到皇宮各地了？找妳真麻煩。」

什麼，魔力的味道？你是狗嗎？這傢伙該怎麼說呢？原本的世界他能輕易地找到我，難道也是跟著魔力的味道？要是我再學習一段時間，變得更強大之後，也能像路卡斯一樣嗎？

「昨天受傷的地方還好嗎？」

「真可笑，現在是假惺惺來關心我嗎？昨天都是因為妳，我的內臟差點直接爆炸。」

「那怎麼會是我的錯？」

這傢伙真是要人命！

啊，真是的，關心這種人根本就是白費心力！好心好意關心他，他果然是小黑的仇人！應該立刻打倒，驅逐出境！

「我今天來皇宮找妳，結果發現了一件有趣的事。」

接著，路卡斯露出壞笑，說出的話讓我心頭一震。

「這裡有個跟妳長得一模一樣的女孩耶?看來那位公主好像就是被我吞下的神獸的原主。」

「竟、竟然!他看到阿塔娜西亞了嗎!」

「但據我所知,這個國家沒有雙胞胎公主啊。」

一陣微熱的風在天使雕像上方吹拂而過。路卡斯抓住我飄揚的頭髮,開口問道。

「妳真正的身分到底是什麼?」

我一時陷入沉思。

該怎麼辦呢?

實際上,第一次遇見這傢伙,我確實是打算坦白自己的處境,看看他是否知道關於我這種狀況該如何處置。

唉,但昨天完全不是能討論嚴肅話題的氣氛。

「妳不打算說話嗎?那我就自己找出答案好了。」

啊,在我思考的時候,這傢伙嘴角再度勾起了一抹邪惡的微笑,並順勢放開了我被他握著的頭髮。

等等。

等等,才過了不到一分鐘啊!不,什麼一分鐘,感覺才過了大概十秒鐘咻嗚!

接著,在我開口說話之前,路卡斯就從我眼前消失了。

這個陰晴不定的傢伙真是麻煩!

但等一下……自己找出答案?他到底是什麼意思?不是,我還在這裡,他怎麼可能……那一刻,一個念頭閃過腦海。

咻嗚──

我不祥的預感應驗了。

瞬移之後，映入我眼簾的，是路卡斯那傢伙正在綁架阿塔娜西亞的身影！

「喂！路卡斯，你這個瘋子！」

她似乎已經昏迷，軟弱無力地躺在路卡斯懷裡。

看到我的臉後，他像是偷腥的貓一樣笑了出來。

「妳的表情真不錯。現在我終於滿意了。」

「你到底在做什麼？馬上放她下來！」

「如果妳能搶回去，那就試試看啊。」

路卡斯留下這句讓人絕望的話，就從陽臺跳了下去。當然，我也踩著欄杆一躍而出。

「路卡斯！」

最終，我在綻放著鮮紅花朵的花園中追上了他。但這傢伙似乎故意在等我抓住他一樣，臉上再次露出討人厭的笑容，並轉過身來面對我。

啊，這傢伙要使用瞬間移動了！

為了阻止路卡斯，我在手中凝聚起魔力。

轟隆！

但我的魔力撞上路卡斯的瞬間，隨著一股沉重的力量壓迫著心臟，劇烈的疼痛倏然湧上。

「呃！」

我摀著胸口呻吟。

被強行解除的魔力破碎成冰冷的碎片，而我失去力量的手只能徒勞地滑落。

「看來今天的遊戲到此為止了。那麼，下次見。」

路卡斯看著躺在地上痛苦呻吟的我，露出了燦爛的微笑。我只能無力地看著他帶著阿塔娜西亞消失的背影。

魔力波動消散後，我也無法立刻站起身。

「阿塔娜西亞公主殿下？」

我正大口喘著氣，有個低沉的聲音倏然鑽進了我的耳中。

起初，我沒有意識到走向我的人是誰。但很快地，當他在我面前屈膝蹲下，我便看見了他的臉。

「您還好嗎？」

驚訝地看著我的人正是伊傑契爾。

在綻放的花朵之間，他俊帥的臉龐和隱隱閃爍的銀髮格外引人注目，而他如陽光般燦爛的金色眼瞳裡正倒映著我的身影。

「您哪裡不舒服嗎？」

他一臉困惑地看著坐在花園中央流著冷汗的我，而我對突然出現的伊傑契爾也感到有些錯愕。

「伊傑契爾⋯⋯」

不知不覺中，我呼喊出了他的名字，讓他的眼神倏然一顫。

可能是外表相似，他似乎把我當成了這裡的阿塔娜西亞了。

在有人到來之前，我就應該使用隱形魔法或是瞬移離開，但胸口和腹部的疼痛讓我滿頭大汗，幾乎無法呼吸，能勉強維持意識便已是我的極限。

「發生什麼事？這裡為何股奇怪的魔力波動？」

然而，這股暈眩感在下一刻卻變得更加強烈。

在伊傑契爾身後，出現了我絕對不該遇到的人——克洛德。

他緩緩走近，冷冽的璀璨藍瞳由上而下俯視著我。在我們目光相遇的瞬間，克洛德似乎稍頓了一下。

「伊傑契爾！父皇！」

但隨即傳來的聲音立刻吸引了他的注意。

「珍妮特，我不是說了可能會有危險，不要過來嗎？」

啊啊，太讓人難過了！

本來就痛得要死，還得看著爸爸在我面前關心其他孩子，根本不理會躺在地上的我。

「我怎麼能那麼做呢？父皇和伊傑契爾突然感覺到奇怪的魔力波動，就把我一人留下，我當然會擔心……咦？阿塔娜西亞？」

珍妮特發現了癱坐在地上的我，雙眼頓時瞪得圓滾滾的。

我猜可能是他們三人在一起時，感受到了路卡斯和我爆發出的魔力波動。接著，伊傑契爾和克洛德為了防範不明危險而來到這裡，然後珍妮特便也跟著過來了。

「陛下，阿塔娜西亞公主殿下似乎受傷了。」

伊傑契爾的話讓克洛德再次將視線轉向我。

「難道剛才那股魔力波動是妳造成的？」

他冷冽的目光掃過我的身體。我的胸口依舊疼痛難耐，忍不住發出了呻吟。

「阿塔娜西亞，妳還好嗎？有哪裡不舒服嗎？」

我沒預料到會一次遇到這三個人！

而且，這個世界真正的阿塔娜西亞剛剛已經被路卡斯那傢伙綁架了⋯⋯

那麼，在這裡與路卡斯發生的騷動又該如何解釋？

唉，不過比起爸爸，珍妮特和伊傑契爾居然更擔心我的狀況，這個世界的克洛德真是太過分了。

「那個⋯⋯」

我試圖辯解，可疼痛卻像一彎銳利的鉤子在體內翻攪，讓我的聲音聽起來極為沙啞。

但我好像沒必要立即想出藉口來向他們解釋了。因為我剛想開口說話，喉嚨裡的鮮血便湧了出來。

「阿塔娜西亞！」

即使用手遮住嘴巴，鮮血還是滴滴答答看到這樣的我，珍妮特發出了一聲惶恐的尖叫，而仍舊跪在我面前的伊傑契爾也僵硬地露出慌亂的表情。

我唯獨無法確認站在那裡的克洛德是何反應，但我相信他連眼睛都不會眨一下的。

他冷靜的聲音，讓我更加確信了自己的猜測。

「叫侍從和侍女過來。」

「陛下，情況緊急，讓我來吧。」

我真的痛到快死了，根本無暇顧及旁邊的人都說了些什麼。

我現在彷彿隨時都可能暈倒⋯⋯這好像不是我的錯覺，我似乎真的要撐不住了！我感覺自己的意識迅速模糊，身體開始搖搖晃晃。

「公主殿下！」

伊傑契爾及時接住了倒下的我，讓我至少避免了直接重摔在地的慘況。

伊傑契爾跟路卡斯那個傢伙不同，無論哪個版本都真的很紳士⋯⋯

我在心裡茫然地想著，最終完全失去了意識。

◆◆◆

「公主殿下，您沒事真是太好了。您根本無法想像我到底有多擔心。」

這、這是什麼情況？

看著眼眶含淚、低聲細語的莉莉，我感到很是困惑，眼珠慌亂地轉動著。

起初，我一睜開眼，就看到莉莉急匆匆地跑來關心我，讓我以為自己終於回到了原本居住的世界。

但事實並非如此。此刻我正躺在紅寶石宮的房間，被誤認為是這個世界的阿塔娜西亞。

「公主殿下的魔力已經完全穩定下來，真是太好了。為了以防萬一，塔之魔法師們會定期來紅寶石宮看您，檢查您的狀況。請您放心。」

我吐血的原因確實是使用魔力時受到反噬。為我診察的御醫說這次的情況不在他能處理的範圍內，建議傳喚塔之魔法師前來。

雖然不太清楚，但似乎是我試圖抓住路卡斯時所使用的魔法出了些問題。

無論如何，我因此第一次見到了這個世界的塔主爺爺，而他對我突然擁有魔力的事情感到十分難以置信。

當然，我並非突然擁有魔力，而是直接換了個人……但這件事並沒有任何人察覺。

我剛醒來，塔主爺爺就慌慌張張地問東問西，讓我一陣頭昏腦脹。

還好莉莉堅持我需要休息，斷然讓他離開了。

「我讓剛才來找您的人都回去了，請不用擔心。公主殿下只需要好好休息就行了，負責調查這次事件的人之前來找過我，問了關於花園裡發生的事，但我只是含糊其辭，說我記不清楚了。」

他們顯然對這樣的說法不是很滿意，但那又怎樣？記不起來就是記不起來。

莉莉對我突然擁有魔力的事情也感到非常不安，但她努力不讓我察覺，還不停安慰我。

看著她的樣子，我內心既感動又有點內疚。

「嗯，我沒事。莉莉也去休息吧。」

但可能是努力過頭了，聲音顯得過於無力。莉莉有些擔憂地看著我，最後露出了一個帶著安慰的笑容。

我盡量模仿這裡的阿塔娜西亞，對莉莉說道。

「公主殿下昏迷的時候，陛下有來過。他非常擔心您，希望您能盡快康復。」

唉，這個謊言太明顯了。這裡的克洛德怎麼可能會因為擔心阿塔娜西亞而前來看她呢。畢竟看我倒在地上，他連眼睛都沒眨一下。

但我什麼話都沒說，只是對莉莉露出一個淺淺的微笑。待她說我應該好好休息並離開房間後，我立刻抱頭痛苦地翻滾了起來。

啊，這到底是什麼荒唐的情況？為什麼我要在紅寶石宮假扮阿塔娜西亞呢？更何況，真正的阿塔娜西亞已經被路卡斯那傢伙綁架了！

一想到路卡斯抱著阿塔娜西亞消失前那個挑釁的笑容，我心中的怒火又燒了起來。這個世界的路卡斯真的太過分了吧？剛見面就攻擊我，還隨便綁架人。

我認識的路卡斯至少沒有這麼任性。

但憤怒只是瞬間的事。靜下心來思考片刻，我逐漸感到一陣良心不安，不禁輕咳了一下。

嗯，老實說，路卡斯本來就有點任性，只是對我來說可能沒那麼嚴重而已。

「啊，該怎麼辦？」

一陣頭痛突然襲來，我抵著額頭發出輕微呻吟。

我必須想辦法讓被路卡斯帶走的阿塔娜西亞回到原位。

早知道會這樣，路卡斯昨天邀請我去黑塔時，我就應該裝作不情願地跟著他去，那樣他就不會做出這種瘋狂的行徑。

現在我連他在哪都不知道，只能在這裡獨自苦惱。

還有一點令我十分困惑，為什麼我的魔法對路卡斯起不了作用呢？

想到剛才的情況，我的心臟又是一陣刺痛，不由自主地撫摸著胸口和腹部。

那感覺就像我所有的魔力都被粉碎，刺進了身體的每一寸，若非如此，我怎麼會吐血呢？

還好這次的疼痛比之前魔力暴走差點掛掉時要輕微一些。

這麼一想，昨天路卡斯在對我使用攻擊魔法後，也抱怨過他很痛吧？

昨天和今天的事之間似乎存在著某種關聯，但我尚且無法確定。

話說今天已經是我來到這個世界的第三天了，真令人難以置信。

我突然感到一陣空虛，不禁無奈地笑了笑。發生了這麼多事，結果居然才過了三天。

如果在我原本的世界裡，時間也是以同樣的速度流逝的話，三天絕對說不上短暫。

我憂心忡忡地環顧著紅寶石宮的房間，擔憂著未來可能會發生的事。

❖❖❖

「陛下，阿塔娜西亞公主殿下醒了。」

「是嗎？」

克洛德漠不關心地回應了菲力斯的話。

「您要再次前往紅寶石宮嗎？方才公主殿下尚未甦醒，您未能與她見面。」

「既然已經醒了，應該就沒事了。我沒那麼閒。」

聽到他依舊冷漠的聲音，菲力斯心想「果然如此」。剛才看克洛德主動到訪紅寶石宮，他還覺得意外……皇帝對於阿塔娜西亞公主一向保持著特別冷淡的態度。

「如果沒有其他事，你就出去吧。」

克洛德發出逐客令，菲力斯低頭致意後便離開了書房。

克洛德在靜寂的房間中默默閱讀著桌上的文件，不久後，他的目光卻無意地停了下來。

剛才在花園中痛苦吐血倒下的阿塔娜西亞不斷在他腦海中盤旋。

下一刻，克洛德的眉頭微微皺起，他抬手按住了額頭，感覺到了像針刺一樣的疼痛。從以前開始，每當他想起阿塔娜西亞或面對她時，就會莫名頭痛欲裂。

突然，門外傳來了敲門聲。

「父皇。」

耳邊流淌的是珍妮特的聲音。

「進來。」

克洛德一語落定,門便被推開。珍妮特走進書房,看著克洛德的臉說道。

「紅寶石宮那邊傳了消息過來,您聽說了嗎?」

「嗯。」

聽完珍妮特的話,克洛德皺了皺眉頭。緊接著菲力斯,珍妮特口中也提到了阿塔娜西亞的事情,讓他倏然有些不悅。

「剛才聽說您去過紅寶石宮。父皇也很擔心阿塔娜西亞吧?」

「我為什麼要擔心那孩子?」

他的話語冰冷,足以讓他人在這股寒意中不自覺地蜷縮。然而,珍妮特不僅不畏懼克洛德,反而更靠近他。

「我知道父皇是個溫柔的人。」

接著,她的手觸碰到了克洛德的手臂。從珍妮特身上,微微升起了肉眼難以察覺的黑色魔力。

克洛德感覺那讓他頭疼欲裂的不適漸漸消失,不知為何,原本悶悶不樂的胸臆也隨之變得舒暢。

「我會去看望阿塔娜西亞的,請您不用擔心。」

「我並不擔心這種事。」

克洛德最終還是否認了,但珍妮特似乎無需言語就已全然明白,只是輕輕地笑了笑。

「真是累死了,真的。」

轉眼間,我在紅寶石宮扮演阿塔娜西亞已經三天了。

我剛從皇宮的黑塔裡溜了出來,忍不住回頭看了一眼,感嘆了一下自己的命運。

因為突然擁有了魔力,塔主爺爺和那些魔法師們為了進行各種檢查不斷打擾我,不知道耗費了我多少精力。

看來他們似乎把我當成了一個有趣的實驗對象。

如果是原本世界的克洛德,根本不可能任由他們放肆,但在這裡簡直痴人說夢。對這裡的克洛德來說,不管宮廷魔法師是想要將我烤熟還是生吃,似乎都無所謂。

莉莉擔心我,想跟我一起前往黑塔,但宮廷總管突然傳喚了她,讓她無法與我同行。對了,現在這個世界的宮廷總管是那個以預算不足為藉口,連一個小玩具都不買給我的侍女長!

唉,既然在這個世界的克洛德對阿塔娜西亞極為冷漠,宮廷總管自然也會上行下效。

在過去三天,礙於莉莉時時刻刻的關心,我根本無法自由行動。打算去其他宮殿尋找把我帶到這裡的那本神祕書籍的計畫只能暫時擱淺。

在原本的世界裡,我總是在皇宮內四處閒逛,不管出現在哪裡都沒人會覺得奇怪。但在這裡,由於阿塔娜西亞一直過著謹小慎微、一成不變的生活,一旦我無聲無息地消失片刻,莉莉就會非常擔心。

我本可以對莉莉施展睡眠魔法,然後去辦自己的事⋯⋯但我怎麼能對莉莉這麼做呢?嗚

嗚。

當然，這裡的莉莉並不是我認識的那個莉莉。即便如此，每當看到她，我心裡總會不由自主變得柔軟。

就在我這樣想著的同時，對路卡斯的怒氣又再次湧上心頭。

都是因為那傢伙，我才會被迫代替阿塔娜西亞被困在紅寶石宮！

「啊，真是個瘋子。」

「瘋子？妳在說誰呢？」

哎呀，這個聲音！

那道突然從背後傳來的聲音讓我立刻轉身，只見嬉皮笑臉的路卡斯瞬間出現在眼前。

「路卡斯！」

「這麼熱烈地歡迎我？真讓人心跳加速呢。」

三天不見，他居然還有心情開玩笑！

「妳很想我嗎？」

在確認周圍沒有其他人後，我放心地開口問道。

「你帶走的那個人現在在哪裡！」

「還會是哪裡？就是妳不想去的那個地方啊。」

「快把她帶回皇宮！」

「如果我不想呢？我為什麼要聽妳的？」

路卡斯一邊竊笑，一邊扯了扯我的頭髮。

不是,為什麼這個傢伙從上次開始就不肯放過我的頭髮?

隨後他挑起了眼尾低聲說了幾句,讓不禁我皺起了眉頭。

「如果妳真的想要,親自來帶她走不就好了。」

原來他的目的是這個?還真是個從一而終的傢伙。

但這次我沒能再繼續與他爭辯,明知是路卡斯拋出的誘餌,我還是不得不上鉤。

「好,走吧。帶我去你住的地方。」

現在、馬上、立刻!

路卡斯臉上終於露出了滿意的神情,但他接下來說的話卻讓人哭笑不得。

「『路卡斯大人,拜託請帶我去塔裡』,妳這樣誠心誠意地哀求我,我就考慮一下。」

「什麼?」

「不想?那就算了。那位公主殿下好像也不是很想快點回家。」

這個小氣的傢伙⋯⋯看來他對我上次拒絕他的邀請耿耿於懷。

「路卡斯大人,拜託請帶我去塔裡。」

我咬緊牙關,按照路卡斯想聽的方式說了出來。他聽到後,似乎覺得很有趣般咯咯咯笑了起來。

他這個樣子真的讓人非常火大。

「妳會帶著人一起瞬間移動嗎?」

「會又怎樣?」

「那就現在帶我瞬間移動看看。」

「我得知道要去哪裡才能移動啊!」

「啊,先隨便找個地點試試。」

他的這番話讓人感覺有點奇怪。這是什麼意思？現在是想讓我當搬運工嗎？我用懷疑的眼神看著路卡斯，而他只是著急地催促著我。我感覺有點可疑，但又不得不按照他的意思行動，於是我帶著不安的心情抓住了路卡斯的手。

我想著一個近處作為目的地，稍微引導了一下魔力。

轟隆——！

「呃……！」

下一刻，我胸口感受到了那股熟悉的疼痛，身體不由自主地蜷縮起來。

「嗯，果然如此啊。」

在我痛苦呻吟時，路卡斯那無動於衷的聲音在我頭頂響起。

「看來妳和我的魔力本源相同，朝對方使用魔法會引起反作用。雖然不知道是什麼原理，我對妳使用攻擊魔法差點讓內臟爆裂，但看來妳和我都獲得了同樣的魔力之源。第一次見面，我對妳使用攻擊魔法差點讓內臟爆裂，也是這個原因吧。上次看妳試圖阻止我時也感受到了同樣的痛苦，我就有所懷疑了。」

聽到這番話，我不禁哭笑不得。

所以他明知道會受傷還故意讓我使用魔法？想要確認這件事，但自己又不想受傷？雖然懷疑過，但這傢伙真的是……

「喂，你這個壞蛋……嘔！」

滴答！

啊，該死，又吐血了！

這次只是稍微用了點魔力，疼痛比上次要輕一些，但還是非常痛啊！

我用手搗住流著血的嘴巴，怒視著路卡斯。他看起來一副很遺憾的樣子，對我說道。

「我很想幫妳治療，但如果對妳使用魔法，我也會落得同樣的下場，所以我也沒辦法。趁現在趕緊叫宮裡的人來幫妳治療吧。啊，正好有人朝這邊過來了呢。」

路卡斯太可惡了，我真想狠狠揍他一頓！雖然原本的路卡斯有時也會惹我生氣，但好像沒有這麼過分。

「那麼，很遺憾，招待妳參觀我的塔只能下次再說囉。就算妳再怎麼想念我，也請稍微忍耐一下吧。」

「阿塔娜西亞公主殿下。」

不管我怎麼瞪他，路卡斯還是對我留下一個玩味的微笑就從眼前消失了。

隨後出現在我面前的人是伊傑契爾。他從我旁邊的宮殿後面走了出來。這次他顯然並不是因為感受到魔力波動才過來的。話又說回來，我平時偷偷使用魔法並不會引起別人注意，是幾天前和路卡斯大鬧了一場才不小心被發現。

無論如何，伊傑契爾應該是在路上偶然遇到我。他應該是來找珍妮特的吧？

「您向來體弱，怎會獨自一人在宮外⋯⋯難道您又咳血了嗎？」

看到我手上和嘴角沾著的血跡，他話說到一半便停了下來。而且他竟然說我「向來體弱」？

這裡的阿塔娜西亞原來那麼脆弱嗎？

「我沒事，請不用擔心。」

我對神情凝重的伊傑契爾說道。

本來應該去找宮廷魔法師過來為我治療內傷，但考慮到距離近且狀況似乎沒那麼嚴重，我便決定自己過去。

142

再說了，和這個世界的伊傑契爾相處起來，總讓我有種難以捉摸的感覺⋯⋯

「恕我冒昧。」

突然，他竟一把將我抱起。

隨後，伊傑契爾朝我靠近。

「看到您因傷勢嚴重而吐血，我不能就此放任不管。請允許我繼續說道。這裡的伊傑契爾對我的態度更加公事公辦。他說話極其禮貌，和珍妮特有著幸福的結局，這也是理所當然的吧。畢竟伊傑契爾是小說裡的男主角，並沒有夾帶任何私人情感。

我短暫猶豫片刻，決定接受伊傑契爾的好意。

「謝謝您，公子。」

那一刻，我感覺抱著我的伊傑契爾微微一頓，那帶著神祕光芒的金色眼眸默默俯視著我。但我們眼神交會的瞬間非常短暫。隨後，伊傑契爾再次抬起頭，沉默地抱著我向前走去。

我對這份沉默感到有些尷尬，但還是沒有主動開口。

於是，我們就這樣安靜地前往宮廷魔法師所在的黑塔。

❖❖❖

「聽說妳又吐血了，現在看起來倒是滿正常的。」

令人驚訝的是，那天晚上克洛德來看我了。

看到他親自蒞臨紅寶石宮，我嚇了一大跳。

而且不僅是我，紅寶石宮的侍女們似乎也同樣震驚。加上這是一次未經預告的到訪，讓紅寶

石宮瞬間忙亂了起來。

「啊，父皇，您來我宮中有何事……」

我因慌張而穿著睡衣跑了出來。今天莉莉也得知了我又吐血的事，所以一大早就把我推到床上休息。

難道是擔心阿塔娜西亞？平時對女兒冷眼旁觀，但聽說女兒嚴重吐血，所以有點擔心……

「是珍妮特拜託我過來的，我很快就會離開。」

原來不是。

聽到克洛德冷淡的語氣，我的心情瞬間沉到谷底。

看來是善解人意的珍妮特，將根本不在乎我是死是活的克洛德推來了紅寶石宮。

不久前前來見我的珍妮特突然浮現腦中。

老實說，除了莉莉之外，在這個世界中，似乎沒有人比珍妮特更關心阿塔娜西亞了。她不只一次來看我，且每次都帶著十足的擔憂關心我的狀況。

唉，但克洛德這個唯一的爸爸……

「原來如此。」

受珍妮特所託，他也只會露出一副冷漠的表情。要是在這裡的是真正的阿塔娜西亞，她該有多傷心啊。

「感謝您前來探視……我就不多留您了，回去時請多加小心，父皇。」

即使心中不悅，我也無法在這裡大吵大鬧，畢竟我不是真正的阿塔娜西亞，無法替她承擔魯莽行事的後果。

但我還是對克洛德非常不爽，沒有讓他坐下便直接向他告別。

「呃！」

「公、公主殿下？」

周圍的宮人們驚訝地倒吸一口氣。看到我對克洛德如此冷淡的態度，他們顯然非常困惑。

克洛德對我的反應也很意外，眉毛不禁微微一動。

如果是真正的阿塔娜西亞，她或許會因為這點探視而感到滿足，甚至會努力想與克洛德相處更久的時間，所以眾人的驚訝並不無道理。

當然，為了能讓真正的阿塔娜西亞回來，我應該盡量避免造成太大的騷動……但我覺得這樣應該還好。

反正克洛德對阿塔娜西亞本來就不感興趣，或許他會想「她吃錯了什麼藥」或是「受傷後腦袋有點不正常」之類的吧？

再說了，平時克洛德也不喜歡阿塔娜西亞對他示好，理應對我不再糾纏他感到滿意。畢竟他來這裡也只是珍妮特的請求。

當然，我肯定不會想真的惹怒克洛德，所以我盡量展現出生病虛弱的模樣，彷彿在說「剛才的話沒有其他意思，我並不是討厭看到你才想讓你離開」。

但就在此時，克洛德凝視著我的目光突然變了。

我注意到他臉上浮現出一種與以往略有不同的寒意。

「真是個大膽的女人。」克洛德嘴角動了動，「妳到底是誰？」

他冰冷的聲音在我耳邊響起，我真的被嚇得心臟都差點要跳出來了。

什麼？他問我是誰？

難道他發現我不是真正的阿塔娜西亞了嗎？

「我認識的阿塔娜西亞不會說出這樣的話。妳到底是誰？」

是的，我不是你認識的、那個過去的我。我真的很想大聲喊出來，但我做不到。

我努力平復因驚慌而狂跳的心臟，試圖冷靜下來。但當與克洛德那比以往更加銳利的眼神相視時，我感覺自己就像站在猛獸面前的小兔子，整個人瞬間變得渺小且微不足道。

「父皇，您原本也並不是那麼了解我。」

我的聲音比方才更加無力，流露出一絲虛弱和無奈。

聽到我微弱的聲音，克洛德沉默了。

過了一會，他那銳利的眼神終於稍稍軟化。

「確實。」

好險，克洛德似乎終於打消了疑慮。

也或許他並非真心懷疑我的身分，只不過是對我的發言有些疑惑。

但、但我還是快嚇死了！他的直覺也太可怕了吧！

克洛德再次對我失去興致，轉身準備離開。

「既然沒有其他事，我先走了。別在珍妮特面前多嘴。」

他以為我會向珍妮特抱怨，讓珍妮特勸他來紅寶石宮嗎？

我心裡頓時一陣委屈。在這宮中，我最不想見到的人就是他了好吧！

「公主殿下，您請回房休息吧。」

見克洛德沒對我怎麼樣，就這樣平靜地離開，一直憂心忡忡的莉莉終於鬆了口氣，走過來對我說道。

「嗯，我今天會早點睡。」

見完克洛德，我真是格外疲憊，只能勉強拖著無力的身軀回到自己的房間。

莉莉關切地看了我一眼，叮囑我好好休息後就離開了。

我躺在床上裝睡了一會兒，但我知道自己現在根本不可能睡得著。我在莉莉面前表現出極度疲倦的模樣並躺在床上，她應該不會再進來了吧？

為了以防萬一，我在被窩裡塞了幾個枕頭，偽裝出有人躺在那裡的假象，然後悄悄使用了瞬間移動。

咻嗚——

下一刻，我來到了上次遇見路卡斯的那片蘆葦叢中。

「喂，路卡斯！」

大聲呼喚著路卡斯，我的聲音在寧靜的夜空下迴盪。

「路卡斯，你這個瘋子！」

雖然沒有確切的證據，但我堅信路卡斯會對我的呼喊作出回應。

「為什麼在半夜要叫這麼大聲？」

果然，他在月光下悠然顯露了身影。

「這麼想我嗎？才幾天沒見，妳會不會太主動了一點？」

「哎呀，這傢伙在胡說八道什麼！」

「這個壞蛋！你真是個沒救的瘋子！笨蛋！人渣！惡毒的精神病患者！」

我毫不留情地朝路卡斯破口大罵。自從來到這裡之後，被他欺負的種種就像跑馬燈一樣在我腦海中閃過。啊，真是委屈又憤怒！

路卡斯似笑非笑地聽著我罵他，輕輕搖了搖頭。

「怪了，為什麼被妳罵我卻一點都不生氣呢？」

「你這個變態！」

聽到他的話，我立刻大叫出聲。

「真是的。不帶妳去我的塔，妳就這麼生氣嗎？妳這麼死纏爛打，我只能勉為其難滿足妳的願望，別再鬧了好不好？」

「誰糾纏你了！我根本不好奇，也不想去那種地方！」

「真的嗎？」

路卡斯用他那雙鮮紅色的眼睛看著我，眼角微微上揚，露出深邃的微笑。看到他的表情，我不由得微微一抖。

這、這傢伙又在無聲地威脅我了。他的笑容真嚇人。

「你趕緊帶路，我跟在你後面。」

我瞪著路卡斯，咬牙切齒地說道。而他終於露出了滿意的笑容。

啊，真煩人。照你的意思行動你就開心了嗎？嗯？開心嗎？

「抓著。」

隨後，他向我伸出了手。

「用魔法的話，你我都會受傷的，不是嗎？」

「妳沒腦子嗎？只要不對彼此使用就沒問題啊。」

我被他的嘲笑激怒，內心卻告訴自己要忍耐，只能不甘不願地抓住了他伸出的手。

「呃啊！」

148

路卡斯突然把我拉了過去，用公主抱的方式把我抱了起來。

「妳不怕高吧？就算怕也得忍一下。」

他隨口說完後，抱著我從地面躍起。

等等，這傢伙！如果早點用這招，我之前就不用吐血了吧！

突然想到這點，我再次怒瞪著路卡斯。

在月光下，他的臉……自然和我認識的路卡斯一模一樣。

我感到有些委屈，便將視線從他的臉上移開。

涼爽的夜風拂過我的臉頰，宛如在黑色絲綢上撒滿寶石的銀河在天際蜿蜒迤邐，腳下建築物透出的微弱光芒則如星火般閃閃發亮。

咦？感覺我們飛了很長一段距離。我想確認路卡斯要帶我去哪裡，但昏暗的視野讓我根本無法識別地形。

該、該不會真的直到天亮都回不了皇宮吧？

我突然有種危機感，小心翼翼地開口詢問。

「那個，還很遠嗎？我上次也說過，我有門禁的。」

「再等等，就快到了。」

路卡斯不急不躁地回答，但我還是心存懷疑。

然而，不久後在眼前展開的景象讓我不得不驚訝地張大了嘴巴。

「哇，太驚人了。」

起初，我以為只是滿天繁星閃爍的夜空，但當雲層散去，高聳入雲的高塔便在月光下顯露了出來。這座塔彷彿盡攬整片夜空的群星……不對，應該說是群星映照在塔的外牆上嗎？

無論如何,我只能呆呆地看著那座威嚴聳立、閃耀著銀河光輝的黑色塔樓,被震驚得一時說不出話來。那種美,顯然已經超越了現實。

路卡斯看到我目瞪口呆的表情,似乎非常滿意。

「歡迎來到偉大的黑塔魔法師的法師之塔。」路卡斯將我放在塔頂,得意洋洋地說道:「妳是第一位客人,盡情享受這份榮光吧。」

喔,我是第一位客人,聽起來有點令人激動⋯⋯嗯?不是?

我正欣賞著這彷彿漫天星辰傾瀉而下的景色,突然身形一頓。

第一位客人?我是第一位客人?

「你帶來的那個女孩在哪?」

我回過神來,想起我來這裡的目的。

哇,差點就忘了我為什麼來這裡了。說實話,真正的黑塔實在太壯觀了,我竟不知不覺被徹底迷住。

老實說,我還以為這座古老的塔樓會像鬼屋一樣陰氣森森,昏暗又詭譎。

讓人匪夷所思的發言從路卡斯口中脫口而出。

「那個女的不在這。」

「什麼?你不是住在這裡嗎?」

「這裡確實是我的塔,但我說那個女人在這裡當然是騙人的。」

「什麼?你怎麼能這麼理所當然地對我說謊啊!」

「妳以為我是笨蛋嗎?我怎麼可能把那個女人帶到塔裡。」

路卡斯看著我,嘴角勾起一抹在月光下顯得格外迷人的微笑。

「我想帶妳本人來這座塔,又不是想帶一個和妳長得一模一樣的替代品來參觀。」

「想到若有其他人在我的塔裡,那會讓我感到很不愉快。」

不知不覺間,路卡斯緩緩向我走近,在他帶著笑意的耳語下,我一時有些恍惚。

我被路卡斯調戲般的舉動搞得有點不知所措。看看這傢伙,他是不是故意在誘惑我?哇,我們才認識幾天,你不覺得你有點太越線了嗎?

「那個,你現在是在誘惑我嗎……?」

啊,等一下,現在重要的不是這個……

我被路卡斯的美男計迷住片刻,突然清醒了過來。

啊,對了!我現在不該被這傢伙迷惑!

「這個騙子!別說廢話了,快帶我去找阿塔娜西亞!」

啪!

「唔!」

我毫不留情地踢了他的小腿一腳。

路卡斯被突如其來的攻擊驚得彎下腰,他似乎沒料到我會這麼做,一時間來不及躲避。

「妳剛剛踢了我?」

路卡斯一臉痛苦地摸著小腿,不敢置信地問道。

對,我踢了!那又怎樣?

我趁勢又一巴掌打在他的背上。

「想想你到目前為止所做的一切,被打幾下純屬活該!」

「啊,妳瘋了嗎?居然真的打我?」

「對啊!你這混蛋!不服氣的話就打回來啊!」
「喂、喂,啊,別打了!好痛!」
雖然路卡斯覺得很不可思議,但我內心的憤怒已徹底爆發,根本無法停手。
我就這樣,一直打到心裡的怒火稍微平息為止。

❖❖❖

「妳是第一個打我的人。」
呵呵,這句話好像在哪裡聽過。
雖然這是狗血劇或網路小說裡常見的臺詞,但以前路卡斯好像也對我說過同樣的話。
「妳怎麼能打我?而且不止一下,居然打了這麼多下?」
我冷冷看著滿臉不敢置信的路卡斯。在繁星點點的夜空下,他看起來受到相當大的精神衝擊。
「妳忘了我之前對妳做了什麼嗎?」
他一副完全無法理解的樣子又問了一次。
「如果我忘了,我還會打你嗎?」
「不怕,我為什麼要怕你?」
「那妳不怕我?」
反正你內心還是那個路卡斯嘛。
雖然有時候會被他的攻擊弄得吐血,但我基本上還是相信這傢伙的。

我現在敢打他，也是基於這個原因。而事實上，儘管路卡斯對我的舉動感到很是荒唐，但也並沒有真的生氣到想要殺了我。

「妳現在是覺得我不能對妳使用魔法，就隨便小看我嗎？像妳這樣的人，根本不需要魔法，我一隻手就⋯⋯」

聽完我的話，路卡斯表情忽然變得冰冷。

「吵死了，快點抱我回去。」

啊，真是的，時間都不夠了，還在這裡說廢話！我不是說過我有門禁嗎？太陽出來之前我們必須回去，你怎麼還在拖拖拉拉啊？

看他這麼磨蹭，我直接走近並抓住了他的手臂，然後抬頭看著他的臉說道。但就在我們四目相交的瞬間，路卡斯僵住了。

「你幹嘛？快點抱我啊。」

看到路卡斯像石雕一樣站在那裡，我不耐煩地催促道。都這種時候了，還在等什麼？這時，僵硬的他終於開口，但那結結巴巴說出來的話，讓人有點無言。

「如⋯⋯如果妳以為我會被妳的美人計迷惑，那妳就大錯特錯⋯⋯」

「什麼？他現在在說什麼？美人計？誰？我？對路卡斯？」

「你在說什麼啊？我是讓你像剛才那樣抱我。」

「他剛才還主動靠近，現在卻是這種反應？而且美人計是你在用吧！」

「那個女孩不在這裡對吧？你以後再帶我來也行，我們現在先去找被你綁架的那個女孩。」

路卡斯終於明白了我的意思，臉上的困惑倏然消失，但他隨即又露出一個讓人看不懂的複

雜表情。

「快點，我沒時間了。」

在我的再三催促下，路卡斯無奈地抱起我。為了穩定姿勢，我雙手環住了他的脖子，這一舉動讓他的身體微顫了一下。

最終，路卡斯帶著極度不爽的表情，抱著我再次飛向夜空。

「妳叫什麼名字？」

他像是突然想起什麼似地皺著臉問我。

「什麼？你連我的名字都不知道？」

「妳又沒告訴我，我怎麼會知道？阿塔娜西亞是那個和妳長得一模一樣的公主，那妳呢？」

其實我也叫阿塔娜西亞，但現在要解釋這一切太複雜了，於是我隨便回答道。

「叫我娜西就好。」

「什麼啊，這名字聽起來像是隨便取的。」

這傢伙居然嘲笑我的名字？

不過算了，還是忍忍吧。

如果路卡斯突然改變主意，不帶我去找阿塔娜西亞，那就徹底完蛋了。

但過了一段時間，有股奇異的感覺從脊背上掠過，我不由得微微瞇起眼睛。

咦，難道是我的錯覺嗎？這傢伙現在要去的地方⋯⋯

「路卡斯，如果我沒看錯的話，那是皇宮吧？」

「妳的眼睛沒有問題。」

對於我的問題，路卡斯冷冷地回答。

現在在我腳下閃耀的地方確實是皇宮！有克洛德、莉莉和珍妮特的皇宮！

更驚人的是，路卡斯和我降落的地方，是黃寶石宮的一座陽臺。

我看著在房內床鋪上安詳睡著的少女，完全說不出話來。

「好啦，我把妳帶來了。承諾既已兌現，妳以後就不要再抱怨了。」

哇，真是燈下黑啊。

「路卡斯，你這個⋯⋯」

我非常無言，又很是憤怒，真想狠狠痛罵路卡斯一頓，但首先，得先處理阿塔娜西亞的事才行。

我走向床邊，小心翼翼地搖醒熟睡的她。

「哈、哈囉？」

「醒醒啊，勇者！」

「那個，阿塔娜西亞？」

然而，不知為何，阿塔娜西亞並沒有睜開眼睛。

這好像不太正常，我忍不住偷偷瞄了路卡斯一眼。

「你對她做了什麼？」

路卡斯聳了聳肩，一副無所謂的樣子說道。

「我只是讓她好好睡了一覺罷了。還讓她作了個美夢，她應該不會想醒來吧。我這樣不算很有良心的綁匪嗎？」

有良心的綁匪又是什麼鬼？

我瞪著路卡斯，而他竟然意外地退了一步。

「啊啊，知道了啦。我現在就叫醒她，別用那種眼神看我。」

不知為何，自從剛才被我揍了一頓，他好像聽話許多。啊，看來這傢伙是挨打後才會記取教訓呀？

總之，路卡斯皺著眉頭，將手伸向躺在床上的阿塔娜西亞。

「嗯⋯⋯」

效果非常顯著！剛才無論我怎麼搖晃，她都沒有醒來的跡象，而在路卡斯的手勢下，她卻開始有了反應。

耳邊響起一聲輕微的呻吟，接著她那毫無動靜的身體突然抽動了一下，緊閉的眼皮也開始微微顫抖，似乎隨時會張開。

過了一會兒，她那在黑暗中閃耀的寶石眼終於露了出來。

「呃，妳還好嗎？」

四目相對的瞬間，我有些尷尬地向她打了聲招呼。阿塔娜西亞看起來一臉茫然。她正用那雙失焦的眼睛呆呆地望著我。

「咦⋯⋯？」

隨即，她臉上浮現出一絲困惑。

「鏡子？」

「咳咳，妳還沒完全清醒啊。我可不是什麼鏡子。」

但阿塔娜西亞依然一臉不解地向我伸出手。我感到有些不知所措，只能任由她的手摸上我

156

的臉,背後開始冒出冷汗。

呃、呃啊!不要這樣摸來摸去的啊⋯⋯

啪!

「手拿開。」

喔,請不要誤會,這句話不是我說的!也不是我打掉了她的手!

「妳是誰,竟敢隨便亂摸她?」

帶著不悅語氣冷冷說話的人是路卡斯。

不是啊,這是我的臉,又不是你的臉,你為什麼這麼生氣?任誰看了都會以為她是沒經過允許就摸了你的臉。

「欸不是,我不介意,你冷靜一點。」

「妳不介意又怎樣,我很不爽。」

咳,這傢伙到底在說什麼?

就在這時,我聽見前方傳來一聲急促的吸氣聲。

「你們、你們到底是誰?」

阿塔娜西亞看來完全醒了。她臉色蒼白,驚恐地向後退去。

她會沉浸在迷茫之中也是理所當然的吧。

「阿塔娜西亞,請冷靜一點。雖然我知道現在這種情況要妳冷靜下來很困難⋯⋯」

啊,我也對這種情況非常為難,真想逃到別的地方去!

但阿塔娜西亞無疑比我更加混亂。我必須想辦法安撫她。

此外,她現在會在這裡,我也需要負起一定責任。

「首先,很抱歉嚇到妳。妳之所以會在這裡,完全是我的責任。雖然並非故意,但我真心為事情演變成這樣向妳道歉。這裡是皇宮裡的一座宮殿,所以請不要太害怕。我等等會找人把妳送回紅寶石宮。」

我不會傷害妳,也不會吃掉妳。我們都是朋友!

我盡力讓阿塔娜西亞感覺到我和路卡斯並沒有想傷害她。當然,現在說這些聽起來可能有些荒謬,唉。

幸運的是,在我說話的期間,阿塔娜西亞似乎逐漸平靜了下來。

但她的注意力卻分散到了別的地方。那雙寶石眼好似被迷住般,牢牢地盯著我的臉。

看著她那副模樣,我輕嘆一聲後小心翼翼地說道。

「所以我希望妳能稍微聽我說一下。」

雖然當初在紅寶石宮初次見到阿塔娜西亞時,我並無此意,但現在我覺得有必要向她解釋大概的情況。

畢竟她會被捲入這次的事件也是因為我,而我並不想對她說謊。

於是我緩緩開口,準備向阿塔娜西亞說明此次事件的來龍去脈。

❖❖❖

「你臉上那愚蠢的表情真是讓人忍俊不禁。」

路卡斯坐在窗臺上,對面前的男人嘲弄地說道。

黎明時分在塔頂消失的男人已經復活,手裡正抱著一個嬰兒。

不，說復活也不太對。只不過是時間從他死去的那一刻開始倒流。

事實上，男人的臉上並沒有露出像路卡斯諷刺的那種愚蠢表情。然而，此刻那個總是面無表情、彷彿超脫俗世的男人，眼神卻充滿了不尋常的溫和。

「路卡斯，為什麼用那種眼神看我？」

這全都是因為那個孩子。

「你也想抱抱看嗎？」

「胡說。」

即使知道對方聽不見，路卡斯還是下意識地嘟噥了起來。

那個男人並沒有看向路卡斯所坐的窗臺，而是望向門邊。雖然現在空無一物，但過去的路卡斯可能就站在那裡。

過了一會兒，男人遺憾地放下了伸出的手。因為過去的路卡斯拒絕了他的提議，不肯抱那個孩子。

這也是理所當然。畢竟路卡斯非常討厭那個孩子。同時，路卡斯……

「哎呀，有客人來了嗎？」

此時，一個女人從廚房現身。她也向著無人的門扉笑咪咪地說道。

「我正準備晚餐呢。路卡斯，如果方便的話，進來一起用餐吧。」

「是啊，既然都來了，不如待一會再走。」

如果他沒有瘋，又怎會不由自主走進那幅景象之中？僅是從旁觀望，那三人之間的溫暖氛圍就足以讓路卡斯緊閉雙脣。

不久後，女人抱起男人懷裡的孩子，離開了座位。

「路卡斯。」

隨後男人再度開口。

「我以前也說過，你就如同我的兒子，以後你想來的時候隨時都可以來。」

在夕陽的映照下，路卡斯嘴角勉強擠出一絲苦笑。

眼前的這些回憶都來自路卡斯曾經擁有更多情感的時候。

如果是這樣，那麼幾百年過去，和這天有關的記憶與情感也該被磨平了。

「來吧，那就說說看吧。」

儘管是在窺探久遠的記憶，他的心情仍舊複雜。

路卡斯從窗邊站了起來，慢慢走向還在凝視著過去自己離開的位置的男人。

「如果你真的把我當成自己的兒子，為什麼要在我的面前那般毫無留念地離開？」

方才還用溫暖的眼神注視著懷裡孩子的男人，現在卻無影無蹤。他再次以一種彷彿被歲月侵蝕磨損的眼神，靜靜凝視著空蕩的位置。

這才更像路卡斯認識的那個男人。

當比路卡斯活得更久的前任黑塔魔法師呈現出像是失去一切喜怒哀樂的面孔時，反而更像他自己。

「如果站在那裡的人不是我，而是你寶貝的、真正的兒子，你可能就不會那樣決然地選擇赴死。既然終究要死，為什麼還要搞那套無謂的偽善呢？」

如果可以的話，他真想讓那個人復活，好好問個清楚。

但那已經是過去的事了。按理來說，路卡斯不該再感受到這種憤怒。

畢竟那種魔法從未失敗過。

160

摯愛的家人死去後,前任黑塔魔法師所使用的魔法,以及在他化為灰燼後路卡斯所使用的魔法,那是可以徹底消除所有可怕情感的唯一方法。

所以,路卡斯現在能感受到這種情緒,證明了此地並非真實。

「該死。」

路卡斯舉起手粗暴地抹了抹臉。

「哎呀,路卡斯呢?難道他走了嗎?」

「嗯,那小子其實很害羞。」

這該死的又是什麼?

路卡斯再次抬起頭,一臉困惑地看著眼前的兩人。

「呵呵,看來是這樣沒錯。說到底,路卡斯有時候還滿可愛的。」

「雖然他不承認,但從小他就有這樣的一面。」

這又是什麼該死的對話……

不對,這是怎麼回事?這裡不是只會顯示我記憶中的事嗎?我沒有這種糟糕的記憶啊?

然而,就在路卡斯感到困惑的時候,視野再次開始模糊。

這次展開的,是雨水連綿的景象。

「你向父母送上最後的道別了嗎?」

時間又回到了更久遠的過去。

❖❖❖

「唉，感覺老了十歲。」

我感覺精疲力竭，一頭栽倒在軟綿綿的床上。

剛結束促膝長談，我把阿塔娜西亞送回了紅寶石宮。因為一整夜發生了很多事，我感到異常疲憊。

突然感受到旁邊射來的沉重目光，我仰躺在床上，稍微轉了轉頭。

「幹嘛這樣看我？」

「因為我現在終於理解了之前的事。」

路卡斯瞇起眼睛，像在探究般俯視著我。他剛剛聽到了我對阿塔娜西亞解釋的一切內容。

「按照妳的說法，妳認識另一個世界的我？」

他的語氣既是半信半疑又有些許驚異，但卻出乎意料地相信了我說的話。

「對，沒錯。」

他的眼神似在要求更詳盡的解釋，但我真的已經筋疲力盡了。於是我敷衍地回答後，就鑽進了棉被中。黃寶石宮的寢具非常柔軟舒適。啊，真想就這樣睡去。睡意慢慢地湧上，我沉重的眼皮慢慢眨動，但一個比剛才更輕柔的低語突然在我耳邊響起。

「那麼，如果妳找到那本奇怪的書，就能回去了嗎？」

「嗯，這方法看起來最簡單⋯⋯」

「是嗎？」

咦？

就在那時，我突然一陣驚覺。

162

我感覺自己瞬間清醒了過來，猛地坐起身。

「等一下！你又想幹嘛？」

是我的錯覺嗎？剛才隱約感覺到有股魔力波動。彷彿要證明我的想法，路卡斯微微偏過頭，對我露出一個冷笑。

「沒什麼，只是想炸掉這座宮殿而已。」

這個瘋子！

「沒事幹嘛炸好好一座宮殿！」

「就是突然有點想這麼做。」

我現在已經不會大驚小怪了。

這傢伙到底是把我當什麼了啊，幹嘛總是說些讓人傻眼的話？看來得趁路卡斯闖禍前，把他帶離這裡。

「路、路卡斯？我們別在這裡了，還是回塔裡去吧。你不是說事情做完就回去嗎？」

其實我只是想好好睡一覺，但莫名不安的直覺讓我感覺現在留在皇宮似乎很危險。我從床上起身，迅速走向路卡斯。幸運的是，他對我的話終於有所反應。

「妳現在想去塔裡？」

「對！黑塔真的超棒的！看幾次都不會膩！總有新奇感！超級刺激！」

其實，今天是我第一次見到貨真價實的黑塔，根本沒有看膩的問題，但我還是毫無保留地大肆讚揚。

「走吧！快點、快點！」

我的努力似乎有了成效，路卡斯手中那凝聚的魔力漸漸散開。

我沒放過這個機會,像個拉著母親要去遊樂園的孩子一樣急切地催促路卡斯。而我這番舉動也沒有白費,不久後,我們再次抵達了黑塔。

哎呀,真的好累啊。老實說,現在只要一個枕頭,我就能馬上睡著,所以即使被路卡斯抱著,我還是不由自主地打起了瞌睡。嗯嗯,不過我應該沒有流口水,應該啦!

「路卡斯,我現在真的快睡著了,我們能不能明天再參觀?」

我一邊下樓梯,一邊揉著紅腫發脹的眼睛,對路卡斯說道。他這幾天一直急著想帶我來他的塔,不知道會不會因此感到不快。

「好吧,現在快天亮了,的確該累了。人累了就該睡覺。」

出乎意料的是,他爽快地答應了。甚至在我們剛下樓梯抵達一個寬敞的空間時,他還召喚出了一組寢具。

我幾乎要不假思索地鑽進去,然後突然回過神來,轉頭看向路卡斯。

他那種「妳怎麼還不躺下」的眼神,似乎還帶著些許催促。

我感受到他身上詭異的氛圍,忍不住皺起了臉。

「你是不是打算趁我睡著後去炸皇宮?」

「妳在說什麼呢?」

路卡斯嗤笑一聲。

「不行,你哪也別想去!過來躺下!」

我緊緊抓住路卡斯的手臂。當我的手觸碰到他的那一刻,路卡斯倏然身形一頓。

「你就跟我一起睡吧,在這裡乖乖待著。」

趁著路卡斯稍微愣神的時候,我強行讓他躺下,並牢牢抓住了他的手。路卡斯試圖掙脫,

我便更加用力地抓緊。

「喂，妳⋯⋯這女的簡直無法無天⋯⋯」

「我很容易驚醒，你一放手我馬上就會醒來，所以別想趁我睡著的時候去皇宮，聽到沒？」

路卡斯沒有說話。

我可以感覺到他近在咫尺的目光，但逐漸模糊的視線，讓我無法看清他此刻的表情。

「我在問你聽到沒⋯⋯回答⋯⋯」

我只要一躺下就會立刻睡著的念頭果然是對的。

也許是路卡斯召喚的寢具太過舒適，我很快就閉上了眼睛。

還沒來得及聽到路卡斯的回答，我就迅速進入夢鄉。在我徹底失去意識之前，最後感受到的，是我們仍然緊握的手。

❖❖❖

「路卡斯！」

隔天醒來，旁邊空無一人。我揉了揉眼睛望向窗外，天已經亮了。

我獲得了一頓安穩的睡眠，感覺身體十分舒暢。我使用了簡單的清潔魔法整理身體，然後從床上起身。隨後便在塔裡四處尋找路卡斯，但他顯然已經不見蹤影。

他⋯⋯不會真的去皇宮了吧？

才剛這麼想，我便急忙使用瞬間移動。

「啊，一切正常。幸好⋯⋯」

幸好和我擔心的不同，皇宮仍然維持著原有的金碧輝煌。

我還擔心昨晚路卡斯會來搗亂！嘖，我說自己很容易醒，卻沒發現他離開，真是太搞笑了。

那這傢伙究竟去哪裡了呢？

「啊。」

就在這時，我面前出現了幾個熟悉的人。

「願歐貝利亞的祝福與您同在。阿塔娜西亞公主殿下，您感覺怎麼樣？」

我看著伊傑契爾和阿塔娜西亞的臉，悄悄屏住了呼吸。

哎呀，這兩人怎麼這麼快就見面了！阿塔娜西亞才剛回來不到一天啊。

我有點提心吊膽地觀察著他們。

「嗯，我還好。」

阿塔娜西亞略尷尬地撇嘴角，微微一笑。看來她平時很少和伊傑契爾單獨談話。

不過，或許是昨晚與我促膝長談的緣故，阿塔娜西亞表現得相當沉著，就像我們幾天前身分互換的事情從未發生過一樣。

「很抱歉無意中給公子添麻煩了。」

就在這時，伊傑契爾以一股難以言喻的目光緊盯著她。

但那只是瞬間的事，不久後，伊傑契爾便向阿塔娜西亞輕輕鞠躬。

「無論是誰遇到那種情況都會這麼做，您無需掛心。」

他的話似乎有雙重含意。指不論是誰發現阿塔娜西亞都會幫助她，還是說如果需要幫助的話，不管怎樣，伊傑契爾而是其他人，他也會做出相同的舉動？

不是阿塔娜西亞而是其他人，伊傑契爾的態度顯然是在保持距離。

「您是要前往參加珍妮特公主殿下的茶會嗎?」

「是的,沒錯。」

「我送您過去吧。」

「咦?不,不用麻煩⋯⋯」

「反正我也有事要過去一趟。」

儘管阿塔娜西亞尷尬地婉拒,伊傑契爾卻相當堅持。最終,他們並肩向綠寶石宮走去。

唉,但那種尷尬的氣氛⋯⋯看得我都有點彆扭了。不過,他們的關係似乎本就相對生疏。

此外,阿塔娜西亞好像從剛才開始就心不在焉,心思一直停留在別處。她那不經意放緩的腳步和盯著地面的眼神都透露著她的內心並不如表面那般平靜。

出於禮貌,伊傑契爾向她開口了幾次,但阿塔娜西亞對他的搭話相當敷衍,不久後伊傑契爾也自然而然地閉上了嘴。

他審視著阿塔娜西亞的臉,但她似乎連這一點都沒有察覺。

「啊,阿塔娜西亞、伊傑契爾。」

兩人沉默地走向綠寶石宮,正巧珍妮特從裡面走了出來,發現他們後立刻高興地迎了上去。

「你們兩個怎麼會一起來?」

「臣在路上遇到了阿塔娜西亞公主殿下,便陪她一同前來。」

「謝謝你。我正擔心阿塔娜西亞的身體狀況呢。」

「嗯,這是我第一次見到伊傑契爾和珍妮特對話。也許是珍妮特貴為公主,或者是有其他人在場,伊傑契爾對她使用了敬語。

「阿塔娜西亞公主殿下，願歐貝利亞的祝福與您同在。」

但那個人是誰？

珍妮特正和一位貴婦人一同走出宮外。聽到那位貴婦先行開口打招呼，阿塔娜西亞也禮貌地向她致意。

「羅札莉雅伯爵夫人，您好。」

啊，羅札莉雅伯爵夫人？那不就是珍妮特的姨母嗎？

我驚訝地打量著她的臉龐。仔細一看，她果然和我之前在克洛德臥室裡看到的肖像畫中的女性很相似。畢竟她們是姐妹，相似也是理所當然。

擁有棕色頭髮和綠色眼睛的羅札莉雅伯爵夫人，即使已過中年，仍舊散發著迷人的魅力。在我之前生活的世界中，她因一場突如其來的事故驟然離世，我未有機會見過她本人。

那麼，她就是原著中害死阿塔娜西亞的幕後黑手？

「聽說您最近經歷了一場意外，但您看起來非常健康呢。」

羅札莉雅伯爵夫人上下打量著阿塔娜西亞，開口說道。看著她的眼神，我感到些許惱怒。

看來這位阿姨非常希望阿塔娜西亞看起來不那麼健康。

「呵呵，見到您如此健康的模樣，我終於明白為何有傳言說您為了引起陛下注意而假裝自殘呢。」

她笑容可掬，話中的意味卻無禮至極。

聽到這番話，珍妮特瞬間臉色一變。看來她也沒想到自己的姨母會對阿塔娜西亞說出這樣的話。

很快，珍妮特緊緊皺起眉頭，開口說道。

168

「姨母，您在說什麼⋯⋯」

「羅札莉雅伯爵夫人，我認為您的話對阿塔娜西亞公主殿下來說非常失禮。」

出乎意料的是，率先出言制止的人不是珍妮特，而是伊傑契爾。在場其他三人都把目光投向他。

「哎呀，如果我失禮了，我在此向您道歉。我只是提到外面流傳的一些傳言，並非我的個人觀點。」

羅札莉雅伯爵夫人並不在乎自己的言論造成了什麼問題，道歉也非常敷衍牽強。看來她確實一直對阿塔娜西亞抱持著輕視的態度。

畢竟原著中的阿塔娜西亞是一位處處碰壁、性格內向的公主。看來這不是羅札莉雅伯爵夫人第一次對阿塔娜西亞這般無禮。

「阿塔娜西亞，別把姨母的話放在心上。」

在羅札莉雅伯爵夫人離開後，伊傑契爾也走出了綠寶石宮。看來他之前說自己有事，是不想讓阿塔娜西亞有壓力的藉口。

當兩人都離開後，珍妮特用充滿擔憂的語氣對阿塔娜西亞說道。

「那些都是人們不了解情況的閒言閒語，妳甚至都咳出血了⋯⋯」

「沒關係。別人說什麼對我來說並不重要。」

然而，阿塔娜西亞意外地沒有因羅札莉雅伯爵夫人的話受到打擊。她聽完珍妮特滿是擔憂的關心後，平靜地回答，然後淡淡地笑著開口。

「我聽說父皇前不久到了紅寶石宮，是因為珍妮特的請求。謝謝妳在各方面都這麼關心我。」

那一刻，珍妮特露出了有些錯愕的表情。

「父皇去紅寶石宮了嗎？」

她稍微眯大雙眼看向阿塔娜西亞，很快便露出了燦爛的笑容。

「我沒有請求過呢。肯定是父皇擔心阿塔娜西亞才會去的。」

聽到這番話，我有點驚訝。

——既然沒有其他事，我先走了。

克洛德那時明明說是應珍妮特的要求才順路過去的吧？但看珍妮特的臉色，似乎不像在對阿塔娜西亞說著善意的謊言。別在珍妮特面前多嘴。

什麼？難道那句話是不想讓自己的謊言被揭穿嗎？如果阿塔娜西亞像現在這樣直接告訴珍妮特，珍妮特就會知道克洛德是自願去紅寶石宮的。

但阿塔娜西亞的想法顯然和我不同，並沒有相信珍妮特的話。

「妳不需要為我做這麼多。」

「不，真的，我沒有向父皇提過這個請求⋯⋯」

「真的沒關係，珍妮特。我已經習慣了。」

珍妮特被阿塔娜西亞的反應弄得有些不知所措。我看著阿塔娜西亞冷漠到了什麼程度？我看著阿塔娜西亞露出的笑容，眼睛也不禁濕潤了起來。

哎呀，如此深沉不信任。這世界的克洛德到底對阿塔娜西亞做了什麼？

我遠遠看著那兩人向宮殿內走去，然後離開了那裡。

路卡斯那傢伙在哪裡呢？他明明也不在塔裡⋯⋯

不是吧⋯⋯？說起來我並沒有把整座塔徹底搜過一遍。只是突然很擔心他會不會真的去炸

170

了皇宮，便立刻跑了回來。

那、那如果我無聲無息地跑了回來，他會不會又生氣呢？

我抱著這種不安的心情，前往了黃寶石宮。既然不用再假扮阿塔娜西亞了，我想再去找找那本書。

但有個人比我早到了。

站在書桌前背對著門的人，顯然正是路卡斯。聽到我的聲音，他轉過身拍了拍手。

「來得比我預想的還晚。本以為妳醒來後會第一時間趕來，看來妳也不是那麼急著回家啊？」

隨著路卡斯的手勢，周圍讓人分不清是灰塵還是灰燼的東西飄了起來，一會兒又緩緩消散。

「喔，什麼嘛！你在這裡啊？」

「你在這裡做什麼？」

「我對妳提到的書很感興趣，所以也來找找看。」

聽到這句話，我瞬間頓住了。

「感興趣？這麼突然？」

「妳為什麼要追問這個？我幫忙找不是對妳有好處嗎？」

「話是這麼說沒錯，但是⋯⋯但是為什麼呢？我突然又從他身上感覺到了一絲可疑的違和感。

「那你找到什麼了嗎？」

「沒有。話說這裡怎麼這麼多灰塵。」

「是嗎?他們應該每天都會打掃才對啊。」

「從早上起就連隻老鼠都沒出現過,哪來的打掃?」

路卡斯因為灰塵而不滿地揮動手臂,好像自己的氣管已經受損似的。在我看來這裡已經很乾淨了,他真的很喜歡沒事找事。

不管怎樣,既然路卡斯說要幫忙,事情似乎就簡單多了。

我和他開始在黃寶石宮裡搜索,但幾天下來,我用盡各種方法也沒看到半點蹤跡的書,現在當然也不可能輕易找到。

「今天就到這裡,我們走吧?」

日落時分,路卡斯出現在我前面這麼說道。

嗯,再找下去似乎也不會有什麼結果,就這樣吧。

「我去一下紅寶石宮。」

「你擔心那個公主?」

他說對了。事實上,從昨晚我就一直很擔心阿塔娜西亞,所以剛才才會特意去看她。

「現在去紅寶石宮也沒用,她好像在跟皇帝會面。」

路卡斯朝窗外看去,似乎在遠眺著某處。聽到這話,我不禁微微一頓。

「如果真的好奇,不如去皇帝的住所看看吧。」

我猶豫了一會,伸手彈了彈手指。

❖❖❖

我抵達的地方是石榴宮的後花園。

「我作了一個夢。」

啾嗚嗚。

風吹拂過紫色花朵,花瓣悲傷地搖曳著,耳邊傳來了阿塔娜西亞細微的聲音。正如路卡斯所說,她眼前是表情冷漠的克洛德。

「那個夢幸福得讓人忍不住淚流滿面,恨不得夢境能永遠延續下去。」

話音剛落,腦海中突然閃過路卡斯昨晚說的話。

——我只是讓她好好睡了一覺罷了。還讓她作了個美夢,她應該不會想醒來吧。我這樣不算很有良心的綁匪嗎?

我這才意識到阿塔娜西亞在說些什麼。讓人幸福到淚流滿面的美夢。她究竟在夢中看見了什麼呢?

「但從夢中醒來,我終於明白了。」

阿塔娜西亞的語調異常平靜,嘴角緩緩勾起一抹悲傷的笑容。

「父皇從來沒有真正把我當作女兒看待過。」

微風帶著淡淡的花香吹拂而過,把柔軟的白金髮絲吹得凌亂不堪。被短暫遮蔽的視線中,再次顯露出少女脆弱的面孔。

「您從來沒有愛過我,一刻也沒有。」

眼中閃耀著淚光的她,臉上幾乎被悲傷、絕望、痛苦、委屈和無奈等情緒徹底淹沒。

克洛德冷冷地凝視著她,臉上表情顯得有些僵硬。他既沒有否認也沒有承認,但阿塔娜西亞似乎並未期待能得到回答。

「您真的……」

這次她彷彿真的放棄了一切，那空虛的微弱聲音終於在風中破碎。

「對我一直都是如此誠實、如此殘忍。」

❖❖❖

阿塔娜西亞回到紅寶石宮後就躲在自己的房間裡閉門不出。她靜靜坐在床上，向空無一物的角落開口。

「妳在那裡吧？」

阿塔娜西亞她一在呼喚我，便無聲無息地顯現了身形。

「我知道她在呼喚我，便無聲無息地顯現了身形。」

「果然，我就知道妳會看著我。」

看著她的笑臉，我只是保持沉默。

「真奇怪。我們明明是同樣的存在，但看到妳，我卻不覺得妳是『另一個我』。」

阿塔娜西亞的話，在某方面來說確實有可原。

畢竟我和她都是「阿塔娜西亞」，只不過存在於不同的世界。但就算在原本的世界，我也並不是真正的阿塔娜西亞，而是來自另一個時空的李芝慧。事實上，我至今仍不清楚自己究竟是附身在這具身體上，還是重新轉世。但無論如何，我本就不是書中的阿塔娜西亞。

即使考慮到我們的世界並不相同，眼前的她和我，不也是擁有完全不同靈魂的人嗎？

「妳也和我一樣？」阿塔娜西亞用平靜的聲音問道：「妳也像我一樣，懷抱著這種絕望嗎？」

從那雙寶石眼中流露出的情感，讓我一時無法開口。

在那雙璀璨的眼瞳之中，破碎的心就如同碎裂的玻璃般片片落下，那是渴望見到與自己感受到相同絕望、過著相似生活的另一個自己，而產生的些許慰藉。

昨晚，我告訴她「我是來自另一個世界的阿塔娜西亞」，但我並沒有提到原本的阿塔娜西亞只是小說中的人物。而且如果她真是書中的阿塔娜西亞，且故事按照原著發展，幾個月後，她就會死在克洛德的手上。

「請再讓我作一次夢吧。」

此時此刻，我無法親口告知她這個殘忍的事實。

坐在床邊的阿塔娜西亞動了動身子，我則以難以形容的心情注視著跪坐在我腳邊的她。

「請讓我再次作一次昨天的那個夢吧。」

「阿塔娜西亞……」

「拜託了。妳能做到的，對吧？」

她含著淚水的眼睛和低聲哀求的語氣，盡皆被深不見底的絕望浸染。

「如果可以的話，我寧願永遠活在那個夢裡。」

路卡斯給她看的那個夢真的那麼美好嗎？美好到她永遠不想醒來，美好到醒來後面對的現實竟讓她感受到如此深沉的絕望，甚至在明知那是虛假的幻夢仍想再次沉浸其中。

如果是這樣，她在夢中一定是被她所愛的人無條件地愛著。

我被她那悲切懇求的眼神震懾，但我並不是能實現她願望的人。即使我能做到，也不確定是否應該再讓她看一次那個夢。

阿塔娜西亞只是作了一場夢，就如此掛念地向我哀求。但再甜再美，那終究只是一場夢。

我咬了咬嘴唇，對阿塔娜西亞說道。

「對不起，我……」

「妳找錯人了。」

昏暗的房間中，路卡斯出現了。

我和阿塔娜西亞同時轉頭看向他，路卡斯赤紅的雙眼在黑暗中閃爍著詭譎明亮的光芒。

「能實現那個願望的人不是她。」

「如果我實現了妳的願望，妳會給我什麼作為回報？」

「路卡斯！」

我大聲喊著路卡斯的名字。

他突然出現，似乎想要誘惑阿塔娜西亞。但我還來不及制止，阿塔娜西亞便以更快的速度開口回應。

「我可以給您任何東西，只要是我能給的。」

她迫切的聲音劃破了黑暗。

路卡斯那雙冰冷的紅瞳掠過一絲異彩。下一刻，他的嘴唇描繪出一道細微的弧線。

「那個願望，我會幫妳實現。」

他迷人的聲音在我耳邊迴響，隨後他的手伸向了阿塔娜西亞的臉龐。

毫無生氣的臉頰滑落了一滴晶瑩的淚珠，接著，阿塔娜西亞的身體瞬間軟了下來。

「阿塔娜西亞！」

我急忙抓住她倒下的身體。

淚水在她蒼白的臉上留下了令人心疼的痕跡。幸好她只是睡著了。不對，在這種情況下，

也許不能算是幸運。

我抱著阿塔娜西亞,抬起頭來,路卡斯正以冷漠的眼神俯視著我。他的目光中好似只有我,彷彿剛才沉睡的人根本不存在。

我臉上的表情一定非常冰冷。壓抑著內心的情緒,我勉強保持鎮定地開口。

「你這是在幹嘛?」

「這是她和我的問題,妳不該插手。」

路卡斯的態度十分冷靜。阿塔娜西亞求他實現她的願望,路卡斯也只是答應了她的請求。在這之間,我似乎沒有介入的必要。

也許他是對的。

但無論我多麼努力地理性思考,頭腦和心似乎就不在一條線上。

「而且妳該擔心的問題不止這一個。」

就在那時,路卡斯低聲道出了一句匪夷所思的話。

「那個皇帝活不了多久了。」

「什麼?」

我驚訝地反問,沒能立刻理解路卡斯的意思。

「我說的是妳在這個世界的父皇,他快死了。」

路卡斯的聲音在空中殘忍地破碎。

那詛咒般的低語,在耳邊嘈雜迴盪,然後迅速沉寂了下來。

我凝視著他那雙冷酷的紅色眼睛,整個人彷彿被刺骨的寒意倏然包裹。

「是我輸了。」

克洛德作了一場夢。

「如果妳希望我這麼做，我也可以哀求妳。」

夢中的他對某人發出了難以置信的迫切低語。他的懇求絕望到幾乎令人窒息，就像是如果眼前的人希望，他也樂意跪下乞求。

然而，這是件荒謬的事。他這一生中從未對任何人抱有如此深切的情感。更荒唐的是，他現在感受到的一切都是那麼真實，彷彿這不是一場夢，而是活脫脫的現實。

「選擇我吧。不必考慮其他事情，妳只要為自己作出決定就好。」

但奇怪的是，眼前這個人的臉卻如同被霧氣遮蔽，模糊不清。即使伸手就能觸及，卻無法辨識其真實身分，這真是件奇妙的事。

啊，畢竟這只是一場夢，會發生這種荒謬的事情也情有可原。

但為什麼呢……？

為什麼他會對一個根本不認識的人產生如此深刻的思念？

「不要就連此時此刻……都還想著那個正在侵蝕妳性命的孩子！」

眼前遮擋一切的霧氣逐漸散去，當纖細的下巴和紅潤的嘴唇露出來的瞬間，克洛德不自覺伸出了手。

就在這一刻，克洛德醒了。

他幾乎無法忍受心中的悲傷，手即將觸及那從白淨臉頰流下的透明淚珠。

✦ 某天成為公主 ✦

❖
❖❖
❖

178

「嗯……」

他睜開眼，立刻感覺頭部像被刺穿般劇烈疼痛。

克洛德揉著額頭坐了起來。從暗淡的視野來看，外頭還是夜晚。

不知為何，他最近頻繁地感到頭痛。

之前當他見到阿塔娜西亞時偶爾會發作，但最近這種情況越來越嚴重了。似乎是目睹她在花園中吐血倒地後，才變得極為劇烈。此後，每當他看到她的臉或想起她時，症狀就會逐漸加重。

奇怪的是，有些事情總是在快要想起時又變得模糊，就像記憶在很久以前便已遭到遺忘，那種感覺令人非常鬱悶。突然，正按著額頭的克洛德停下了動作。

他想起來了，剛剛不是作了一個夢嗎？但很奇怪，他竟想不起來是什麼樣的夢。明明是非常思念某人的夢……思及此，克洛德不知不覺笑了出來。

有什麼值得這樣想念嗎？

「胡思亂想。」

克洛德低聲說著，從沙發上站了起來。

如果讓珍妮特知道他又在這裡打盹，肯定會被她責備一番。

他的腳步向著月光灑落的窗邊走去。

──我作了一個夢。那個夢幸福得讓人忍不住淚流滿面，恨不得夢境能永遠延續下去。

突然，那個人的聲音在耳邊響起，克洛德不由得皺起眉頭。

──但從夢中醒來，我終於明白了。

阿塔娜西亞無視之前的警告，又一次來找他。而她說出的話，竟是這樣的胡言亂語。

──父皇從來沒有真正把我當作女兒看待過。

但當他看到那帶著絕望笑容的女孩時，他的心臟好似被一把銳利的匕首刺穿，疼痛難耐。

──您從來沒有愛過我，一刻也沒有。

那是無可辯駁的事實，但不知為何，從她口中說出的這句話讓他感到非常……非常不對勁。克洛德長時間思索著阿塔娜西亞的話，剛才見到的、那被淚水濕潤的臉龐不斷在他的眼前晃動。

克洛德站在窗邊，直到天亮都沒有離開。

❖❖❖

「你說他活不久是什麼意思？」

我反問路卡斯。他勾起嘴角，月光柔和地灑進這變得更為昏暗的臥室。站在光影交界處的路卡斯，宛如從地獄歸來的使者。

「想知道原因嗎？」

「我現在沒心情跟你玩猜謎。」

像是看到了什麼有趣的場面，路卡斯忍不住笑了出來。但下一刻，耳邊傳來的聲音卻沒有任何笑意。

「為什麼這麼好奇？妳不是隨時都可以離開嗎？」

不過一眨眼，他已經出現在離我極近的地方。手落在我肩上的他，抓住了我的頭髮，且這

一次的力道與以往並不相同。

我被他那野蠻的力量強迫著朝他倒去。

「聽好了，公主殿下。別誤會了，這裡可不是妳的世界。」

他的眼神比任何時候都要冷漠，彷彿瞬間便將我徹底穿透。路卡斯看起來正因某種原因非常生氣，他像在咬牙切齒般低聲嘟囔。不知不覺中，我也加重了手上的力道，緊緊抱著熟睡中的阿塔娜西亞。

「反正妳最後也會回到原本的地方，這裡的人怎麼樣跟妳有什麼關係？妳沒有干涉的權利，也沒有資格。」

我很久沒有聽路卡斯這麼直截了當地說話了。通常這種時候，他不會對我說些無關緊要的廢話，這次當然也是。

從某種意義上來說，我確實是這個世界的局外人。正如路卡斯所說，這裡的人會有什麼樣的結局，其實都與我無關。

「妳還是很在意嗎？現在不只關心這位公主，甚至連那個皇帝也開始放心不下？怎麼，妳覺得他是妳真正的父親？」

如果這一切真能由我掌控，我又怎會處於現在這種進退不得的狀態呢？啊，真是的。每當路卡斯以這種方式對我說出犀利的話，我總會忍不住生氣。

他是否知道此刻我的心情？下一刻，路卡斯嘴角扭曲，露出了一抹微笑。我雖然沒說話，但他似乎從我的沉默中讀出了答案。

「那我就告訴妳吧。」

是我的錯覺嗎？不知為何，路卡斯似乎對我無法放任他們不管感到非常滿意。

「雖然不知道原因，但這裡的皇帝使用了禁忌魔法。」

聽見他的低語，我不禁深吸了一口氣。

「禁忌魔法⋯⋯？」

據我所知，在這個世界中，能被稱為禁忌的魔法只有一種——那就是黑魔法。

「這裡看起來已經被穿了一個漆黑的孔洞。」

看見我的反應，路卡斯懶洋洋地笑了笑，用手指向自己的頭。

「他曾經封鎖了自己的記憶，且手段相當激烈。」

我不明白他到底在說什麼。

「克洛德封鎖了自己的記憶⋯⋯他為什麼要做這種事？」

之前克洛德失憶的時候，我也特別研究過精神系魔法。魔法書中很難找到這方面的內容。

「但他大腦中的禁制現在似乎開始破裂了，對他造成了不小的問題。」

「如果路卡斯所說的是封鎖記憶的魔法，那應該就是黑魔法沒錯。」

「可能是最近遭遇了足夠強烈的衝擊，導致魔法被打破。至於更詳細的情況，就不關我的事了。」

但我依舊難以接受。

不論是克洛德對自己使用那種魔法，還是因為魔法的副作用而導致現在命在旦夕，我都無法相信。

「為什麼要露出那種表情？」

我露出了什麼表情？

路卡斯這次用溫柔的聲音輕聲安慰我。直到此時，那讓人感到疼痛的手才終於慢慢鬆開。從他手中滑落的白金色髮絲無聲地落在我的肩上。

路卡斯用手輕輕將我的下巴抬起，柔聲細語道。

「畢竟使用黑魔法的人都沒有好下場。被詛咒的力量終將帶來不幸，身為魔法師，妳應該清楚這點。」

在極近的距離，他的瞳孔在黑暗中閃爍著異常鮮紅的光輝。

「所以還是裝作不知道吧。」

路卡斯臉上浮現出一抹暗淡的微笑，但跟之前一樣，那絕對不是什麼愉快的笑容。

「妳既然不屬於這個世界，又憑什麼插手？」

他的目光如同鑲嵌著鋒利的玻璃碎片，尖銳地刺向我。

我能感受到抓著我下巴的手逐漸用力。

「妳憑什麼突然插手，扭曲別人的生活？」

那低沉的聲音像是帶著尖刺，刺痛了我的耳膜。

路卡斯似乎很生氣。

我望著那雙紅色瞳孔，不由得咬緊嘴唇。隨後，當被路卡斯抓住的下巴開始感到微微疼痛，我終於反應過來，試圖掙脫他的箝制。

但路卡斯的動作顯然更快。就像剛才的粗魯只是幻覺，他的動作突然變得無比柔和，輕輕撫摸著我的臉頰。

「如果妳真的想改變什麼⋯⋯」

他接下來說的每一個字，我一時間竟完全無法理解。

「就成為這個女孩吧。」

「什麼？」

「妳就真的成為這個世界的阿塔娜西亞吧。」

說完，路卡斯對我優雅一笑。

懷裡的溫熱突然變得冰冷，我無意識地更用力抱住了沉浸在睡夢中的阿塔娜西亞。

「那樣我就實現妳的願望。」

他的話語如同要奪走靈魂的魔鬼的低語。就像剛才對阿塔娜西亞那樣，路卡斯也對我發出了甜美的誘惑。

當路卡斯的手輕撫過我的耳際，我的肩膀不由自主地往後一縮。為了不讓這種反應太明顯，我努力撐著脖子，但路卡斯似乎已經察覺到我的動搖，嘴角露出一抹慵懶的微笑。

「我的願望？」

「妳不想拯救妳這個世界的父皇嗎？」

「真正的阿塔娜西亞怎麼？讓我成為她又是什麼意思？」

「只要讓這個女孩在夢中幸福地活下去，直到她死去就可以了。」

他毫不猶豫的回答，讓我不禁乾笑出聲。

「然後妳就能成為真正的她。」

路卡斯的手滑向我的頸後，一股溫暖滲入我悸動的脈搏。

「在這個不屬於妳的世界裡。」

路卡斯甜蜜地低語，輕輕俯下身來。

當他的唇覆蓋在我的唇上，我的身體不由得一顫，但他似乎並不在乎我的反應，手穩穩地托著我的後頸，更深入地吻了上來。

當頭被輕輕仰起，我被迫與那雙熾烈的紅色瞳孔近距離對視。接著就像突然襲來的颱風，激烈的吻接踵而至。

不久後，路卡斯從我身邊退開。我不規則的呼吸聲在我們之間短暫停留。

他慢慢移動手指，放到剛才被我咬破的嘴唇上。月光下，微微沾染在他手指上的血跡若隱若現。那雙血色瞳孔掠過了自己手上的痕跡。

「別說些無稽之談。」

我勉強說出聲說道。我的聲音聽起來十分平靜，內心卻並非如此。

「為什麼是無稽之談？」路卡斯平靜的聲音在近處流淌，「區分真假的標準是什麼？」

剛才他對我說的那些話，以及他現在的所有行為，都讓我的思緒異常混亂。

當下的情況讓我極度困惑。

「那個⋯⋯」

「嚴格來說，妳是真實的，那個女孩也是。」

聽到他的話，我的嘴唇動了幾下，最後還是沒有發出任何聲音。

「那妳為什麼就不能是這裡的阿塔娜西亞呢？」

他的語氣中似乎帶著嘲諷。

剛才還熱烈地吻著我的路卡斯，現在卻用一種極度冰冷的眼神看著我。

「你為什麼要這樣費盡心思地留住我？」

我平靜地問他。

「我不想看到妳回到原來的世界,過著幸福的生活。」

「為什麼要這麼生氣?」

「妳讓我很煩,煩到簡直要瘋了。」

路卡斯毫不遲疑地回答了我的問題。

路卡斯冷冷地看著我,詛咒似地低聲說道。

我隱約知道了他為何這麼古怪,但我決定什麼都不說,以免火上澆油。

「妳既然隨意闖入這個世界,就得付出相應的代價。」

喂,這也太冤枉了吧。我又不是自願來到這裡的!

「公主殿下?您怎麼坐在地上?」

啊……啊?

此時,背後突然傳來的聲音把我嚇了一大跳。我驚訝地倒吸一口涼氣,身體不由自主地抖了幾下。

這是什麼情況?我連開門的聲音和有人接近的動靜都沒察覺到!

我趕緊轉頭,只見莉莉正睜大眼睛注視著我。

「莉、莉莉?」

「我敲門時沒聽到回應,以為您在睡覺,所以想點些有助於睡眠的香氛蠟燭……」

還沒聽她說完,我就又一次驚恐地低下頭。

啊,等等!我不是正抱著阿塔娜西亞嗎!

然而,懷中之人已然消失。不、不是,她是什麼時候不見的?我竟然完全沒察覺?

我倏然抬頭一看,站在打開的陽臺門前的路卡斯頓時映入了我的眼簾。他懶散地將阿塔娜

186

西亞扛在肩上。

然而，當莉莉跟著我的視線轉過頭，她臉上帶著的疑惑表情，讓我確定了路卡斯肯定使用了隱形魔法。

等等，這麼說來，現在我不是又被誤認為是這裡的阿塔娜西亞了嗎？

莉莉進入房間的聲音也被路卡斯那傢伙消除了！如果我知道的話，肯定會躲開的！那傢伙沒辦法直接對我使用魔法，所以一定是對別人施法了！

就在我這麼想的時候，路卡斯又對我露出一抹狡詐的微笑。在月光映襯下，那笑容顯得格外銳利。

然後，路卡斯就這樣在我的目光中瞬間消失無蹤。

「公主殿下？」

莉莉擔憂地呼喚我，但我實在沒有餘力去關心她。那個路卡斯⋯⋯我一定要殺了他。下次見面，我真的會殺了他！

我在心中暗自怒吼，一邊磨牙一邊盯著路卡斯消失的方向。

窗外的月光恣意灑落，煩人的夜色正在逐漸加深。

❖❖❖

隔天，伊萊恩侯爵家舉辦了一場盛大的舞會。

珍妮特和伊傑契爾計畫作為彼此的舞伴出席，理所當然地乘坐同一輛馬車前往。

「所以，當佛羅倫斯小姐看到那條項鍊時，她對貓說⋯⋯」

像往常一樣，馬車內充滿了珍妮特如黃鶯般的聲音。

突然間，珍妮特意識到伊傑契爾陷入了某種的思緒，根本沒在聽她說話。

「伊傑契爾，你在想什麼呢？」

珍妮特清脆的聲音從前方傳來。

伊傑契爾轉過頭，儘管臉上保持著一貫的平靜，但這卻騙不過珍妮特。

他的嘴唇微微張開。

「阿塔娜西亞公主殿下本來就是會在收到幫助時道謝的人嗎？」

因為珍妮特要求，他在私底下並沒有對她使用敬語。

但他的問題實在太出乎意料，珍妮特不禁疑惑地歪了歪頭。

「不是這樣嗎？大家通常在收到幫助後都會表示感謝呀。」

她的話讓伊傑契爾垂下了目光，似乎在思考著什麼。之後他再次將頭轉向窗外，自言自語般低聲說道。

「應該是吧。」

看著這樣的他，珍妮特不禁感到一陣困惑。

隨著時間流逝，兩人順利抵達了伊萊恩侯爵家的宅邸。

伊傑契爾和珍妮特一同走進宴會廳，看起來格外般配。他們如同設定好一般，接受眾人的歡迎和讚賞，最終抵達了舞池中央。

儘管舞會的主角是伊萊恩家的兄妹，但從伊傑契爾和珍妮特身上散發的氣場卻是高不可攀。他們在舞池中就像童話故事裡的精緻人偶，完美無瑕地跳著舞。

周圍雖然也有其他人隨著甜美的樂曲起舞，但最引人注目的無疑是他們兩人。

188

舞曲結束後，他們在眾人的掌聲中互相交換了溫暖的目光。

「珍妮特公主殿下，我有榮幸邀請您與我共舞下一曲嗎？」

就在這時，另一人走向珍妮特。

他是不久前開始對珍妮特明目張膽展開追求的伊萊恩侯爵家的年輕男士，不愧是讓名媛們心動的「花公子」，他的外表確實俊美無比。

珍妮特沒有立即回答，而是偷偷抬頭看了伊傑契爾一眼。

就像平常一樣，他今天也吸引了所有貴婦和少女的目光。伊傑契爾和珍妮特看起來就像一對將來一定會在一起的情侶。

然而，他們之間並沒有那種熱情似火的感情。

伊傑契爾即使看到珍妮特和其他男士跳舞也不會嫉妒，珍妮特也不會介意伊傑契爾和其他女士交換甜蜜的微笑。

當然，珍妮特以前曾經擔心過伊傑契爾會不會離開她⋯⋯但現在，那種感覺竟完全消失了。

那這份感情是源於穩固的信任嗎？但這樣說似乎⋯⋯

「既然是伊萊恩侯爵家花公子的邀請，我怎能拒絕？」

珍妮特微笑著接過他伸出的手。

這樣一來，原本和伊傑契爾相觸的手自然而然地落下。不過，珍妮特和伊傑契爾都沒有感到任何遺憾。

雖然有點奇怪，但珍妮特並沒有多想，便向舞池走去。

伊傑契爾則留下珍妮特獨自穿越大廳，周圍的女士們都期待著他會不會向自己邀舞。然

而，直到第二首曲子奏響，伊傑契爾都沒有向任何人伸出手。

「阿塔娜西亞公主殿下，您今天也是一個人啊。」

突然間，他聽到了一個熟悉的名字，忍不住停下腳步。

啊，對了，阿塔娜西亞公主殿下今天也來參加舞會了嗎。

她通常就像牆上的裝飾花朵一樣，無論在哪裡都幾乎沒有任何存在感，所以他今天甚至都沒有注意到她也來了。

「話說您這種無禮的坐姿是怎麼回事？看來血統是藏不住的。」

「就是啊。即使是低賤舞姬的女兒，好歹也有一半高貴的皇室血統，怎麼會和珍妮特公主殿下如此不同呢？」

那些話語聽起來相當無禮。這些談話的貴族明顯並未用對待皇族的禮節對待她。

伊傑契爾面無表情地走向聲音傳來的方向，臉上帶著些許冷漠。

舞會的角落有個隔間，用厚厚的窗簾隔開充當臨時休息室。不出所料，阿塔娜西亞公主和其他三位名媛正聚在那裡。

然而下一刻，伊傑契爾看到的景象讓他不得不懷疑起自己的眼睛。

✦✦✦

今天我心情特別不好。

首先是因為路卡斯，其次是這個糟糕的舞會。

啊，當然，我對今天伊萊恩家主辦的舞會沒什麼不滿。令我感到不悅的，是本應由阿塔ㄋ

娜西亞本人出席，現在卻非得由我前去。

噴，人生真糟糕。事情從來都不會順從我的心意。

綁架阿塔娜西亞的路卡斯徹底消失了。我搜索了皇宮裡所有宮殿和黑塔，卻連他們的一根頭髮都找不到。

因此，我不得不再次扮演這個世界的阿塔娜西亞。

如果我也這樣消失的話，阿塔娜西亞失蹤的消息很快就會被人察覺。我曾多次思考，或許那樣對找到她更有幫助也說不定。

但問題是，克洛德是否會親自去尋找失蹤的阿塔娜西亞呢？

唉，我其實沒什麼自信。如果他覺得「她不在滿好的，反而更清靜了」那該怎麼辦呢？那豈不是只有莉莉會擔心死？

而且不知為何，這個世界的阿塔娜西亞的生活似乎因為我而變得一團糟，讓我感到很是沉重，所以我決定妥當地填補她的空缺，同時尋找那兩個失踪的人。

但顯然，參加今天的舞會是個錯誤的決定。

儘管作為皇宮裡存在感極低的公主，但畢竟還是公主，所以我接受了某位貴族公子的陪同，進入了會場。

然而，除非是傻子，否則不可能不知道我在這場舞會中完全被輕視了。

「天啊，阿塔娜西亞公主殿下，您在這裡啊？您穿得太樸素了，我都沒認出來。啊，說起來，紅寶石宮的情況不是很好吧？如果您事先說一聲，我很樂意借您一些我不用的飾品或禮服。」

已經是第三次了。我在心裡默念著忍耐的重要性，面帶笑容地面對這位刻意挑釁我的名

媛。一想到阿塔娜西亞一直以來都得忍受這種言語霸凌，我的心情就變得非常糟糕。

但我還是不忘本分，像真正的阿塔娜西亞一樣保持溫和的態度，選擇遠離她們所在的位置。

不是她們讓我害怕，而是如果我繼續待在那裡，我怕自己會忍不住動手！

內心越發沸騰，我拿起舞會提供的飲料猛喝了幾口。

我已經忍了三次了！今天我就是一隻危險的野獸，所以別再來惹我了！

我讓今晚陪我的公子離開後，便獨自一人站在角落，連續喝著飲料。

咦，是我的錯覺嗎？不知為何感覺有點暈⋯⋯不管怎樣，至少比剛才好一點了。

我本想拿著杯子去陽臺，但那裡已經被成群的煩人情侶占據。唉，怎麼到哪都是情侶！我嘟囔著走進舞會設置的休息區，放置在那裡的紅色沙發吸引了我的注意。我走過去，一屁股坐了下來。

啊，真舒服！正好我的鞋子也讓我很不舒服，在這裡休息一下再走吧。

我索性把腿也搭在沙發上伸展開來。平時在外面，我絕不會露出這麼毫無防備的一面，但我現在整個人非常疲憊，其他事情似乎都無所謂了。

唉，我的人生為什麼總是充滿戲劇性呢？

──消失的路卡斯和阿塔娜西亞又該去哪裡找呢？嗚，還有我到底要怎麼回家呢？

對啊，標準究竟是什麼？

只有抵達真理之人，才能返回並擁有聖運。

這又是些什麼詭辯？聽起來像是哲學上的深奧話題。

「天啊，阿塔娜西亞公主殿下，您在這裡啊？」

這時，休息區的入口處傳來了一道刺耳的聲音。我躺在沙發上，偷偷抬頭一看，三個女生走進了我的視線。

「阿塔娜西亞公主殿下，您今天也是一個人啊。」

哎呀，從她們的表情來看，平時對阿塔娜西亞肯定並不友好。

「話說您這種無禮的坐姿是怎麼回事？看來血統是藏不住的。」

「就是啊。即使是低賤舞姬的女兒，好歹也有一半高貴的皇室血統，怎麼會和珍妮特公主殿下如此不同呢？」

果然，她們開始對阿塔娜西亞的出身指指點點。

「呵，來歷不明的女人所生的孩子還能要求什麼呢？再說了，舞姬大多都是奴隸出身，據說她們除了跳舞之外，還會賣些別的⋯⋯」

聽到她們接連的嘲諷，我再也無法保持沉默。

「哎呀，太骯髒了。那跟妓院裡的妓女有什麼不同呀？」

「喂，作為一個人，如果連那種低俗的話都得忍，那就真的能成佛了吧？」

「什麼？」

「不對，不是成佛，應該是變成傻瓜才對。」

我隨意把手中的空杯往旁邊一放，從座位上站了起來。

「我今天心情很不好。但我直到剛才都還忍著沒說什麼，因為我不是那個負責承擔後果的人。但妳們說的那個人是我的母親。」

「妳、妳這是什麼態度⋯⋯對我們說話也太隨便了吧⋯⋯」

「吵死了，妳們最好管住自己的嘴。」

我一邊看著她們七嘴八舌，一邊彈了彈手指。

隨即，四周各種物品突然一齊飄了起來。看到這一幕，她們三個眼珠瞬間瞪得圓滾滾的。

「這、這、這到底是怎麼回事……」

好了，好戲從現在開始！

「哇啊！」

我揮了揮手，懸浮在空中的物品便如旋風般猛烈旋轉，朝那些名媛撲去。

果然不愧是伊萊恩侯爵家的舞會，連休息區都被花草擺滿點綴。我把地上和桌上花瓶裡的鮮花，以及布滿整面牆的裝飾花朵，全都召喚到眼前。

雖然說用花打人對花不好，但我現在管不了那些了！而且我不是說過了嗎？我已經忍了三次了！

啪、啪、啪！

我用魔力讓花朵們動了起來，開始猛烈抽打那些名媛。

「啊！這是什麼！」

「天啊！」

「我、我對花粉過敏……！」

被各種花束鞭打的感覺如何？很刺激吧？

沒多久，周圍就被四處飛舞的花瓣和花粉弄得一片狼藉。

那些被花襲擊的名媛們頭髮變得亂七八糟，原本精心打理的髮型和禮服上都沾滿了黃色花

粉和五顏六色的花瓣。

她們不斷被花攻擊著，十分狼狽不堪。我可沒有手下留情，這些花一定打得她們很痛。唉，看到她們這副模樣，我的心情總算稍微舒暢了一點。誰叫她們要罵我的媽媽？說真的，鬥嘴的時候提到別人的父母，真是既卑鄙又骯髒⋯⋯咦？

此時，我發現了一個不該出現在這裡的人。

是伊傑契爾。

他站在休息室的入口處，驚訝地看著我。即使花瓣四處飛舞，他的臉依舊格外顯眼。

毫無疑問，我瞬間驚慌失措了起來。

當我收回魔力，周圍亂飛的花朵和物品開始慢慢落下。

啪噠！

失去花瓣、光禿禿的綠色枝幹無力地掉到地上。那三個名媛此時也淚眼汪汪、狼狽地跑了出去。

除了滿地的黃色花粉和繽紛的花瓣，還有站在門邊的伊傑契爾，這裡簡直安靜得像是什麼都沒發生。

在這種情況下，我快速轉動著眼珠，看向眼前的人，突然覺得現在這場景就像一幕幼稚的鬧劇。

伊傑契爾的視線掃過一片狼藉的休息區，然後移向在這個亂七八糟的地方唯一還保持乾淨整潔的我。

當我們的目光在空中相遇，我扶著額頭踉蹌了一下。

「啊，我突然覺得頭好痛⋯⋯」

我、我拒絕接受現實！

呃，可是倒在地上應該會很痛，所以目標是沙發！然而下一刻，觸碰到我身體的不是柔軟的沙發，而是某種堅硬的東西。伊傑契爾以驚人的速度向我靠近，接住了即將側身倒下的我。

就在這時，門口傳來了嘈雜的人聲。

「啊！這到底是怎麼回事？」

我不禁冷汗直流。天啊，我真的闖了大禍了！在別人的派對上鬧出這麼大的動靜，究竟該怎麼解釋？難道那些名媛已經跑出去把我做的事全都告訴別人了嗎？

可惡，要不是伊傑契爾突然出現，我本可以確保她們不會亂說的。

「啊，亞勒腓公子，休息室到底發生了什麼事……啊，那位莫非是阿塔娜西亞公主殿下？」

在那聲驚呼中聽到自己的名字，我不由自主地蜷縮起身體。

他、他會說出來嗎？他會說把這裡搞得一團糟的人是我嗎？

我閉著眼睛假裝昏倒，心臟怦怦直跳。呃，剛才假裝昏倒還滿自然的吧？快說點什麼啊，我聽到頭頂傳來他低沉的嘆息。

我能感覺到集中在我身上的目光，我聽到頭頂傳來他低沉的嘆息。

不知是否感受到了我的心情，他說道：

「我與公主殿下抵達時，這裡已經是這個樣子了。阿塔娜西亞公主殿下本就身體不適，受了驚嚇便昏倒了，我得先帶她離開。」

聽到他的話，我稍微安心了點。這樣一來，無論那些名媛說了什麼，他的話都比她們更有分量。

況且，考慮到阿塔娜西亞公主殿下平時的形象，說我是用魔力把她們打成那樣實在很難讓人相信。

趁眾人還處在一片混亂中，伊傑契爾抱著我迅速離開了現場。

耳邊傳來嘈雜的聲音和輕柔的音樂，看來我們正在穿過舞會大廳。伊傑契爾的步伐始終穩健，不久後，我們就安全地離開了舞會。

過了一會兒，我感覺臉頰上有一陣涼風吹過，便悄悄睜開了眼睛。

「公子，可以放我下來了。」

四周靜得像沒有人一樣。

「您知道我沒有真的昏倒。」

我用蚊子般的聲音說著，恨不得立刻找個洞鑽進去。

「後面還有不少人在看著，再假裝昏迷一會兒比較好。」

伊傑契爾平靜地說道。他果然知道我只是在裝暈。

啊，真希望眼前能出現一個洞⋯⋯

我聽從他的建議，再次緊閉雙眼，安靜地靠在他懷裡。其實，更準確地說，我是因為害羞而不敢看他。

嗚，對不起啊，阿塔娜西亞。我把妳的形象全毀了。我真的不是故意的⋯⋯！如果能使用記憶修改魔法，我一定會毫不猶豫地使用。

就在我內心百感交集時，頭頂傳來一道低沉的聲音。

「看來阿塔娜西亞公主殿下並不像我想的那麼脆弱，這樣我也就放心了。」

嗯⋯⋯？這是什麼意思？聽起來怎麼有點微妙？

我皺著眉頭微微睜開眼睛，在看到伊傑契爾的瞬間又感到有些慌亂，不知道該說些什麼。

什麼？你在笑嗎？

但看起來並不是因為我的身心比想像中健康而安心地露出笑容，更像是看著搞笑節目時忍不住笑出來的感覺……咳咳。

難道說是我很好笑他才笑的嗎？話說回來，以後能再看到這樣華麗又炫目的花束鞭子秀的機會也不多了。

我尷尬地笑著抬頭看向他。

「我不太明白公子的意思呢。」

「字面上的意思而已，請不用多想。」

所以到底是什麼意思啊？啊啊？

「您要直接回皇宮嗎？」

伊傑契爾問我，我們似乎已經快到馬車停放的地方了。

「說起來，陪您前來舞會的布蘭塞爾公子呢？」

「應該還在舞廳裡……」

「真是不稱職。」

伊傑契爾用依然平靜的語調批評那位本應護送我的青年。聽著他冷淡的聲音，讓我不禁感到一絲困惑。

「如果您不介意，我可以送您回皇宮。」

我絲毫沒有察覺自己還被他抱在懷裡。此時此刻，讓他放我下來似乎有些不合時宜。早知道剛才就應該毫不猶豫地讓他放我下來。

伊傑契爾不僅把我帶出來，還要送我回皇宮。他的紳士風度真是跨越了時空啊。

「謝謝您的好意，但您應該和珍妮特一起留在舞會。」

畢竟，他一開始就是和珍妮特一起來的。他能關心我到這個地步已經足夠了。唉，真的很感謝你。在這個舞會上，唯一把我當公主殿下對待的人就只有你了。

就在這時，伊傑契爾突然停下腳步。很快地，那雙金色眼睛便落在了我的臉上。對上他的目光，我再次感到一陣疑惑。

那是什麼表情啊？

伊傑契爾的表情看起來就像在聽到我說的話後，突然想起了什麼被遺忘的事。不會吧？他怎麼看起來像是忘記了珍妮特的存在一樣？

但這是不可能的，因為剛才還在責備那位把我拋下不管的公子的人正是伊傑契爾。

「那麼，公子，現在真的可以把我放下來了。」

我看著旁邊的馬車對他說道。這次，伊傑契爾沒再多說什麼，輕輕地將我放了下來。

「嗯，我身體狀況不太好，就先告辭了。請替我向珍妮特轉達這件事。」

「我會的。」

就這樣，我與伊傑契爾道了別。他一直用那雙深邃而平靜的眼睛看著我，直到我上了馬車為止。

他的金色眼睛就像藏著什麼祕密般，閃閃發亮。

❖❖❖

「啊,我是不是真的瘋了……」

隔天,我抱著頭,進行了一番激烈的自我反省。

昨天我一定是瘋了!

不僅沒事找事,還搞出那麼大的動靜?真的瘋了嗎?如果這裡是我原來的世界也就算了,萬一我在這裡惹出什麼事,後果可是得由這裡的阿塔娜西亞來承擔。

更何況還是在別人舉辦的舞會上鬧事?

不管怎麼想,我昨天好像在舞會上喝酒了。

那些我因為悶悶不樂而喝下的飲料居然含有酒精!難怪我會感覺有點暈,所以我昨天是喝醉了嗎?怪不得膽子變得特別大,還瘋狂想要放飛自我。

難怪當伊傑契爾出現在休息室的時候,我突然有種酒醒的感覺,那果然不是錯覺!

吱吱喳喳。

就在我抱頭反覆思考昨天的事情時,鳥兒正在晴朗的天氣下快樂地歌唱著。

現在是清爽的早晨,我來到花園裡享受著微風。

但羞恥的是,我直到現在都還有點宿醉的感覺。

昨晚之前,我根本沒想到自己喝醉了,可見昨天確實喝得有點多。要不然我怎麼會覺得胃裡一陣翻攪呢?

不過,剛剛莉莉給我送來了一杯加了蜂蜜的茶,比起早上剛醒來時,感覺好多了。想到莉莉擔憂的眼神,我心裡有點不安。此時此刻應該被她擔憂的人並不是我。

「我又不是什麼布穀鳥……」

「布穀鳥?」

就在這時，背後傳來了一道清亮的聲音。我嚇了一跳，迅速回過頭去。

出現在我花園裡的，正是珍妮特。

聽到我的自言自語，她疑惑地歪著頭。

「珍妮特……妳突然來這裡是有什麼事嗎？」

我有點慌張地站起身。當我問她為什麼來到紅寶石宮，珍妮特立刻露出迷人的微笑並開口回答。

「當然是因為想見妳啊，阿塔娜西亞。」

天啊，她的笑容就像天使一樣，讓我昨晚受傷的心靈稍微得到了治癒。

不過，這裡的警備真的是太鬆散了。有客人來到宮裡，竟然沒人來通知我，還擅自讓珍妮特進入花園。

如果莉莉在的話，情況可能會不一樣，可惜其他宮人都不怎麼守規矩。說來也是，阿塔娜西亞本來就不是那種會嚴厲對待下人的人。而且，即便她是紅寶石宮的主人，皇宮裡的實際掌權者可是珍妮特。

連那個可怕的克洛德都對珍妮特的話言聽計從，對她畢恭畢敬、凡事以她為先的氛圍早已在無形中形成。

其實，每個世界都有這種權力金字塔，所以並不奇怪。

「昨天聽說阿塔娜西亞在舞會上昏倒了，我很擔心。」

珍妮特說出這句話時，臉上滿是關切。我猶豫了一下，開口對她說道。

「嗯，我們換個地方聊吧？」

畢竟珍妮特是特地來見我的，我總不能讓她就這樣回去，但在這裡談話總覺得有點不太合

適。

因為我小時候住的紅寶石宮，原本是歷代皇帝的後宮，所以四處都擺滿了一些讓人有點尷尬的裝飾品。

現在這座花園裡的雕像都是些長相妖豔的半裸女子，其中還有一些姿態相當害羞。

「不用啦，妳的身體還沒完全康復，沒必要特地移動。我也很喜歡這個花園呢。」

珍妮特微笑著拒絕了我的提議，很快就坐在了我的對面。

「每次看到紅寶石宮的建築物，都覺得精緻又美麗呢。」

咳咳。

聽到珍妮特這麼說，再看著周圍那些撩人的雕像，我只能乾笑幾聲。

「阿塔娜西亞，妳最近看起來身體不太好，要不要叫御醫來再檢查一次呢？」

「其實沒那麼嚴重，我不用太擔心。我休息了一天，感覺好多了。」

不過，今天珍妮特的魔力還真是活躍啊。

我感受著珍妮特周圍逸散的那股魔力，心中莫名有些不安。

我早就知道她的魔力能引發別人的好感。當然，這對我沒什麼影響，她在我面前這樣也並無大礙。但既然知道她的魔力會對其他人造成影響，總覺得也許我應該施展一下淨化魔法。

上次我看到珍妮特的魔力非常活躍，特別是在克洛德面前⋯⋯如果長期受到影響，恐怕不太好。

——但這畢竟是無意識的作用，珍妮特自己也無法控制。

——妳既然不屬於這個世界，又憑什麼插手？

聽好了，公主殿下。別誤會了，這裡可不是妳的世界。

就在這時，之前路卡斯說的話閃過我的腦海。

是啊……如他所說，我已經在這裡介入太多事了。如果我再做些什麼，會不會就像路卡斯說的一樣，干涉太多了呢？

可是，如果問我難道要就這樣放著不管？我也無法明確回答。

我腦海中不斷浮現出那個哭著說想活在夢中的阿塔娜西亞，以及路卡斯曾經說過克洛德可能活不了太久的話。

克洛德到底是為了什麼而使用了禁忌魔法呢？我原本世界的克洛德是不是也是這樣？那麼，現在無論是哪一個克洛德，都面臨著同樣的危險嗎？可是原先世界的路卡斯並沒有特別說什麼……

「阿塔娜西亞？」

我短暫地陷入思考，忽然聽見面前有人叫我。我霎時回過神來，一抬起頭，就看到珍妮特正一臉疑惑地盯著我。

「啊，我好像沒有好好招待客人呢。我馬上讓人準備點心。」

「不用了，是我沒事先通知就跑來了，不用這麼麻煩的。」

但我實在不能如珍妮特所說就這麼呆坐著，於是我立刻叫住路過花園的宮人，請他們準備點心。

❖❖❖

布穀鳥是一種會將蛋下在其他鳥巢裡的寄生鳥類。

在那種情況下，布穀鳥會丟棄原本鳥巢裡的一顆蛋，然後把自己的蛋下在那個空位上。那

個鳥巢的母鳥不知道自己的巢裡有布穀鳥的蛋，會一直照顧到幼鳥孵化。孵化後的小布穀鳥為了獨占食物，會把其他蛋和小鳥全部推到巢外。

這便是布穀鳥的生存本能。

珍妮特坐在窗邊，突然想起在紅寶石宮花園聽到的、阿塔娜西亞說的話。

「布穀鳥……」

珍妮特臉上浮現出一絲與她不相稱的陰暗微笑。

「其實，真正的布穀鳥反而是我吧。」

「您說什麼？」

「不，沒什麼，瑪莎。」

旁邊正在幫花瓶換水的侍女露出了疑惑的表情，但珍妮特就像從來沒有自言自語過一般，只是淡淡地笑了笑。

她再次低頭翻動手中的書頁，臉上掛著一貫的燦爛微笑，彷彿剛才那抹陰鬱從未出現過。

❖❖
❖

「怎麼樣？公主殿下過得還不錯吧？」

這傢伙怎麼又若無其事地出現了？

真是個應該被關起來的傢伙！

我正因不熟悉的宿醉而痛苦不堪，最後還是使用了解毒魔法才感覺好一些。不過今天我真的一點都不想做其他事，決定就這樣待在房間休息。

204

莉莉看到我這樣，說我的臉色在一夕之間變得憔悴，擔心得不得了。唉，不過如果我看起來和平時不一樣，那應該不是宿醉，而是極度的壓力造成的。

無論如何，莉莉真的很關心我，現在我臉上全都是蜂蜜、牛奶，還有各種對皮膚保濕和營養有益的混合物。我一再說沒關係，但莉莉的態度非常堅決，我也只好妥協。

就在這時，路卡斯那傢伙又出現了。

我狠狠地瞪著這個厚顏無恥出現在我面前的傢伙。

「阿塔娜西亞在哪裡？」

「妳覺得我會告訴妳嗎？」

這傢伙也真是的。如果真像他所說，我決定不再管這裡的事，阿塔娜西亞被綁架了也無所謂，就這樣走掉的話，那他該怎麼辦？

「硬要說的話，她在美夢之中。」

路卡斯帶著上次見過的冰冷微笑補充道。那麼，這就意味著阿塔娜西亞還在沉睡。

真正的阿塔娜西亞現在還在夢中追逐幻影，而我卻在這裡悠閒地敷著面膜。我突然感到一陣煩悶，便用魔法將臉上的混合物徹底清理乾淨。

剛來到這裡不久，第一次見到路卡斯時，我還打算問他有沒有辦法回到我原來的世界呢。不過，即使真有那種方法，這傢伙現在也不會告訴我。

我緊閉著嘴看著路卡斯，過了一會兒，才重新開口。

「你很喜歡我嗎？」

那瞬間，路卡斯的臉皺成一團，像被揉爛的紙一樣。

「胡說八道什麼！妳吃錯藥了嗎？」

果然是預料中的反應。

「嗯,原本世界的路卡斯也很喜歡我,你會這樣也不奇怪。」

雖然認識的時間不長,但我會說這種話其實也沒什麼好奇怪的,畢竟現在的狀況本來就非常荒唐。而且從他的態度中,我確實能感覺到某些不一樣情緒。

我冷靜的態度讓路卡斯不禁笑出聲來,像是無奈又帶著些許嘲諷。

「那傢伙親口說的?說他喜歡妳?」

唉,再怎麼樣也不能嘲笑另一個世界的自己吧。

「對啊,他說他喜歡我喜歡到快要死了,每天都纏著我,求我接受他的心意,真的煩死了。你知道嗎?他還曾經為了送我禮物去抓了一隻龍。」

我滿不在乎地說著原本世界的路卡斯也肯定會哭笑不得的話。

哼,我就算編了些謊話,這個世界的路卡斯聽了也不會知道!不過,說他為了送我禮物去抓龍倒是真的。啊,真是的,剛剛說的話裡最像謊話的部分竟然是唯一的真話,這也太荒唐了吧。

聽著我說的話,路卡斯的臉越來越扭曲,顯然並不相信另一個世界的自己會做出這些事。

突然,他的臉色瞬間冰冷了起來。

「這麼說來,妳之前說要去我的塔之前得先經過某人的允許,那個人就是他?」

路卡斯猛然朝坐在沙發上的我走來。

他突然的靠近讓我本能地往後退開。我的身體陷入沙發,他的手臂則伸到我的臉側,讓我被徹底困在沙發和路卡斯之間。

「仔細想想,妳第一次見到我,就表現得非常高興。」

在如此近距離的對視下,他那雙紅色眼睛透著一股莫名的寒氣。我在這突如其來的情況下愣住了,聽著他接下來說的話,不禁感到更加荒唐。

「在那之後也是,妳還毫無戒備地抱緊了我。」

什麼⋯⋯他是在說上次前往真正的黑塔時抱著我來回移動的事嗎?

「那是你硬要抱我的吧!」

哇靠,就算近距離看著他壓力很大,但那只是因為這樣比較方便!

娜西亞是我要求的沒錯,但那只是因為這樣比較方便!

我感到一陣委屈,急忙開口辯解。不過,我也絕對要把話說清楚!當然,後來再次去找阿塔

「毫無防備也該有個限度吧,在塔裡妳還不怕死地把我拉到床上。」

那瞬間,我感到啞口無言,全身倏然僵硬。

什、什麼⋯⋯?拉到床上?這種話也太容易讓人誤會了吧?

不、不對⋯⋯那天晚上確實是我拉著路卡斯的手一起躺在被窩裡,可是⋯⋯我們只是單純睡覺而已吧?

可是從他嘴裡說出來,聽起來卻像是我做了什麼大膽的事。

「那、那只是因為怕你在我睡著時搞出什麼事情⋯⋯」

我的臉頰漸漸發燙,結結巴巴地解釋著。路卡斯帶著怒氣的低沉聲音再次響起。

「現在看著我,妳還在想其他人嗎?」

什麼、什麼意思?為什麼我現在感覺像在被審問一樣?

「妳喜歡那傢伙嗎?」

你難道不知道你說的那個人就是另一個世界的你自己嗎?

路卡斯依然用銳利冰冷的眼神看著我。

「是他喜歡我，不是我喜歡他！而且，我們之間到底是什麼關係，你現在這樣質問我……搞得好像我是出軌的老婆……」

但我真的被嚇到了。這是我第一次看到路卡斯露出這麼真實的厭惡表情，我認認真真被嚇到了。

要賴也得有個分寸吧！你以為這樣我就會怕嗎？

呃、呃啊！這傢伙既不是我原本認識的路卡斯，甚至比那個路卡斯還要瘋狂，誰知道他會做出什麼事來，我真的沒辦法不害怕啊。

過了一會兒，路卡斯慢條斯理地開口。

聽到我的話之後，他緊閉雙唇，只是默默低頭看著我，讓我更緊張了。

「對啊，妳跟我什麼關係都不是。」

這句話像是說給我聽，也像是說給他自己聽的。

我以為他會繼續說什麼，但路卡斯只是再次閉上嘴，靜靜地看著我，然後突然在我面前消失無蹤。

我獨自留在他剛剛站著的地方，深吸了一口氣。

這個怪人，竟然連另一個世界的自己也要嫉妒？不管怎麼看，他的言行舉止都表現出了在吃醋，真是令人毛骨悚然。

啊，結果又被這傢伙牽著鼻子走，什麼阿塔娜西亞和克洛德的事情都沒問到。

我懷疑這是不是路卡斯精心設計的陰謀，心情鬱悶地趴在沙發上。

208

「陛下,馬上就要舉行御前會議了,您要去哪裡?」

「嘰嘰喳喳真煩人。朕自有分寸。閉嘴,立刻滾開。」

克洛德最近心情一直不太好。

聽見他低沉的咕噥,菲力斯小心翼翼地勸說克洛德前往會議室。但馬上就要與大臣們舉行每週例行的御前會議,所以菲力斯小心翼翼地勸說克洛德前往會議室。

然而,克洛德卻煩躁地將他趕走了。

「希望陛下能夠疼愛這個孩子。」

在他獨自行走時,那個人的聲音再次迴響於耳際。克洛德揉著陣陣發疼的頭,皺起了眉頭。

「這可能是我最後能給您的最後一份禮物了。」

那個神祕女人的聲音讓他幾欲抓狂。

自從開始作這些莫名其妙的夢以來,已經過了一段時間。最近,一個不知名的女人反覆出現在克洛德的夢中,說著這些不明所以的話,讓他感到非常厭煩。然而,更讓他無法理解的是自己的反應。

為何會對一個不認識的人感到如此心痛?為何每次醒來,總會感到這般哀傷懷念?

他試圖抓住夢中的女人,卻一次又一次徒勞地在空中揮舞著手臂醒來。

不論他怎麼努力,始終無法想起女人的臉,這實在讓他難以忍受。

克洛德感到頭痛欲裂,漫無目的地行走著。他完全不知道自己要去哪裡。只是這樣隨著腳步遊蕩。

突然間，他遇到了某個人。聽到了身後的腳步聲，他轉頭望向白色花田中的人影。耀眼的白金髮絲在風中和白色的花朵一同飛舞。

剛開始，他以為是夢中的女人出現了。

一陣清風拂過，四周的花草隨風搖曳。

嘩啦啦。

克洛德像見鬼似地愣在原地。

無法理解，為什麼這個人和他夢中記憶模糊的那個女人如此相似？

「啊，您⋯⋯您怎麼會在這裡⋯⋯」

但帶著困惑的聲音似在嘲笑他，硬生生打斷了他的思緒。那瞬間，他感覺就像是從白天的一場短夢中清醒過來。

這時，克洛德終於認出眼前的究竟是何人，也認出了他所在的地方。這裡是位於紅寶石宮旁邊的花田。克洛德無法理解為什麼自己會走到這裡來。

「妳為什麼在這裡？」

為了掩飾自己的困惑，他故意用冷淡的聲音問道。阿塔娜西亞望著他，不知道該怎麼回答，最後只能低聲說道。

「只是忽然想起一些往事，心中感到一絲懷念，所以就來這裡看看。」

阿塔娜西亞輕聲回答。

聽到這句話的瞬間，克洛德又是一陣劇烈頭痛。

「您的身體狀況最近還好嗎？」

阿塔娜西亞小心翼翼地詢問，望著他皺起的眉頭。

「妳突然出現，說這些莫名其妙的話是什麼意思？」

克洛德冷笑著反問。

他們什麼時候變成會關心彼此的人了？想到這裡，他突然感到一絲不悅。眼前的人，不管他多麼冷漠無情，總是會在流完淚之後，又努力笑著靠近他，讓他相當煩躁。

突然，克洛德頓住了。

阿塔娜西亞似乎有些為難，但仍站在原地，繼續說道。

「您最近的健康狀況是否安好？」

這個人到底在說什麼？上次她明明哭得那麼傷心，眼裡充滿了絕望的決絕，彷彿再也不會見他一般，現在卻……

「又或是說，您最近想起了什麼被遺忘的記憶嗎？」

阿塔娜西亞接著說。

就在這時，又一聲低語在克洛德的耳邊掠過。

「這是我唯一的心願。」

「如同您愛著我那般，在我離開之後，請您將這個孩子擁入懷中，好好地珍惜她、疼愛她。」

那一刻，克洛德感覺到一隻看不見的手狠狠扣住了自己的心臟。

「聽說妳最近突然有了魔力，是不是妳對我施了什麼魔法？」

克洛德因劇烈的疼痛而面容扭曲。

「難怪夢中的那個女人與妳如此相像。」

「夢中的女人？」

阿塔娜西亞聽到他隨口說出的話，立刻反應過來，接著問道。

「那個女人和我很像嗎？那麼，您是在說我的母親嗎？」

轟隆──

為什麼呢？聽到這句話的瞬間，克洛德感覺被重重地敲了一下腦袋，一陣眩暈感倏然湧上。

他站在原地，一動也不動，幾秒後才往後退了一步。看到這一幕，阿塔娜西亞驚訝地瞪大雙眼，張開了嘴。

「父皇……」

「別過來。」

克洛德用冰冷的聲音喝止了她，就像在他們之間築起一道堅固的牆。

「若妳再靠近一步……」

這或許是出於本能的防備。他能隱約感覺到，如果再繼續面對眼前這個人，他內心的某個部分將會徹底崩潰，無法修復。

「這次我真的會殺了妳。」

幸運的是，阿塔娜西亞並沒有追上來，只是沉默地看著他轉身離去。

❖❖❖

「父皇，您這個時候來訪有什麼事嗎？」

克洛德突然造訪，讓整座綠寶石宮變得一片忙亂。珍妮特既高興又困惑地迎接他的到來。

但當她抬頭仔細看著克洛德的臉，她頓了一下才開口問道。

「發生什麼事了嗎？您的臉色⋯⋯」

「只是有點累了。」

克洛德語氣堅定地回答。這和平時的他很不一樣，珍妮特的目光在他臉上停留片刻。

「您每天處理國事，連休息的時間都沒有，當然會累。來這裡稍微休息一下吧。」

克洛德順從地被她牽著。事實上，他頭痛欲裂，根本無法正常思考。

「來，我會在您身邊守著，這樣您就能好好休息了。」

珍妮特讓克洛德躺在沙發上，給他蓋上不知從哪來的毯子，動作溫柔地輕拍著他的肩膀。

此時，珍妮特身上又開始散發出黑色的魔力，但克洛德並沒有察覺。

奇怪的是，他的心情逐漸平靜了下來。每次和珍妮特在一起時，總是這樣。他感覺侵入大腦的尖銳疼痛慢慢減輕，而後便緩緩閉上了眼睛。

不久後，珍妮特笑著拉住克洛德的手臂。

「沒事的，一切都會好起來的。」

耳邊的低聲細語就像一首搖籃曲。

「現在什麼都別想，好好休息吧。」

站在門邊的侍女看著兩人溫馨的模樣，露出溫暖的微笑，關上門離開了。

之後，房裡充滿了溫馨的寧靜。

珍妮特向著明顯比剛才舒緩許多的克洛德，微笑著低聲說道。

「父皇，往後也請一直這樣陪在我身邊吧。」

其實，珍妮特知道他並非自己的親生父親，也知道是眼前的人是讓她失去父母的罪魁禍

「就像現在這樣。」

所以，他必須一直陪在自己身邊，永遠代替那些他從她身邊奪走的人。這樣才公平。

「我只需要這樣就夠了。」

珍妮特看著在她身旁熟睡的克洛德，忍不住笑了出來。此時此刻，她感到無比幸福。

❖❖❖

我看著克洛德離開的背影，臉色變得異常凝重。

他剛才的反應實在很不尋常。不僅突然出現在紅寶石宮旁邊的花園，還有對我提問時那些奇怪的回答，都讓我感覺到某種異常。

事實上，我今天來到這裡，純粹是出於一時衝動。

由於某些半強制的原因，我在紅寶石宮待了一段時間，突然想起以前曾去採過花的花園。現在回想起來，自從我住進綠寶石宮，來紅寶石宮的次數少之又少。最多就是像上次和路卡斯玩捉迷藏的時候才會過來，咳咳。

總之，由於對原本世界的思念和童年的懷念，我來到了現在這座花園。我小時候常做花冠給莉莉和克洛德的這個地方，還是和記憶中一模一樣。這裡就位於克洛德住的石榴宮不遠。我第一次見到克洛德也是因為想採花給莉莉，結果不小心迷路了。

咳，那時候我根本不知道那裡是石榴宮，還以為找到了一個可以藏我心肝寶貝們的祕密基

地。誰知道後來竟碰上了克洛德，讓我哭得眼淚都快流乾了。那段回憶突然讓我感到一陣惆悵。在我沉浸於那些瑣碎的回憶時，克洛德竟真的出現在我眼前。然而，他的臉色看起來非常不好。

正如路卡斯所說，多管閒事也算是一種病了吧！無可救藥的我還是忍不住想關心這個世界的他，開口詢問了他的狀況。

克洛德對我依然冷淡。只不過，如果說他之前對我的態度是漠不關心，那麼今天他的反應就像是利刃般尖銳無比。

更何況，他方才說的話⋯⋯

──聽說妳最近突然有了魔力，是不是妳對我施了什麼魔法？

──難怪夢中的那個女人與妳如此相像。

那一刻，我感到一股奇怪的不協調感。他說夢中那個與我十分相像的女人，讓我想起了原本世界中克洛德偶爾在夢中向我展示的黛安娜。我想這絕非偶然。

可是，為什麼現在的克洛德好像不記得黛安娜？更有甚者，克洛德接下來的表情是我從未見過的。他臉色蒼白，彷彿時間徹底停滯，呆呆地看著我。隨後，他突然轉過身，好似在逃避什麼洪水猛獸。

我無法追上他。

忽然，我冒出了一個念頭。或許⋯⋯克洛德抹去的記憶正是與黛安娜有關。若是如此，這也許就是為什麼他在原著中把阿塔娜西亞遺棄在紅寶石宮、從未給予一絲關愛的原因。

這個想法一旦出現，便如滾雪球般迅速壯大。

我站在滿是白花盛開的花園中央，思緒複雜。最終，我還是朝著克洛德消失的方向走去。

我也不知道現在去找他能做些什麼，但我還是不能就這樣把他丟著不管。然而，克洛德似乎不在石榴宮。

和我小時候一樣，克洛德待的石榴宮安靜得連老鼠都沒有。我找遍了後院、寢室和書房，都沒發現克洛德的蹤影。

取而代之的，我遇見了菲力斯。

「啊，阿塔娜西亞公主殿下。」

「羅培因爵士。」

嗯，我不太確定這裡的阿塔娜西亞和菲力斯之間如何相處，但既然關係明顯不深，叫姓氏應該比較合適。我從沒見過阿塔娜西亞和菲力斯直接對話，所以稍微有點尷尬。

「願歐貝利亞的祝福與您同在。」

幸好我的預測沒錯，菲力斯並沒有感到任何異樣。

「您是來找的嗎？」

「是的，父皇在哪裡？」

面對我的提問，他遲疑了一下。隨後，他的回答讓我瞬間頓住。

「我剛剛收到消息，陛下現在在綠寶石宮。」

什麼？威脅我靠近他就殺了我，結果轉頭就去見珍妮特？看來他狀態還不錯，沒有直接回寢室，而是走了那麼遠的綠寶石宮。

我還以為他臉色那麼差會出什麼問題，結果竟然跑去找珍妮特了？感覺我特意跑這一趟真是蠢死了。我的心中頓時百感交集，無法具體說明是什麼情緒。

但我也知道，這裡的克洛德並不是我的爸爸，所以我很快就平復了心情。菲力斯看起來有

216

些愧疚，我笑了笑表示沒事。然而，不知道我的笑容在他眼裡究竟如何，他的表情變得更加黯淡。菲力斯似乎對於克洛德冷淡對待阿塔娜西亞這件事感到很難過。

突然，我遠遠看到幾個臣子的身影，便再次開口說道。

「不過，那些人是⋯⋯」

「御前會議剛剛取消了。」

呃啊！克洛德你這傢伙！難道為了見珍妮特，連御前會議都取消了嗎？不過他是克洛德嘛，或許真的會這樣做也說不定。

「那我就先回去了。」

「好的。陛下回來時，我會轉告他公主殿下來過了。」

我猶豫著要不要請他不用特地轉告，最後還是沒再多說，轉身離開了。我沒有達成任何目的便離開了石榴宮，心情莫名其妙有些不爽。雖然現在我沒喝醉，但總感覺就這樣，那些名媛激怒我時有點相似。這種感覺和前陣子在伊萊恩侯爵家舉辦的舞會上，那些名媛激怒我時有點相似。雖然現在我沒喝醉，但總感覺有點想放飛一下自我。

唉，我幹嘛在意克洛德？我自己的問題就已經夠多了，真是前途渺茫啊！當然，並沒有人叫我去關心這個世界的克洛德和阿塔娜西亞，所以說我也算是自找麻煩。對於現在的處境，我也覺得很煩悶。

此時此刻，即便我就這樣回到原來的世界，也不會覺得心情舒暢。我煩悶地看著眼前的石頭，決定拿它來出氣，狠狠地踢了一腳。

啪！

「唔！」

咦，怎麼回事？

前方突然傳來一陣呻吟，我驚訝地停下腳步。剛才沒注意到，前面居然有人。我驚慌地抬起頭，隨即認出來者是誰，眼睛不禁瞪得大大的。

「小⋯⋯小白⋯⋯！」

轉過身來、揉著後腦勺的不是別人，正是羅傑・亞勒腓！久違地看到亞勒腓公爵，我不禁意外地感到有些驚訝。小白叔叔！沒想到會在這裡遇見您啊！看到您氣色這麼好，想必這段時間在這裡過得不錯吧？想想也是，和珍妮特一起平步青雲，過得好也是理所當然的吧。

「啊，這不是阿塔娜西亞公主殿下嗎？」

發現我的亞勒腓公爵微微皺起眉頭，開口說道。隨後，他向我走來，旁邊還跟著伊傑契爾。

「阿塔娜西亞公主殿下，願歐貝利亞的祝福與您同在。」

「阿塔娜西亞公主殿下，願歐貝利亞的祝福與您同在。」

我回應了他們的問候，偷偷瞥了一眼面前的亞勒腓公爵。在原本的世界中，我已經很久沒看到他和伊傑契爾同時出現了，所以此刻心中難免有些欣喜。

然而，這份欣喜隨著亞勒腓公爵的開口瞬間消散。

「阿塔娜西亞公主殿下竟然親自來到石榴宮，真是罕見啊。可惜的是，陛下剛剛前往綠寶石宮見珍妮特公主殿下了，讓您白跑一趟了。」

叔叔，你這麼說的時候，笑得也太露骨了吧？

當然，在這個世界裡，亞勒腓公爵自然是珍妮特一派的先鋒。但這樣明顯的嘲諷，連我都覺得嘴巴有點癢癢的。唔，但我得忍住。

218

「話說回來,剛才踢石頭的人是阿塔娜西亞公主殿下嗎?歐貝利亞的公主殿下居然做出這麼失禮的事……身為歐貝利亞的未來,我真心希望公主殿下能多學學珍妮特公主殿下的優雅。」

我得忍住。

「據說最近阿塔娜西亞公主殿下的行為舉止越來越放肆,毫無品位,這實在讓人難以置信。身為國家的第一公主,您應該以身作則才對。」

忍……忍耐個什麼啊!

「父親。」

在我和亞勒腓公爵的對話中一直默默站在一旁的伊傑契爾突然開口,像是在勸阻自己的父親。而我也在這時候忍無可忍地開口了。

「亞勒腓公爵,我明白您的意思。所以您現在是在說,我是一個完全不懂禮儀的人,不僅沒有威儀,連品格和優雅都沒有,完全不配當公主嗎?」

「什麼?」

「而且還說這樣占著第一公主位置的我是歐貝利亞最厚顏無恥的人……」

「什麼?」

亞勒腓公爵愣愣地反問。他的表情有些呆滯,似乎還沒完全理解我說的話。這也難怪。雖然他也曾旁敲側擊說過類似的話,但羅傑‧亞勒腓從來沒有這麼直白地侮辱過我。

「這是什麼荒唐的話?」

正好這時,菲力斯的聲音傳了過來。

「亞勒腓公爵，您真的對阿塔娜西亞公主殿下說了這樣的話嗎？」

菲力斯難以置信地看著亞勒腓公爵。

亞勒腓公爵顯然沒有預料到菲力斯會在這個時候出現，顯得很是驚慌。哼，不過我早就知道他要來了！雖然我也不清楚剛才和我道別的菲力斯為什麼會再次出現在這裡。

亞勒腓朝我投來希望我能認同他的目光，但我假裝擦著眼淚，將頭轉了過去。

「聽到亞勒腓公爵這麼說，我真的是十分羞愧。不過就如同公爵所言，這也是因為我品行有失吧⋯⋯」

「我、我不是那個意思。」

看我像是受了傷的樣子，亞勒腓公爵慌張地解釋。

我其實很想說「你這樣對我，難道不是有損皇室的威嚴嗎」，但我知道現在說這樣的話，只會適得其反。

「那、那怎麼可能呢？阿塔娜西亞公主殿下一定是誤會了⋯⋯」

「那孩子怎麼怎麼優秀」，一邊嘲笑我就很不錯了。

「亞勒腓公爵，您怎麼能對阿塔娜西亞公主殿下說出如此無禮的話⋯⋯這件事絕對不能就這樣輕易帶過。」

一直以來低聲下氣的公主殿下突然發飆，對亞勒腓公爵來說根本不痛不癢。他沒有一邊說羅傑、亞勒腓公爵來找我很不錯。

況且，菲力斯在這個時候出現真是恰到好處。

即使我知道，對小白叔叔這般以退為進、假裝示弱並不是解決問題的最佳方法。

即便菲力斯把這件事告訴克洛德，他可能連眼睛都不會眨一下。哼，這實在是太理所當然了，根本不會讓人感到意外。

但從羅傑・亞勒脾的立場來看，這恐怕會讓他有些不安吧。至少，這應該能讓他以後在阿塔娜西亞面前更加謹言慎行。

「非常抱歉，阿塔娜西亞公主殿下。我只是因為擔心歐貝利亞的安危，才會說出那些可能會引起誤會的話，還讓公主殿下心煩意亂。對於驚擾到您的過失，我甘願接受任何處罰。」

「我也要向您道歉。」

小白叔叔果然是個狡猾的人，見情況不對，立刻轉變了態度。站在一旁的伊傑契爾也向我道了歉。

啊，我本來不想讓伊傑契爾也對我低頭的。

「亞勒脾公爵，您不必這樣。我怎麼會懷疑您對歐貝利亞的忠誠呢？您的建議我會牢記於心，從今以後我也會更加努力，成為更適合這個位置的人。」

我假裝擦拭著淚水，用手撫摸著乾燥的眼角說道。看到這個情形，小白叔叔忍不住嘴角抽動，冒出冷汗。

「阿塔娜西亞公主殿下，您在說什麼呢？您已經完全展現出與您身分相符的風範了。」

菲力斯用充滿惋惜的聲音對我說道。我對他露出感激的笑容，彷彿在說「謝謝你的誇獎」。

「其實，我來是想問問您是否願意和我一起去綠寶石宮……」

但他接下來吞吞吐吐說出來的話讓我頓時感到有些無奈。菲力斯在這個世界仍然一點也不懂得看場合。

我還在想前不久才剛分開，他怎麼又跑來找我，原來是要邀請我一起去綠寶石宮啊。更何況，為什麼你還用那麼不捨的眼神看著我？難道你真的希望我跟你一起去綠寶石宮嗎？哈哈，別作夢了，大叔。

但我現在會想看到克洛德和珍妮特開心地待在一起嗎？

這時，伊傑契爾短暫地把視線停留在我的臉上，開口說道。

「阿塔娜西亞公主殿下的臉色看起來不太好。還是先回紅寶石宮休息比較好吧？」

嗯？我的臉色應該沒問題啊？好不容易捉弄了一下小白叔叔，心裡總算舒服多了，怎麼會臉色不好呢？他該不會是知道我不想去綠寶石宮，所以想幫我找臺階下吧？

「請容我護送阿塔娜西亞公主殿下回紅寶石宮。」

嗯，看來我猜對了。

菲力斯擔心地問我是不是身體不舒服，用依依不捨的聲音說下次再見，而小白叔叔則是一副急著想把我打發走的樣子，對伊傑契爾說就照他說的辦吧。

於是，我就和他一起走在回紅寶石宮的路上。

❖❖❖

伊傑契爾看了一眼走在身旁的人。

阿塔娜西亞公主的臉映入他的眼簾，而她正直視著前方。

不久前，她在他面前吐血的情景還歷歷在目，他心中不免擔憂，但對方似乎很快便恢復了健康。

其實，比起那次事件之前蒼白的面容，現在的氣色反而更好，讓他不禁納悶地歪了歪頭。

阿塔娜西亞公主現在的表情顯得十分神清氣爽。伊傑契爾回想起剛剛發生的事，不由自主露出了一絲怪異的表情。

他還是頭一次見到父親在阿塔娜西亞公主面前這麼手足無措。

伊傑契爾心想，無論如何，阿塔娜西亞公主似乎並沒有因為他父親的話而真的受到傷害或難過。剛才她那樣對待亞勒腓公爵，是不是有點故意捉弄他的意思呢？

即便如此，這次事件的起因確實是他父親言語過於失禮，所以也沒什麼好遺憾的。

「亞勒腓公子。」

「您沒必要一路護送我到紅寶石宮，不如我們就在這裡道別吧？」

這時，阿塔娜西亞抬頭看著伊傑契爾說道。她的提議帶著許許謹慎，伊傑契爾將視線從前方轉向她。

看來阿塔娜西亞公主殿下並不太喜歡與他一起同行，這一點無論是過去還是現在都沒變過。

「讓公主殿下一個人，我不太放心。請允許我陪您走到紅寶石宮。」

聽到伊傑契爾這麼說，阿塔娜西亞似乎想再說些什麼，但很快就明白他不會退讓，便不再試圖說服他。

他們又走了一會兒，阿塔娜西亞突然開口對他說道。

「上次也是，總是在麻煩您呢。謝謝您。」

那一瞬間，伊傑契爾再次感受到了那種奇妙的感覺。

——謝謝您，公子。

——很抱歉無意中給公子添麻煩了。

真是奇怪。眼前這位和他認識的阿塔娜西亞公主應該是同一個人⋯⋯但為什麼會有這種違和感呢？

他不知道該如何形容收到幫助時會說「謝謝」的阿塔娜西亞和會說「抱歉」的阿塔娜西亞

而且，上次在伊萊恩侯爵家，如果是他認識的阿塔娜西亞公主，絕對不會做出那樣的事。

阿塔娜西亞公主靜靜仰望著他。在微弱的陽光下，她飄動的髮絲閃爍著耀眼的光芒，散發著清新綠意的寶石眼就這樣映入了他的視線。

伊傑契爾的眼神瞬間閃過一絲銳利的光芒。

伊傑契爾不知為何被她眼中的陌生光芒吸引，忍不住停下腳步，凝視著眼前的阿塔娜西亞。但不久後，他便轉移了視線，唇邊隨即溢出一聲低語。

「感覺『謝謝』比『抱歉』聽起來更好一些。」

話一出口，他便猛地一愣。無意中脫口而出的話完全是出自真心，並無半點虛偽。他是第一次如此直率地表達自己的感受，這不禁讓他有些慌亂。

當然，伊傑契爾剛才的話聽起來或許並無任何異常，但他自幼年起，就從未在沒有經過任何思考的情況下衝動地去做某件事。

幸好阿塔娜西亞公主似乎沒有察覺到他的動搖。

「嗯，我也這麼覺得呢。」

阿塔娜西亞公主朝他展露的淡淡微笑，異常清晰地烙印在他的心上。就像剛才的伊傑契爾，她也很快重新收起臉上的表情，但那一瞬間卻好似在他視野中久久不散。

接著，伊傑契爾和阿塔娜西亞再次一同走過樹木茂密、被芬芳花叢點綴的小徑。

不知為何，這條路似乎比剛才更加明亮。

回到紅寶石宮，我交叉雙臂陷入沉思。

思來想去，我還是不能就這樣放任阿塔娜西亞和克洛德不管。當然，我不能確定這個世界是否真的會按照我所知道的小說情節發展，也無法確定幾個月後克洛德會不會真的殺害她。但我親眼目睹了阿塔娜西亞的不幸，這些都是不折不扣的現實。

路卡斯曾問我有何權利干涉這個世界的人，我自己也深入思考過這個問題，不過現在這一切都顯得太過荒謬。

究竟誰有權利決定這些？

雖然這樣說可能是對神的褻瀆，但誰又能保證這裡真的存在神呢？

如果不管這個怎麼思考都得不出答案的問題，或許我就可以更加隨心所欲地行動了吧？因此，我決定將自己來到這個世界的原因視為某種命運的召喚。

是的，我知道這不過是自我合理罷了。

但我就是無法對克洛德和阿塔娜西亞視而不見，如果這樣做，我此後可能會因為他們的事而煩惱許久、夜不能寐。

我就是這樣的人，或許原本世界中的路卡斯看到這樣的我會覺得我是個傻瓜吧。

於是我決定利用唯一可以自由行動的夜晚時刻，先去找這個世界的路卡斯。

❖❖❖

路卡斯非常煩躁。

近來他的心情像雲霄飛車一樣起伏不定，每當想到某個特定人物時總是如此。

——我們之間到底是什麼關係，你現在這樣質問我⋯⋯搞得好像我是出軌的老婆⋯⋯

沙沙。

某人的聲音又一次在耳邊響起的瞬間，彷彿代表著他跌落谷底的心情，周圍的花草突然化為粉末散開。

讓路卡斯的額頭上多出幾道深深皺痕的，是那位來自另一個世界的阿塔娜西亞。

他認為她是一個極為厚顏無恥的女孩，完全不明白她怎麼能在他面前如此無畏地行事。第一次見面時，她在路卡斯面前就幾乎毫無顧忌。

最初這種表現令他感到新奇有趣。過去的他一直是別人眼中恐懼的對象，所以阿塔娜西亞那種既不恐懼也不崇拜的態度讓他感到十分特別。這也是他幾百年來首次想要身邊有人陪伴，想要密切關注某個人。

她每一個反應都讓他感到相當愉快有趣，就算只是靜靜旁觀，也似乎不會覺得無聊。事實上，此前路卡斯已經沉浸在無聊之中很長一段時間了，對此他感受到了深深的厭倦。

從很久以前開始，任何事物都無法吸引他的興趣和注意。即使在被亞埃泰勒尼塔斯惡劣的魔法迫使沉睡數百年之前，他也是這樣。這種狀態在他再次甦醒後依然沒有改變，所以他無所事事地在塔中隱居了十多年。

漫長的時間過去，他終於遇到了一個很有趣的人類，這讓他感到相當興奮。可惜這種感覺並沒有持續太久。

從某一刻起，路卡斯開始因阿塔娜西亞而感到煩躁，但他無法確定具體的原因。

起初，他不喜歡她總是理所當然地表示自己是來自另一個世界的人，終將回到那裡。她對路卡斯來說就像一個有趣的玩具，所以她若隨意消失，對他來說會很麻煩。

但如果僅是這個原因，每當她提到「另一個世界的路卡斯」時，他心中的怒火又該如何解釋？

同樣地，她看著他時心裡想著其他人，也讓他感到一陣惱火。

一想到從第一次見面起，她那毫無防備的舉止，似乎都代表著她認為他就是那個世界的路卡斯，一股無形的殺意便瞬間湧上。

是啊，這就只是他不想讓任何人奪走自己玩具的占有欲罷了。即便對方是另一個世界的自己……不，就因為是另一個世界的他，他更無法接受。

突然，遠處傳來了一股並不陌生的魔力波動。路卡斯的目光穿透吹拂而來的風，用眼睛模糊地捕捉著那股魔力的殘影。不僅是視覺，他全神貫注，更加細緻地感受著那淺淺湧來的魔力。

那是一股華麗而芬芳的魔力。和自己同樣吸收了神獸的力量、源自相同之處的魔力本應相似，但不知為何，兩者的感覺卻截然不同。

當然，路卡斯奪取的魔力已與他原本擁有的魔力混合在一起，兩股魔力不盡相同也是必然，但這種差異顯然不僅僅是這個原因。

路卡斯靠在一棵枝葉繁茂的老樹上，享受著微風中帶來的、阿塔娜西亞的魔力。他不知為何有種她在召喚他的感覺，且相當執著迫切。

不，他其實已經知道原因了，因為不久前拋出誘餌的正是路卡斯本人。但上次見面時她說的話讓他覺得十分不悅，所以他並不想輕易回應召喚。

儘管如此，看到她如此迫切地召喚自己，路卡斯的心情稍微好了一些。

移動。

不久後，路卡斯仰望著繁星滿布的夜空思考著。而後，他無可奈何地朝著魔力散發的方向

嗯，既然她這麼想見他，或許他該去一趟？

❖❖❖

他們現在所處的地方是兩人初次相遇的蘆葦荒原。站在那裡的阿塔娜西亞正在收回她之前散發的魔力。

「這麼著急地喊我，看來妳真的很想我？」

她的語氣依舊無禮，卻不會讓人生氣，看來他是真的很喜歡她。路卡斯感到既惱火又滿足地俯視著阿塔娜西亞。

阿塔娜西亞一見到他就開始抱怨。

「為什麼這麼晚才來？」

她似乎沒有考慮過路卡斯沒有來的話，她可能會因魔力耗盡而陷入危險，對此路卡斯感到些許難以名狀的情緒，一時不知是否該嘲笑她這膚淺的行為。

「就像你說的，我在這個世界的爸爸真的生病了，但現在只有你知道怎麼治療，而且公主也被你帶走了。」

「所以呢？」

「幫幫我吧，拜託了。」

這句突如其來的請求在路卡斯耳邊響起。

228

那一刻，路卡斯不由自主地一震。他猶豫不決地盯著對方璀璨瞳孔中的光芒。眼睛閃爍著淺淺星輝的人直到剛才還十分無禮，現在卻變得如此真誠溫順，讓他感到有些不自在。看來阿塔娜西亞決定結束與路卡斯的爭吵了。

「如果我幫妳，妳會照我的意思做嗎？」

她沒有回答。阿塔娜西亞臉上浮現一瞬間的猶豫，最終她固執地選擇沉默。是變傻了嗎？哪怕是隨便答應一聲也能算是應急之計。到底是不會說謊，還是不願說謊，真搞不懂。

「那麼，我做這件事情有什麼好處？」

「嗯，會得到我的感激？」

「算了吧。」

路卡斯斬釘截鐵地拒絕。

根本沒有重新考慮的必要。真可笑，所謂的報酬只有感激。路卡斯想要的可不是這種東西。阿塔娜西亞看著路卡斯，皺起了眉頭。她似乎有點生氣，交易看來似乎不太可能成立，她的心情也變得急躁起來了。在這期間，時間也在不停流逝。

而後，她終於下定決心般看著他，但說出的話卻讓路卡斯忍不住哼了一聲。

「那我從現在開始也要威脅你了。」

他沒聽錯吧？威脅？她竟然敢看他？

「因為你先威脅我，所以我現在也要威脅你！」

阿塔娜西亞驕傲地宣布。

「喔，是嗎？妳要用什麼來威脅我？試試看吧，讓我好好笑一笑。」

對路卡斯來說，這種說法顯然十分荒謬。他不加掩飾地在嘴角勾起一絲嘲笑。

但很快，從阿塔娜西亞口中流淌而出的話語，卻讓路卡斯瞬間一愣。

「我會忘記你。」

「什麼？」

「我會在這裡，立刻把你徹底忘掉。」

真是荒謬，竟然以為那樣算是威脅。

但太奇怪了，路卡斯感覺自己的心臟莫名一緊。他沒有表露出內心的不安，反而像是聽到了極其荒唐的話般開口嘲笑。

「那種小事也算威脅？還有，忘記？妳憑什麼？現在是想用黑魔法來抹除記憶⋯⋯」

「不用黑魔法也有辦法抹除記憶啊。喔，不對，我是說抹除感情。」

此話一出，路卡斯臉上的微笑瞬間消失無蹤。方才還掛在嘴邊的嘲笑消失不見，他的臉色像深海中的冰川一樣冷酷無情，另一方面又如同死去一般時，他曾在極其悲慘和痛苦的心情下使用過那種最後的手段。

阿塔娜西亞剛才提到的魔法，路卡斯非常清楚。在他漫長的生命中，當他覺得不這樣做就難道那個世界的他和她，真的是可以分享這種話題的親密關係嗎？他一直以為這種事在自己死之前都不會和任何人分享。

「那個世界的我，告訴過妳那些事？」

從路卡斯的口中傳出了和他的表情一樣乾涸的聲音。

也許正因如此，阿塔娜西亞的攻擊正中要害。

「啊，等一下。」

但那一刻，她的臉色變了。

「這、這好像有點太超過了。對不起，我真的很抱歉。」

不知為何，看到他的表情後，她突然驚慌地咬了咬嘴唇，一句帶著些許困窘的道歉。路卡斯無言地注視著不知所措、非。原本是她決定要威脅他的，現在卻又露出這種軟弱的模樣，看來她是個拔了劍卻不敢動手的人？

「我剛剛好像說了不該說的話。收回、我收回。雖然說了再收回聽起來也很可笑⋯⋯」

他其實沒有表現出什麼特別的反應，但她卻顯得十分手足所措，表現得有些躊躇，隨後急忙吐出一句帶著些許困窘的道歉。

明明最先利用卑鄙手段威脅人的是路卡斯，但可笑的是，現在她看起來比他還要愧疚。

「即便如此，妳現在傷害到的也不是我，而是那個傢伙吧。」

當然，他不會因為這種小事而受傷。但令人吃驚的，路卡斯意識到自己在某種程度上竟還是對阿塔娜西亞的話產生了些許動搖。對此，他不禁露出苦笑。

阿塔娜西亞對路卡斯尖銳的話語感到困擾，語帶猶豫地說道。

「我、我沒有把你和那個世界的路卡斯當成同一個人，就像你也不會把我和這個世界的公主當成一樣的人吧？所以我現在感到抱歉的是你，不是那個路卡斯。」她再次深深嘆了口氣，接著說：「呃，我道歉。這次是我太卑鄙了，但你也是呀！哪有人會用別人爸爸的生命來談條件的？當然，我知道現在是我不對，我不否認。但你也真的很壞！不、不過我還是很抱歉。」

看來她的多管閒事對這裡的路卡斯一樣有效。如果她本來就要回到另一個世界，完全可以

231

路卡斯想嘲笑這個事實，但看著阿塔娜西亞愧疚的表情，他不知為何心情一陣複雜，只好緊閉嘴唇。

「真是個傻瓜。」

路卡斯終於開口，阿塔娜西亞的眉毛則是微微一挑。看著她的反應，路卡斯感覺心情稍微好了一些。

他朝眼前的人走近，伸出手將對方往後一推。

「呃啊？」

在她試圖抗議時，路卡斯已經壓了上去。

「喂，你這是在幹什麼……」

誰能想到路卡斯會突然這樣做。阿塔娜西亞驚呼一聲，腳步踉蹌地摔倒在地。周圍高聳的蘆葦在月光下搖曳，枝幹在風中互相摩擦，不斷發出地沙沙聲響。

路卡斯低下頭看著僵硬的阿塔娜西亞，嘴邊揚起一絲笑意。

「如果我在那個世界，早就把妳關進鳥籠了，作為這個世界的路卡斯，他實在無法理解。為什麼那傢伙卻沒這麼做呢？」

「腳鐐似乎也滿適合妳的。」

如果是他，一定會把現在這個人綁得緊緊的，不讓她去任何地方。他一定會親自把鐵鍊套在她纖細的手腕和腳踝上，不讓她有機會逃跑。怎麼能讓她這麼自由地行動，然後某天從自己眼前消失呢？

難道那個世界的自己不會有這種不安嗎？或許，那是擁有一切之人的傲慢。想到這裡，他

不禁有些不快。

阿塔娜西亞皺著眉頭，甩開路卡斯抓著她手腕的手。她用一種幾乎已經放棄的語氣慢慢說道。

「嗯，畢竟整個世界都在他的掌心之中，他說他不介意。」

聽到這句話，路卡斯嘴角透出一絲冷笑。

這個想法確實可以理解。但即使是那個世界的路卡斯，也未必能預料到她會在一個自己無法觸及的異世界中徘徊。

既已失去，那個他應該也無話可說了吧。路卡斯帶著某種冷嘲熱諷的念頭想著。

「那你真的不打算幫我了嗎？」

就在這時，一陣意外的溫暖包裹住了他的臉頰。一時間被其他思緒占據的路卡斯再次低下頭，注視著下方的人。

「即使我這樣求你，也沒用嗎？」

月光下，那雙微微閃爍的眼睛正凝視著他。

那表情中透露出某種脆弱，讓人難以輕易說出拒絕的話。本應掙脫開她那覆蓋臉頰的雙手，但不知為何，他竟無法動彈。

「妳以為那種話會對我有用嗎？」

儘管路卡斯的聲音依舊冷漠，阿塔娜西亞卻毫不畏懼地回答。

「嗯，你喜歡我嘛。」

他本該回答「別開玩笑」，但不知為何卻依舊任何一句話都說不出口。

那不是充滿自信或炫耀的語氣，只是如同陳述一個簡單的事實般，平靜且冷靜的聲音掠過

他的耳畔。因此,路卡斯無法嘲笑阿塔娜西亞。

雖然認識的時間不長,但他對眼前這個女人的渴望幾乎讓他瘋狂。這種感覺,即便是自己想來也覺得難以置信,彷彿很久以前就註定要遇見她一樣,甚至帶著一種命運般奇異的感覺。

而且,阿塔娜西亞的存在本身就足以激發他的占有欲,或許是她來自另一個世界,對於從未失手過的路卡斯來說,她可能是自己人生中第一次無法掌控的人。

路卡斯帶著些許憤怒開口說道。

「妳知道嗎?妳和我一樣,都很任性。」

可笑的是,當他直視那雙凝視著他的眼睛,滿腹的尖酸話語卻說不出口了。

「嗯,我知道。」

阿塔娜西亞似乎在宣告投降般,看著他笑道。那抹笑容讓他心中的尖刺稍微撫平了一些。竟然受到這種小事的影響,自己還真是意志薄弱。

路卡斯這般嘲笑著自己的愚蠢。

於是,他不幸地陷入了美人計之中。

❖ ❖ ❖

「姨母很想念您,不久後她會親自來訪。」

剛過了午餐時間,克洛德正與珍妮特一同在石榴宮的後院享用茶點。葉片新綠繁茂,園中芬芳的花朵爭相盛開。柔和的風吹拂而過,留下一絲絲交織著茶香的清新氣息。

今天珍妮特也用清脆的聲音嘰嘰喳喳地說個不停,而克洛德則默默聽著。

最近克洛德臉上難得看起來十分放鬆。因為和珍妮特在一起時，他的頭痛便神奇地消失了，所以他比以往更常來找她。

突然間，珍妮特看著克洛德面前的茶杯，露出了淡淡的笑容。

「父皇今天也喝利沛茶啊。」

克洛德的目光隨著珍妮特的提問落在自己面前的茶杯上。那鑲著金邊的圓形茶杯中，澄澈的液體散發著濃郁的香氣。

「我一直很好奇，您是怎麼開始喜歡利沛茶的？在歐貝利亞，這種茶並不是很受歡迎，也是進口不多。」

就像她說的，利沛茶在市面上不是特別受歡迎的飲品。但由於克洛德經常飲用，皇宮裡總是會準備著利沛茶。

「沒什麼特別的理由。」

克洛德一邊說，一邊舉起桌上的茶杯。

珍妮特似乎不太相信這個解釋，微微地撅起嘴唇，疑惑地歪了歪頭。

然而在克洛德的記憶中，確實沒有特別的理由讓他喜歡上這種茶，就是自然而然地習慣了⋯⋯

「陛下也一定會喜歡的。」

那一刻，耳邊又響起了朦朧的耳語。

克洛德正要舉杯啜飲的手突然一顫。

「感覺就像在口中綻放的花朵。」

一瞬間，似乎有個女人的身影在眼前閃過。

「就像春天到來的感覺呢。」

那如春風般柔和的微笑在視野中蕩漾。那彷彿隨時都會融進陽光之中的脆弱白金髮絲在風中溫柔地飄揚。那雙帶著溫柔光芒的紫色眼睛凝視著他，溫潤的唇瓣微微輕啟——

「父皇？」

但耳邊傳來的卻不是幻想中的聲音。

那瞬間，如白晝之夢般的幻象像煙霧般散去。克洛德茫然地凝視著女人逐漸消失身影。

「父皇，您怎麼了？」

珍妮特再次帶著疑惑問道，但克洛德始終沒有說出任何一句話。直到所有幻夢的痕跡從視野中徹底消失殆盡，他追逐著那消逝的身影，慢慢地站起身。儘管知道一切只不過是虛假的幻影，但他感覺如果不伸手挽留，心臟就無法平靜。

咚隆，鏘啷！

但他剛站起來，劇烈的疼痛便襲捲而來。

「呃⋯⋯」

他立即用手撐住額頭，身體搖搖欲墜。他手中的茶具在碰撞聲中滾落於新綠的草地上，碎成一片片殘骸。

「父皇！」

「陛下！」

珍妮特急忙跑來攙扶他。但她說話的聲音模糊不清，克洛德什麼也聽不見。

不久後，在庭院入口處的菲力斯也聽到了裡面的動靜聞聲趕來。

但克洛德依舊愣愣看著幻影消失的地方，臉上因劇烈的痛苦而扭曲。

模糊的視野中，女人的身影再次浮現。她靜靜凝視著克洛德，而後無言地轉身離開。他的心臟在不受控制地瘋狂跳動。

──不行，不要走。

他絕望地伸出手去追逐那逐漸遠去的幻影。

「黛……黛安娜……」

啊……終於想起來了。他一直遺忘的那個人。

失去了她之後，心就像被活生生挖空般痛苦不堪，讓他再也無法忍受，最終能從腦中抹去了那份記憶。

「父皇！」

「陛下！」

但當他回想起那張臉，如風暴般再次湧來的失落幾乎讓他無法承受。

如果能再見一次，哪怕死也願意。

抱持著這樣的想法，克洛德終於放開了搖搖欲墜的意識。

忽然而至的黑暗反倒讓他感到了一絲莫名的寬慰。

❖❖❖

「不過要治好妳爸，我們需要一些材料。」

看到路卡斯的心情似乎有所舒緩，我心裡也鬆了口氣。說實話，剛才我的心臟都快跳出來了。

其實我剛才在路卡斯面前有點裝腔作勢。雖然聽說路卡斯曾經使用可以抹去感情的魔法，但並不意味著我也會使用它。

由於路卡斯上次拿別人爸爸的命，以如此卑鄙的方式逼迫我，我也只好用類似的手段回應他。

但看到他那副表情，我立刻就後悔了。如果有人看到路卡斯當時的表情還能無動於衷，那他肯定是冷血無情之輩。

呢，好在我真誠的懇求似乎起了作用，路卡斯的心情看起來還算不錯，真是幸運。

看來這次他真的打算幫忙了！耶！

「材料？什麼材料？」

我和路卡斯坐在正午陽光灑下的蘆葦田間。哎呀，這麼一想，我們竟然熬了一整個晚上呢。

只見路卡斯臉上帶著一絲詭異的微笑，口中的回答令我不禁大叫出聲。

「世界樹的果實。」

說起世界樹的果實，不就是之前路卡斯為了補充魔力而去尋找的果實嗎？

「等等，世界樹不是很遠嗎？」

「喔，妳知道？」

見我一臉驚恐，路卡斯扭曲著嘴角，嘲諷地問我這是否也是那個世界的他告訴我的。

「我先確認一下，你現在手上有世界樹的果實嗎？」

「我好幾百年沒去過那裡了呢。如果沒有吃掉公主的神獸，我早就去那裡取回魔力了。」

真是的，我就知道會這樣！

「怎麼樣？為了妳爸，這點時間妳還是能抽出來的吧？」

238

看來這傢伙又想要花招了。看來他打算趁我去世界樹的這段時間，想辦法把我留在這裡。

「要淨化黑魔法，普通魔力是不夠的。」

路卡斯像是在勸我放棄不切實際的希望般，嘲弄地對我笑著說道。

「如果我最近剛吃過世界樹的果實，那也許還有可能，不過已經太久了，現在我的魔力對妳沒什麼幫助。」

啊，我突然想起了一件事，隨口向路卡斯提了出來。

「不一定非要直接吸收世界樹的果實吧，吃過果實的人用魔法來治療也可以嗎？如果是這樣的話，我之前吸收過世界樹的枝條，體內應該還有那股魔力，如果你教我，我可以嘗試用淨化魔法……」

「什麼？妳吸收了什麼？」

聽到我的發言，路卡斯立刻驚訝地反問，然後皺起眉頭看向我。將我從頭到腳審視一遍後，突然伸手抓住我的手腕，開始觸摸我的手和臉。

「啊，怎麼了？幹嘛這樣？」

我感到非常困惑，急忙甩開他的手。但他似乎已經確認完畢，露出一副極其驚訝的表情。

「呃，什麼嘛，妳真的吃了世界樹的枝條？那跟直接吞下世界樹差不多了吧。妳怎麼會想到要吃世界樹的枝條呢？」

「呃，什麼……給我世界樹枝條的人不就是你嗎？妳的想法完全不在一般人的常識範疇內耶？」

我用迷惘的眼神看著他，他竟然不自知地對自己說出了這番話。

不管怎樣，看來不一定非得用世界樹的果實才能救克洛德。我努力學習了路卡斯傳授的魔法，不過這傢伙在教學方面真的沒什麼天分。

「不是這樣，妳應該更用力一點。」

儘管如此，我還是有辦法把這種糟糕的指導理解得很好，幾個小時後，我已經能夠勉強使用他傳授的魔法了。

「好了，我們去皇宮吧！」

不過我一直在想……路卡斯好像有點像我的護身符啊？似乎每當我遇到大麻煩的時候，他總會巧妙地出現並提供幫助。又不是什麼擋災的巫女，咳咳。

當然，這個世界的路卡斯偷吃了阿塔娜西亞的小黑，從而斷絕了大魔法師的血脈！但現在他卻在幫我，真是挺諷刺的。

打鐵趁熱，我決定立刻前往石榴宮，為克洛德施展治療魔法。

但當我回到皇宮，卻發現氣氛有些不對勁。聽到宮人們私下的議論後，我才知道發生了什麼事。

克洛德竟然暈倒了！

我驚訝地立刻使用瞬間移動前往克洛德的臥室。

「怎麼回事？本來正打算救他呢。」

在一旁的路卡斯也跟著抱怨。

「父皇……嗚嗚。」

珍妮特、菲力斯和伊傑契爾已經先一步抵達了克洛德的臥室。因為我施展了隱形魔法，他們沒有發現我的存在。

菲力斯臉上帶著沉痛的表情，珍妮特則抱著伊傑契爾痛哭。

「公主殿下，請不要哭。陛下很快就會清醒過來的。」

「可是、可是……御醫們都說不知道原因啊。」

菲力斯試圖安慰珍妮特，但她似乎無法接受。

我走過他們，朝著躺在床上的克洛德前進。

「珍妮特，別擔心。御醫們只是說還沒找到原因，並不是說陛下醒不過來。」

通常在其他人面前，伊傑契爾對珍妮特說話時會使用敬語，但現在安慰她顯然更加重要。然而，那輕柔的聲音似乎激發了她更多的淚水，珍妮特哭得比剛才還要傷心。

伊傑契爾輕輕嘆了口氣，輕撫著她的背。

「還不算太遲吧？我得趕快使用淨化魔法。」

我望向躺在床上的克洛德，對路卡斯說道。克洛德面無表情的臉，實在太像屍體了，讓我不禁有點急躁。

「等一下，讓我先看看。」

路卡斯不悅地嘆了口氣，把我推到一旁。

「不過那個奇美拉是什麼東西啊？」

「啊，對了，這裡的路卡斯是第一次見到珍妮特嗎？呃，但在這裡他依舊叫她『奇美拉』，這點還真是出奇地一致啊。」

霎時間，珍妮特身上倏然汩汩冒出如濃墨般的黑色魔力，並緩緩朝克洛德的方向移動，讓我不由得皺起眉頭。

「那個不會是什麼不好的東西吧？」

241

我擔心珍妮特的魔力可能會對克洛德造成不良影響，試圖將它阻隔。但路卡斯皺著眉仔細觀察了一會兒，最後搖了搖頭。

「不，它其實有時候是有幫助的。那隻奇美拉的魔力十分奇特，看起來似乎會隨著潛意識行動，這對皇帝來說並無惡意。」

仔細說來，珍妮特的魔力反而對這裡的克洛德有正面影響，因為珍妮特是真心希望克洛德能平安無事。

聽到這話，我再次陷入了一股奇異的感受中。既然珍妮特的魔力正在幫助克洛德減輕痛苦，我決定不去阻止它。

就在此時，菲力斯和伊傑契爾離開了，只剩珍妮特留在克洛德身邊。

「既然會妨礙的人只剩一個，現在就開始吧。」

路卡斯無奈地說道。我看著珍妮特淚眼汪汪、哀怨地凝視著克洛德，然後動手施法。我使用睡眠魔法讓珍妮特的身體倒在了克洛德的床上。接著我伸手觸摸著克洛德的臉，施展了路卡斯教我的魔法。

一道明亮的光芒瞬時在臥室內擴散開來。

「我做得對嗎？」

「再來一次。」

意外地，路卡斯沒有阻撓或是挖苦我，反而乖乖幫我治療克洛德。

在施展了幾次相同的魔法後，我感覺到自己的體力正迅速流失。哇，這是我第一次在使用魔法時有這種感覺，看來這的確不是普通的魔法。感覺就像是血液被抽走一樣。

但即使我這麼努力，看來克洛德仍舊一動也不動。

242

「呃⋯⋯是時候該醒了吧？」

成功施展了路卡斯教授的魔法，治療應該也差不多要結束了，但為什麼他還是一點反應都沒有？

這時，路卡斯掃了我和克洛德一眼，隨口說道。

「看來這位皇帝沒有要醒來的意思。」

什麼？我對路卡斯出乎意料的話感到驚慌。所以現在是他本人沒有要醒來的意願嗎？

「那我們該怎麼辦？」

「那不是我該管的。」

我倏然一驚，但路卡斯只是冷笑一聲。

「我已經按妳的要求幫忙了。但如果他本人不想醒來，我還能怎麼辦？」

「這、這家伙！」

從他惱怒的反應來看，至少他在這點上並沒有說謊。啊，至少緊急情況算是解決了⋯⋯

「治療成功了嗎？」

「妳是在懷疑黑塔魔法師嗎？」

「阿塔娜西亞公主殿下。」

啊，伊傑契爾！

看來是我剛才消耗太多魔力，不知不覺解除了隱身魔法。剛回到寢室的伊傑契爾看到在克洛德床邊的我，稍微一愣。

「呃、呃啊，你不是回去了？」

「看來公主殿下也是聽聞了陛下的消息特意趕來。」

「啊，是的……」

「您還好嗎？」

出乎意料地，他語氣中帶著淡淡的擔憂。他凝視我的眼神也一樣，金色的眼瞳中透出些微的憂慮，讓我不禁微微一愣。

這裡的伊傑契爾會這樣關心我，讓我稍微有點意外。或許是剛才看到珍妮特情不自禁地哭泣，他似乎也對處於類似處境的我抱持擔憂。

「我沒事。」

我有點尷尬地回答後，揉了揉乾澀的眼睛。可能是突然大量消耗魔力的緣故，疲勞感迅速湧上。啊，感覺好像要昏倒一樣，我得趕緊離開這裡。

正當我準備告別時，我看向伊傑契爾，不知為何，他的臉比剛才還要僵硬。啊，難道他誤會我剛才在擦淚？但我現在沒時間澄清他的誤會。

「那我就先告辭了。還請公子繼續陪在珍妮特身邊。」

我這麼說完，立刻轉身離開。

「阿塔娜西亞公主殿下。」

「噢，不要叫我！我現在感覺好像隨時會昏倒！我應該趕快離開這裡！現在連用瞬間移動的魔力都沒有了！」

但伊傑契爾開始對我說起了安慰的話，就像之前對珍妮特那樣。

「陛下一定很快就會恢復的。宮中的人也都在尋找各種方法，您不用太擔心。平時那麼溫柔的您如果太過悲傷勞累，陛下也會不安的。」

「好的，謝謝您……」

244

「還有……請不要總是獨自承受，雖然我幫不上什麼忙，但如果您願意，隨時都可以來找我……」

「是的，我現在就覺得自己要昏過去了。」

聽著伊傑契爾的話，我勉強維持的意識終於斷裂。

「阿塔娜西亞公主殿下！」

當我腳下一陣踉蹌、身體搖搖欲墜之時，伊傑契爾抓住了我。看來在這裡，我註定要成為一位柔弱的公主。伊傑契爾這麼忠厚善良，一定會妥善把我移到安全的地方。

我就這樣昏了過去。

❖❖❖

「醒了？」

當我睜開眼睛，最先迎接我的人是路卡斯。

「妳睡了好久啊。以為自己是睡美人嗎？」

「喂，你以為我只是單純睡著而已嗎？是耗盡了魔力才會失去意識好嗎！」

「我睡了多久？」

「半天。」

「那也沒多久嘛。」

路卡斯用不滿的眼神看著我，昏暗的月光在他臉上投下神祕的陰影。

我從床上迷迷糊糊地坐了起來，突然嚇了一跳。

「啊，嚇死我了！」

天啊，一轉頭看見旁邊躺著一個跟我長得一模一樣的人，真的差點讓我心臟病發！

然而，躺在我旁邊的少女竟然就是阿塔娜西亞。

「阿塔娜西亞？」

什麼？路卡斯這傢伙是發什麼神經，居然把一直藏得好好的公主帶到我面前？正當我疑惑時，路卡斯用冷冷的聲音對我說道。

「妳假裝這位公主的把戲真是讓人厭煩。所以我打算就此作罷，跟我一起回塔裡吧。」

但我很快就明白了路卡斯這麼做的原因，是他把我抱到這裡來的。在原來的世界，路卡斯對男主角的嫉妒心也是這麼強烈。

這又是哪門子的變態想法⋯⋯你是因為伊傑契爾才這麼做的吧？很明顯，頓時覺得有些好笑。

無論如何，路卡斯把阿塔娜西亞帶到我面前，對我來說是件好事。

我默默看著她那張蒼白的臉。

克洛德和阿塔娜西亞現在都陷入深深的睡眠中。他們到底在作什麼美夢呢？

「醒醒，阿塔娜西亞。」

心頭突然有點酸，我對眼前的人低聲說道。

「妳真的願意就這樣永遠放棄妳珍愛的人嗎？」

當然，我沒指望她能聽見。

然而令人驚訝的是，下一刻，阿塔娜西亞的金色睫毛微微顫動了一下。

「阿塔娜西亞？」

天啊，難道她真的要醒了？我的真誠感動了她嗎？真的嗎？果然誠心所致，金石為開！

雖然路卡斯在旁邊嘲笑我，但我並不在意。

躺在床上的阿塔娜西亞慢慢睜開了眼睛，像星光碎片般閃耀的璀璨寶石在月光下露出了真容。眼前的她，看起來就像是一尊剛被賦予生命的精緻人偶。

「阿塔娜西亞。」

呃，雖然一直都有這樣的感覺，但喊出和自己一模一樣的名字還是有點奇怪。就像是在用第三人稱稱呼自己一樣。

目光交會的瞬間，阿塔娜西亞猛地一顫。那雙失焦的眼睛慢慢恢復了清晰的光芒。

「妳……」

「是啊，又回到現實了呢。」

阿塔娜西亞以一種出奇平靜語氣，自言自語般說道。

「如果妳想要的話，我可以讓妳再次沉睡。」

「路卡斯。」

路卡斯那傢伙又在旁邊胡說八道，我狠狠瞪了他一眼。

「阿塔娜西亞，歡迎回來。」

我對剛從睡夢中醒來的阿塔娜西亞說道。她的目光移向了我的方向，看著她那如月輝閃爍的寶石眼，我發自內心地低語道。

「妳能再次醒來，我真的很高興。」

克洛德獨自待在寢室。

剛才還在石榴宮裡忙進忙出的御醫和魔法師們現在都不見蹤影，只有菲力斯還守在寢室門外。一直陪在克洛德身邊的珍妮特現在似乎也去休息了。

我看著阿塔娜西亞屏住呼吸，慢慢走近克洛德。她靜靜凝視著平靜睡著的克洛德許久，終於輕輕開口。

「他會不會就這樣永遠醒不過來了？」

我無法輕易回答這個問題。

克洛德變成這樣，最初是因為黑魔法的副作用，雖然治療成功，但後遺症如何還不得而知。

更何況，路卡斯說過，克洛德似乎並沒有想要醒來的意願。

「父皇。」

阿塔娜西亞輕聲呼喚著克洛德。當然，她沒有得到任何回應。不久後，她的手小心翼翼地放在克洛德的手臂上。

片刻後，阿塔娜西亞轉過頭來看著我，臉上帶著似乎隨時會哭出來的微笑。

「即使我叫他，他也不會生氣；連我這樣觸碰他，也沒有被推開呢。」

當然，我無法對她說些什麼，阿塔娜西亞似乎也沒有期望我的回答，只是再次將目光轉向克洛德。

「醒來之前，我在夢中見到了一個女人。」

她接下來的話，讓我微微張開了嘴。

「很奇怪吧？儘管從未見過她的臉，但我一眼就知道她是我的母親。」

阿塔娜西亞大概在夢中見到了黛安娜。

「父親愛母親嗎？」

我又一次猶豫該如何回答她的問題，最後反問道。

「妳覺得呢？」

阿塔娜西亞的手從克洛德身上移開。

隨後，她用平靜的聲音說道。

「母親是因為我才去世的吧？」

這件事我也曾在夢中見過，早已知曉。

「如果父親因為這個原因恨我，我倒是能理解。」

我是不是應該告訴她，克洛德用黑魔法抹去了關於黛安娜的一切記憶？

但這只是我的猜測，即便這是事實，我也不知道該不該告訴她。

然而，阿塔娜西亞似乎自己找到了答案，只是淡淡地對我笑了笑。

「我想知道母親被葬在什麼地方。一直以來，我因為害怕惹父皇生氣，從來都不敢問。」

她的聲音中透出一絲寂靜的虛無，我沉默片刻，伸出了手。

「我帶妳去吧。」

她手上的溫度，和躺在床上的克洛德一樣冰冷。

◆◆◆

「這裡是⋯⋯」

阿塔娜西亞和我來到了一座被山風吹拂的陡峭懸崖上。隨風飄動的髮絲間，隱隱露出一片廣闊的自然景觀，彷彿是神仙居住的世外桃源。

「他們說，母親是在這裡被送走的。」

然而，那壯麗的景象卻也讓人感到一絲空虛。

「隨著風，自由地去到任何地方。」

本來，皇族成員會按照規定安葬在皇家陵墓，但黛安娜並不是克洛德的正式妃子。當然，克洛德根本不在意這些。

如果他願意，大可按照皇宮的規矩安置她的遺骨。

但他認為那不是黛安娜希望的。

或許正如克洛德的期望，黛安娜在這裡成為了吹往世界各地的、自由的風。

同樣的白金髮絲在風中恣意飛揚，阿塔娜西亞和我都默默地凝視著眼前的壯麗景象，許久無言。

終於，阿塔娜西亞嘴角帶著一絲模糊的微笑，輕聲說道。

「是啊，原來母親一直都陪伴著我。」

現實並沒有任何改變，但阿塔娜西亞看起來似乎與昨日有些不同。

我和她在黛安娜的安息之地逗留了一會兒，便再次返回皇宮。

「阿塔娜西亞！」

這次，珍妮特來到了克洛德的寢室。她一見到阿塔娜西亞就哽咽著走來。

「父皇還是沒有醒來。」

與她一起的伊傑契爾也簡單地向阿塔娜西亞鞠躬問候。

「御醫怎麼說？」

「和昨天一樣，沒有任何變化。」

珍妮特的臉色肉眼可見地憔悴。雖然克洛德倒下的時間不長，但周圍的變化卻十分明顯。

這時，亞勒腓公爵走了進來。

「珍妮特公主殿下，能否請您抽空一見？一些臣子想見您。」

隨後出現的臣子們所說的話，雖在意料之中，依然讓人備感壓力。

「陛下仍未恢復意識，還請公主殿下代為處理政務。」

「為什麼要對我說這些呢？歐貝利亞的第一公主不是我。」

阿塔娜西亞就在旁邊，他們卻請求珍妮特來替代克洛德的位置。我看到站在臣子們最前面的亞勒腓公爵，不禁輕輕地噴了一聲。肯定是這老傢伙在背後出的主意。

「珍妮特公主殿下，您從小就接受過代替陛下處理政務的教育，理應⋯⋯」

「阿塔娜西亞公主也在她十四歲舉行成年禮後接受了同樣的教育。因此，我認為將權力交給她才是最合情合理的，公爵大人。」

出乎意料的是，珍妮特堅決反對。這番言論讓亞勒腓公爵一時無語。珍妮特的話完全正確，無可辯駁。不過，亞勒腓公爵顯然沒有預料到珍妮特會這樣回應。

隨即，羅傑・亞勒腓低聲走近珍妮特，怒聲說道。

「珍妮特公主殿下，您為何要這樣呢？」

「因為這不是我想要的。我以前就說過了，我不需要這些。」

亞勒腓公爵似乎還想說些什麼，但珍妮特已經轉過頭去，不再聽他說話。

「我要留在父皇身邊。」

臣子們對於珍妮特的態度也顯得有些措手不及。

阿塔娜西亞默默地看著珍妮特，眼中閃爍著難以解讀的神情。然而，終究還是需要有人替克洛德處理國政，而珍妮特拒絕了這個職責，下一個能肩負起責任的，自然是阿塔娜西亞。

很快地，阿塔娜西亞便和臣子們一起離開了。亞勒腓公爵看著珍妮特，似乎還有很多話想說，但珍妮特只是坐在克洛德床邊，看都不看他一眼。

最終，亞勒腓公爵也只好跟隨其他臣子離開。伊傑契爾默默地看了珍妮特一會兒，也悄然離開了皇帝的寢室。

❖❖❖

這幾天，阿塔娜西亞過得非常忙碌。

幸運的是，她似乎相當踏實地填補了克洛德的空缺。儘管仍有不足之處，但官員們都一致認為，能夠做到這種程度，就足已讓人安心了。

珍妮特整天守在克洛德的寢室。她不離不棄地等待克洛德醒來，這情景讓宮裡的人和菲力斯都為她感到擔心。

亞勒腓公爵和羅札莉雅伯爵夫人不斷前來找珍妮特，一邊勸說一邊安撫，甚至幾次提高聲調發火，但每次都無功而返，只能失望地離開。

某天晚上，阿塔娜西亞來到了克洛德的寢室。此時，珍妮特應菲力斯和宮人們的懇求，暫時去休息了。

「父皇。」

月光下的克洛德臉色比平時更加蒼白。阿塔娜西亞默默地注視著他的臉龐，口中呢喃著無人聽見的輕語。

「您從來沒當過我的父親，我第一次覺得這樣也好。」

她微弱的聲音慢慢融入黑暗。

「為什麼現在反而覺得和您比以前更親近了呢？」

她慢慢將手伸向他的臉。阿塔娜西亞小心翼翼地撫摸著沉睡中的克洛德，輕聲說道。

「父皇，您還是繼續像現在這樣沉睡著比較好。」

聽著她那空洞的低語，我感受到一股無法形容的情緒。

不知為何，喉嚨像被石頭堵住了一樣。

「發展不如妳的預想，讓妳失望了嗎？」

一旁的路卡斯瞥了我一眼說道。

雖然沒像路卡斯所期待一個童話般美好的結局，但現在的情況實在太苦澀了。

克洛德依然昏迷不醒，而阿塔娜西亞竟然認為現在這樣反而更好。

但阿塔娜西亞也並非真正覺得幸福。她剛剛說的話並不是真心希望克洛德保持這樣的狀態，而是相比於過去那個一次次拒絕她的克洛德，現在這個毫無反應的他反而更好。

看來這兩人之間的裂痕和傷痛比我想像中更深。

「我們也沒辦法。使用黑魔法的人,結局本來就是這樣。」

路卡斯隨口說道。

雖然成功治療了黑魔法的副作用,但眼下的情況我們顯然無能為力。畢竟,黑魔法會在靈魂上留下不可磨滅的烙印。

——小姑娘,妳最好不要輕易嘗試使用黑魔法。無論使用何種形式的黑魔法,都必然要付出代價。使用黑魔法的人,全都沒有好下場。

聽到路卡斯的話,我突然想起幾年前在亞勒蘭大遇到的一位舊書店老闆。

這位前任黑魔法師的話在我耳邊迴響。

黑魔法非常邪惡,它會一點一滴奪走施法者珍視的東西。

那麼,克洛德現在的狀態是過去使用了黑魔法的代價嗎?

「已經盡力了。能救回一個差點死掉的人已經很不錯了,不是嗎?」

見我臉色不佳,路卡斯安慰似地說道。

嗯,雖然他這樣說確實有安慰到我,但我為什麼還是有點不舒服呢?

「幹嘛突然說得這麼好聽?」

「這樣妳才不會再為這裡的事操心。」

呃,果然是這樣。

不過是我的錯覺嗎?路卡斯這傢伙比先前從容多了。記得不久前,他還說我應該成為這裡的阿塔娜西亞,質疑我有什麼資格插手這個世界的事,還問我和另一個世界的路卡斯是什麼關係,言辭相當激烈。

而現在，他似乎少了些許敵意，或者說變得溫和了些。

這時我終於意識到，就算我想回到原來的世界，也並非簡單的事。

「應該不會有其他因素才他導致醒不來的吧？如果他自己有意願醒來，隨時都可以睜開眼睛嗎？」

「如果他自己願意的話，是的。」

「我明白了。」

我望著克洛德，低聲應了句。

「我從來沒見過父皇如此安詳的表情，您在作著什麼美夢嗎？」

阿塔娜西亞仍在對著克洛德說話。雖然他不可能回答，但她似乎也沒有指望能得到回應。

「是不是像我曾經作過的、幸福到不想醒來的夢？」

她的低語在昏暗的房間裡迴盪。

雖然這兩人處在同一個空間的次數並不多，但每次都有一種緊張的氣氛。然而現在，只有一片荒涼的寧靜圍繞著他們。

克洛德和阿塔娜西亞的表情也與之前不同，兩人都顯得十分平靜。此情此景我對來說相當陌生，讓我的心情變得有點古怪。

但這種平靜並沒有持續太久。過了一會兒，珍妮特走進了寢室。

「阿塔娜西亞。」

她看到守在克洛德床邊的阿塔娜西亞，驚訝地睜大了眼睛。但很快，她似乎明白了阿塔娜西亞在這裡的原因，神情黯淡了下來，開口說道。

「妳也是擔心父皇才過來的吧？」

珍妮特好像沒休息多久，又再次來關心克洛德的狀態了。

「珍妮特，妳還是多休息一下吧。」

阿塔娜西亞看著珍妮特蒼白的臉色，開口勸說，但珍妮特反而關心地問道。

「妳最近替父皇處理公務很忙吧？」

「珍妮特守在父皇身邊，不也很辛苦嗎？」

「我沒事的。」

阿塔娜西亞的提問讓珍妮特搖了搖頭。隨即，她的目光落在了沉睡中的克洛德臉上。

「父皇應該很快就會醒來吧？」

她壓低聲音，無法掩飾的焦慮滲透其中。

「他會的。」

阿塔娜西亞用平靜的聲音回答。那不知從何而來的確信讓珍妮特重新轉過頭來看向她。阿塔娜西亞注視著珍妮特的眼睛片刻，隨後將目光轉向床上的人，輕聲說道。

「無論夢再怎麼幸福，終究只是虛幻。父皇一定會醒來的。」

❖❖❖

隨著建國紀念日將臨，皇宮變得更加忙碌。

由於這次沒有克洛德主持大局，大家都處於異常緊張的狀態。再加上目前克洛德昏迷不醒的消息被徹底封鎖，會有如此氣氛也是情有可原。

或許這次他們也會用替身吧？

亞勒腓公爵似乎想藉此機會推珍妮特上位。然而，珍妮特完全不配合他的計畫，所以這次應該也不會有什麼效果。

珍妮特和阿塔娜西亞兩位公主在各自的領域內保持著一種微妙的平衡，互不干涉。出乎意料的是，自從阿塔娜西亞在代替克洛德處理國務，表現一直相當不錯。聽說自從珍妮特十四歲進入皇宮，她們就一起學習各種事務，沒想到她還滿適合這樣的角色，連臣子們也對她刮目相看。

以前我一直以為她是個像海鷗一樣膽小且脆弱的公主，這次的事件卻讓我改變了看法。反觀珍妮特，她似乎完全沒有她養父亞勒腓公爵那樣的政治野心，幾乎不參與任何政務，只專心照顧克洛德。

這也讓小白叔叔和羅札莉雅伯爵夫人非常焦慮。當然，如果克洛德能醒來，一切問題自然會迎刃而解，但就目前看來，那似乎仍是遙不可及的事。

不過，我隱約感覺到克洛德不久之後就會醒來了。雖然只是沒有任何根據的直覺，也無法對任何人說，但我就是有這種想法。

「是你搞的鬼吧？」

某天，我對著路卡斯質問道。

「我怎麼了？」

「不管我如何憤怒地瞪著他，他依然一臉若無其事地反問。

「你想把皇宮燒掉嗎？」

那是昨晚發生的事。一場原因不明的大火幾乎燒毀了整座黃寶石宮，周圍其他的宮殿也差點付之一炬。幸運的是，火勢在徹底失去控制前就被撲滅了，且沒有任何人受傷，其他宮殿也

都安然無恙，但黃寶石宮幾乎化為了灰燼。

聽到這個消息，我第一個想到的當然是路卡斯。

「不是我啊？妳有證據嗎？」

對於我的合理懷疑，路卡斯輕蔑地否認了。

「這個傢伙！除了你，還有誰會做這種事？上次你還說要炸掉黃寶石宮！」

「怪不得你最近這麼安分。」

這段時間他過於的安分，讓我覺得很可疑。可是再怎麼說，怎麼能放火燒宮殿呢！他之所以針對黃寶石宮，一定是為了阻止我回家。

哇，他竟然想用這種方式把我回家的路堵死，心機也太重了吧。

「可是怎麼辦呢？我已經找到了這個。」

我決定捉弄一下路卡斯，因為他實在太讓人生氣了。

我用魔法召喚出不久前找到的東西。原本悠閒躺著的路卡斯看到我手中的書，雖然只是短短一瞬，但他明顯愣了一下。

隨即，他又恢復那種輕鬆的態度，嘲笑著我。

「妳想用那種假東西騙我？」

「為什麼你會認為它是假的？」

「因為那些可疑的書全都被我找出來毀掉了。」

我突然想起前些日子在黃寶石宮遇到路卡斯的事。當時這傢伙確實揮撒著一些看起來像是粉末灰燼的東西，還嘟囔著說宮殿裡灰塵太多，不知道有沒有清掃過。之後他還經常和我一起去那裡。

這個傢伙原來是在清理黃寶石宮的書。怪不得他最近的態度變得那麼悠哉。

「你就沒想過你毀掉的可能不是真的嗎？你甚至從來沒見過這本書。」

看來我沒把找到這本書的事對路卡斯說是正確的。

再說了，這本書上被我施加了很多保護魔法，就算是他也無法輕易破壞，更何況我和他之間的魔力會互相排斥。

幸好我在幾天前就拿回了這本書，不然再晚一點，就要連黃寶石宮帶書一齊被路卡斯燒毀了。

「如果那是真的，妳現在就不會在這裡了。」

「我留下來是出於我的意願。我想看看這裡會發生什麼事。」

我的自信讓路卡斯動搖了。他終於從座位上站起身，用銳利的眼神盯著我手中的書。

呵，其實我找到這本書後打開來看過，但什麼反應也沒有。不過這本書看起來和把我送來這裡的那一本一模一樣，所以我打算先留著。

「把那個給我。」

路卡斯立刻露出不耐煩的表情威脅道。

「想要的話就來搶啊！」

我決定用他以前常常惹我的方法來刺激他。效果非常好！他臉上立刻露出想把我手中的書變為粉末的表情，朝我衝了過來。我用魔法進行了長距離瞬間移動。當然，路卡斯很快就追上我了。但我們雙方都有一個致命弱點──那就是不能對彼此使用魔法。

今天剛好是歐貝利亞建國紀念慶典的第一天。建築物上掛滿了五顏六色的旗幟，空中飄散

著閃亮的紙片和花瓣，我和路卡斯就在這樣的背景下展開了一場追逐戰。

「傻瓜，你以為這麼努力就能抓到我嗎？」

我的挑釁讓路卡斯的臉更扭曲。

看到他那副模樣，我忍不住輕笑出聲。原本只是想稍微捉弄他一下，但這情況卻意外地有趣。

不過，這本書還是先放回去比較好。現在正值建國紀念慶典期間，到處人來人往，如果不小心弄掉就糟糕了。

我再次瞬移，避開了路卡斯，移動到新市集開幕的地方。我輕輕降落在最大的鳥籠上，裡面的鳥兒們嘰嘰喳喳地叫了起來。四周還有數百個大小不一的鳥籠散布著。

嘩啦！

就在這時，我手中的書突然散發出耀眼的光芒。

咦，怎麼回事？之前無論我怎麼弄都沒反應，現在怎麼會突然這樣？

但令我更驚訝的事情隨即發生了。

「這又是哪裡？這次來對了嗎？」

光芒消散後，取代書本出現的，竟然是另一個路卡斯！

「路卡斯？」

難道是我認識的那個路卡斯？還是第三世界的路卡斯？

起初我有些猶豫，但當我們四目相對的剎那，我立刻確認了眼前的人就是我認識的那個路卡斯。

「啊，終於找到了。」

看來他也在找我。路卡斯閃爍的紅瞳中倒映著我的身影。

「假的我也看膩了。如果這次再不是妳，我就要全部毀掉了。」

突然遇到了意想不到的人，我有些茫然地愣在原地。

「你能在次元之間移動？」

「我嘗試了一下，結果成功了。」

對於我愚蠢的問題，路卡斯不以為意地回答。咳咳，試了一下就成功了，簡單嗎？

「這又是怎樣？」

這時，旁邊傳來一個非常不屑的聲音。

啊，差點忘了剛剛一直和我你追我跑的、這個世界的路卡斯。他看著眼前的另一個路卡斯，臉色變得非常難看。

兩個一模一樣的人彼此對視的那一刻，我眼前彷彿出現了電閃雷鳴般的幻象。

哇，這畫面是不是有點微妙啊？這、這難道就是左青龍右白虎的陣勢嗎？

原本世界的路卡斯也瞇起眼睛，看著這個世界的路卡斯。

「這傢伙又是誰？」

兩個人都知道對方來自不同的世界，而且眼前這個人跟自己長得一模一樣，怎麼可能不知道他的身分，但路卡斯卻還是說出了這種話。

咳，不過「這傢伙」這個稱呼⋯⋯無論是這個路卡斯，還是那個路卡斯，對另一個世界的自己都太苛刻了吧？看來不管在哪個世界，路卡斯就是路卡斯。

正當我這麼想的時候，路卡斯哼了一聲，用冷淡的語氣朝我問道。

「妳趁我不在的時候劈腿了?」

「說什麼啦!」

劈腿?誰劈腿了?啊,不對,我們根本沒有正式交往,他怎麼能說我劈腿?

但腦海裡一閃而過的一段記憶,讓我不禁沉默了下來。

糟了,我記得我跟這個世界的路卡斯好像……接、接吻了?

「公主殿下,看來我們得找個時間好好聊聊。」

他大概從我的表情中察覺到了什麼,我感覺未來的日子似乎會變得有些麻煩。

這時,這個世界的路卡斯冷笑著開口。

「別再胡說八道了,這位公主殿下沒什麼跟你聊的。在我殺了你之前,馬上滾回你的世界。」

「就算你求我別走,我也會離開的。我會和她手牽手一起回到我們的世界。而且在你死之前,不會再見到她任何一面,所以不必擔心。」

「你從剛才就一直在胡說八道呢。這位公主殿下不會回到你的世界,別白費力氣了。趁我還好聲好氣的時候,自己乖乖滾回去。」

「哈,這傢伙還真有眼光,居然看上了我的東西。」

轟隆!轟隆——!

我眼前又出現了電閃雷鳴的幻象。這果然就是所謂的左青龍右白虎啊!

看著眼前兩個散發強烈殺氣的路卡斯,我忍不住瞪大了雙眼。

呢、呃啊。兩個路卡斯對峙起來,氣勢果然不同凡響。感覺要是再不阻止這些傢伙,肯定會鬧出大事。

「看來沒必要跟你好好說話。」

「對,眼前出現礙眼的傢伙,直接處理掉會比較好。」

我的預感完全正確!

瞬間,兩個路卡斯就在我眼前以迅雷不及掩耳之勢交鋒了起來。

轟隆隆!轟隆!轟隆隆隆──!

在我視野中,魔力的閃光和震耳欲聾的爆炸聲混雜在一起,讓我一時根本不知道該作何反應。

哇,這到底是怎麼回事?他們是在為了我打架嗎?他們看向彼此的眼神中確實帶著同類相殘的厭惡感。

轟隆隆隆!轟隆隆──!

「啊啊!這是怎麼回事?」

「呃啊,救命啊!」

喂,你們這些混蛋!是想把下面的人全都殺掉嗎?今天是建國紀念日,這裡可是聚集了很多人耶!

「喂,你們適可而止!」

我急忙用魔力保護下面的人,以免他們被兩個路卡斯的魔法對轟波及。驚慌失措的鳥兒們在籠子裡拍打著翅膀,嘰嘰喳喳地叫個不停。

幸運的是,勝負比我想像中更快分出了高下。

「不過是個無聊的傢伙。」

路卡斯站在廣場中央的鐘塔頂端,冷冷看著眼前落敗呻吟的另一個自己,嘴角掛著嘲諷的

笑容。

啪噠。

這個世界的路卡斯掙扎著起身，將自己從牆壁中拔了出來，碎裂的磚石滾落在地，發出輕微的響聲。他的臉上此刻正寫滿了不甘。

「你、你⋯⋯你是不是也吃了世界樹？不然怎麼會這樣。」

「吃不吃都一樣，我就是比你強。」

路卡斯傲慢地笑著，一步步緩緩走近，用腳重重踩在這個世界的路卡斯的胸口。不過短暫交鋒片刻，倒在地上的路卡斯已經狼狽不堪。

「看來你的腦袋不太靈光。這次我就讓你好好記住，她是我的。」

哇⋯⋯這傢伙真惡劣。

路卡斯果真死性不改，就算到了另一個世界還在說這種話。我在這裡問「我為什麼是你的」顯然也沒有任何意義，所以只能無奈地搖了搖頭。

「我不會讓給任何人。你的你自己去找。」

路卡斯的話讓倒在地上的人咬牙切齒。他的眼神充滿了殺意，彷彿隨時都要撕裂眼前的路卡斯。

「喂，夠了。」

或許是在這裡的這段期間，對這個世界的路卡斯產生了感情，看著他這樣被踩在地上，我的心情也很不好受。

幸運的是，路卡斯乖乖聽了我的話，往後退了一步。看來他已經對這個被踐踏過一次的對手失去了興趣。

哇啊啊啊!

就在這時,下面傳來了一陣熱鬧的歡呼聲。我朝鐘塔下面看去,正值建國紀念慶典,皇族向國民致意的遊行開始了。克洛德不在,取而代之出行的是阿塔娜西亞和珍妮特啊,最終兩人還是一起出現了呢。不過她們的相處比我想像中和諧許多,真是讓人放心。

當然,小白叔叔可能不太高興就是了。

「我也要去你們的世界。」

就在這時,這個世界的路卡斯像在宣告什麼似地,用低沉的聲音說道。

原本準備離開的路卡斯聽到這句話後便停下了腳步,冷冷回過頭,嘲諷地笑了笑。

「就憑你?」

「你能做到的事,我會做不到?」

哇啊啊!這傢伙才剛被打成那樣,竟然還有力氣挑釁?

兩人互相對視,嘴角都露出一模一樣的冷笑。

「是嗎?那我乾脆現在就把你殺掉吧。」

叮鈴鈴鈴——!我的腦中警鈴大作,響起了劇烈的警報聲。這次是真的!他是真的想殺了他!

「路卡斯!」

看來我得出面阻止了,我連忙拉住準備向倒在地上的人走去的路卡斯。

不管怎麼說,親手殺掉另一個世界的自己也太過分了吧?但我知道這種話對他沒用,於是我換了個說法。

「我們回去吧。你是來這裡接我的吧?我們已經在這裡待太久了,快點回去吧。」

「等一下，我先教訓一下那傢伙。」

「我、我們快走吧！」

其實我在這個世界還有一些想見的人，而且把這裡的路卡斯就這樣丟下也讓我有點良心不安，但現在確實是該回去了。

我再次催促，路卡斯最終還是無奈地走向我。

「抓緊了。掉進時空縫隙的話，要找妳會很麻煩。」

路卡斯這麼說著，將我抱了起來。我順從地用手臂環住他的脖子。

就在這時，我看向了倒在地上的路卡斯。

「那個，這段時間謝謝你。」

總覺得就這樣不辭而別不太好，所以我開口說道。

然而，真的到了要告別的時候，我卻不知道該說些什麼。這種突如其來的離別總是讓我有些措手不及。

雖然一開始他威脅了我，但最後還是答應了我的請求，幫助了克洛德。而在這個陌生的世界裡，有這個世界的路卡斯在，我確實放心了不少。

當然，最後他燒毀了黃寶石宮的確讓我有一點點不滿……嗯，不過該感謝的還是得感謝。

可當我看著他的臉時，我卻一句話也說不出來，只能默默閉上嘴巴。

這個世界的路卡斯用一種難以形容的表情看著我。看著他的臉，不知為何我竟有種拋棄他的罪惡感。

「等著。」

他咬牙切齒地開口。

「我一定會再⋯⋯」

轟隆！

然而沒等他說完，抱著我的路卡斯便無情地發動了魔法。

眼前瞬間充滿了金色的波浪，隨後這些波浪分散開來，幻化為五彩斑斕的光芒。

那壯觀的景象讓我幾乎睜不開眼。我下意識地雙眼緊閉，更加用力地抱住路卡斯的脖子。

周圍充滿了熾烈的光線和低頻的噪音，讓我的耳朵一陣嗡嗡作響。

不知過了多久⋯⋯

「可以睜眼了。」

頭上傳來了低沉的聲音。聽到那道聲音，我的身體微微一顫，慢慢睜開了眼睛。

「我們回來了？」

環顧四周，眼前的景象非常熟悉。

這裡是黃寶石宮，也就是我第一次發現那本怪書的地方。這個地方明明被另一個世界的路卡斯燒得一乾二淨，現在卻毫髮無損，讓我能確定自己終於回到了原本的世界。

但我還是有些茫然，不太敢相信。

「妳打算一直這樣嗎？我從沒見過這麼積極的公主殿下呢。」

「呃啊！」

突然意識到自己還緊緊抱著路卡斯的脖子，我驚叫一聲，慌忙從他身上跳了下來。

啪噠！

就在這時，某個東西掉落在我的腳邊。低頭一看，發現是那本帶我穿越到另一個世界的書。

翻開的頁面上，又出現了幾行字。

第一次確認——因錯誤而保留。

什麼？第一次確認？因錯誤而保留？這本書到底在說什麼？

嘩啦！

天啊，書本突然燃起藍色的火焰，嚇了我一跳。但一想到那種事情可能再度發生，還是燒掉比較好吧。

「你要燒掉它嗎？」

「留著這種東西幹嘛？」

路卡斯冷笑著回答了我帶著驚訝的提問。

不、不是，說不定這本書是神器啊！但因為是魔力火焰，所以並不會燙。

現在還有更重要的事情要處理。

「我消失多久了？」

「不知道。」

「爸爸！」

窗外的太陽還高高掛在天上，我立刻傳送到克洛德所在的石榴宮。

他此時正待在書房裡。看到我突然出現，克洛德皺了皺眉。

「怎麼突然這麼吵？」

「爸爸，真的是你嗎？」

「妳又作了什麼荒唐的夢嗎？又在胡說八道什麼？」

「天啊，真的是爸爸！哇，太好了！」

「爸爸，我好想你！」

我感到極度喜悅，忍不住衝向克洛德，緊緊抱住他。他坐在椅子上被我這麼一抱，臉上滿

268

是疑惑的神情。

「上午茶時間才過三、四個小時而已，妳今天怎麼這麼奇怪？」

咦？聽到這番話，我不禁愣住了。

什麼？三、四個小時？我去黃寶石宮的時候，這裡的時間居然一刻也沒有流逝？

❖❖❖

令人驚訝的是，我待在那個世界的期間，這裡的時間竟完全沒有流動。

我在那邊度過了很長一段時間，這裡卻連一天都還沒過去，感覺真的很奇妙。

現在就連綠寶石宮的風景也讓我感到有些陌生。在那個世界，珍妮特住在綠寶石宮，而我在不得不假扮阿塔娜西亞時，則住在紅寶石宮。

「莉莉！」

「哎呀，公主殿下。」

啊，莉莉，我也好久沒見到妳了！

就像克洛德一樣，我突如其來的擁抱讓莉莉嚇了一跳，但她很快就溫柔地安撫我，輕輕笑了笑。

「您怎麼突然開始撒嬌了呢？」

「因為感覺好久沒見到妳了。」

呢，果然還是我們莉莉最好了。那個世界的莉莉是那邊的阿塔娜西亞的。

而且每當我不得不假扮阿塔娜西亞時，感受到她不遺餘力的照顧，我就會良心不安。

「今天公主殿下和莉莉安大人還是這麼親密啊。」

菲力斯看著我們，露出了滿足的笑容，彷彿見證了一幕溫馨的場景。

「公主殿下，今天的信件我都整理好了。」

「啊，等一下，諾克斯大人！」

「汪汪！」

這時，瑟絲和漢娜走進房間，一身黑毛的諾克斯也跟了進來。我感覺隔了好久才見到大家，所以非常開心。

但另一方面，我也有種奇怪的感覺，彷彿我在那邊世界經歷的一切只是一場夢境。

「所以我不在的期間，妳和那傢伙幹了什麼？」

但聽到路卡斯這樣質問，我又感覺那些事情確實是真的。

「什麼？我和那個路卡斯能幹什麼？」

我看著突然闖進我房間的路卡斯，心裡感到一陣安慰。如果在那裡發生的事真的只是那本可疑的書所創造的幻覺，那也真是太奇怪了。

「路卡斯？妳竟然用我的名字叫那傢伙？」

啊，路卡斯竟然在不爽這個。

「不是啊，那邊的他也叫路卡斯啊……不然要叫什麼？」

「叫他臭小子吧。」

「咳咳，再怎麼說，」「臭小子」也太過分了吧？

「這是不是有點太過分了？」

路卡斯瞇起眼睛，用非常不滿的眼神看著我。

「這麼護著他，妳對那傢伙很滿意嘛？」

「你為什麼這麼討厭他？」

「如果我對那個世界的妳感興趣，妳會開心嗎？」

啊，被這麼一問，我頓時語塞。

嗯，總覺得有點不舒服。這就是「將心比心」嗎？但要是我說出來，感覺就輸了。

路卡斯沒等我回答，就從我的表情讀出了答案，露出了滿意的神情。

「話說回來，你是怎麼找到我的？」

我突然想到了這個問題，便向路卡斯問道。

「回來的時候，這裡的時間一點也沒變。你怎麼知道我去了哪裡？」

「因為我也被那該死的書吸進去了。」

聽到路卡斯的話，我忍不住大吃一驚。

他臉上的表情非常嫌惡。他告訴我，他像往常一樣循著我的魔力痕跡來找我。結果到了黃寶石宮發現了那本可疑的書，讀了裡面的文字後，就被魔力波動帶走了。

「所以你也去了另一個世界？」

「情況好像因人而異，我去的不算是另一個世界⋯⋯」

不知為何，路卡斯停住了話頭。

「總之，是個非常糟糕的經歷。」

原、原來如此。

他的表情實在太恐怖了，我決定不再追問。

啊，說起來，那邊的人現在怎麼樣了呢？感覺好像半途而廢，讓我有點不安。

那邊的克洛德依舊昏迷不醒，阿塔娜西亞的問題也還沒解決。還有珍妮特、伊傑契爾，以及小白叔叔和羅札莉雅伯爵夫人，他們未來會如何也無從得知。克洛德不能就這樣死去，所以我替他做了治療，但也就到此為止了，後面的發展依舊是一團迷霧。而能將此解開的，肯定不會是我。

「我爸爸也使用過黑魔法嗎？」

「用過啊，妳不知道？」

我無意間想到這個世界的克洛德會不會也用過黑魔法，便隨口發問。沒想到路卡斯竟一派輕鬆地承認了，讓我嚇了一跳。

「什麼？真的？」

「很久了。我也不知道原因，說實話也沒興趣。」

「那有沒有什麼副作用？那時候就是這樣才倒下的。」

「我不是給過妳世界樹的枝條嗎？那時候就治好了。」

這麼說來，世界樹的枝條真不是一般的靈藥。那邊的路卡斯也說治療克洛德需要世界樹的果實。而枝條比果實還要好⋯⋯

「使用黑魔法真的會變得不幸嗎？」

「會，但程度不一。黑魔法被視為禁忌可不是毫無根據的。妳爸以前出的事故，可能也是黑魔法的反噬作用。」

「以前的事故」是指他被我的魔力暴走波及的那次嗎？所以他才會失憶？

那麼《可愛的公主殿下》中，克洛德親手殺死親生女兒阿塔娜西亞，也是黑魔法的詛咒嗎？

我突然有了這種恐怖的猜想。

272

「反正我已經幫他治療好了，不用擔心。」

可能是我的表情太過嚴肅，路卡斯像是看穿一切似地要我不要多慮。

這傢伙真的是我的護身符啊。噴，我以後得對他更好才行。

當然，這傢伙本來可以吃掉我的小黑，讓我的未來一片黑暗，但他並沒有這樣做。

「話說回來，我不在時，妳跟那傢伙到底都幹了什麼？怎麼不回答？」

路卡斯緊追不放，我感到背後冷汗直冒，硬著頭皮開口。

「什麼也沒做。」

「妳的表情可不像什麼也沒做。」

太敏銳了吧。

——等著，我一定會再去找妳。

突然間，我想起最後見到的那個世界的路卡斯。他像是下定決心似地對我低聲說道。

雖然和他相處的時間不長，但是那短暫的相遇卻讓人印象深刻。因為我們剛回來，路卡斯就把那本書燒了，他說過會來找我，但是否能做到還是個未知數。難道還有第二、第三次嗎？『保留』他說過會來找我，但是否能做到還是個未知數。難道還有第二、第三次嗎？『保留』

嗯，當然，書上寫的「第一次確認」也讓人有點不安。

那麼，那本書真的像塔主爺爺說的，是用來選擇下一任皇帝的魔法神器嗎？錯誤訊息似乎是因為我用了非常規的方法回來。

「從剛才開始，妳就一直在我面前胡思亂想。」

我正陷入沉思，路卡斯突然伸手抬起我的下巴，讓我不得不直視他的臉。

「難得見面，妳卻一直在說別人的事。」

啊，確實，這段時間我好像都沒見到這個路卡斯。

但因為一直和那個世界的路卡斯在一起,所以並不覺得久違。雖然我知道他們並不是同一個人。

我突然想起在發現那本怪書之前,路卡斯也一直沒有出現,讓我心裡很不是滋味。

「等一下,你前段時間不也音訊全無嗎?」

「沒見到我,妳覺得很失落?」

沒想到,我的話竟然讓路卡斯這麼高興。

「沒有,一點也不。」

「妳總是喜歡說反話。」

什麼?才沒有呢!

不管我有多震驚,路卡斯還是露出了滿意的表情說道。

「為了找妳,我去了另一個世界。妳知道為此我穿越了多少個次元嗎?」

「但他為什麼一直在摸我的臉呢?奇怪的是,我居然沒有把他的手推開。」

「還是這個世界的妳最好。」

隨著路卡斯越靠越近,我的身體逐漸向後傾斜,最後完全躺在沙發上。他俯視著我,瞇著紅色的眼睛微笑著說道。

「雖然我遇到過和妳長得一模一樣的、另一個世界的妳,但果然不是妳的話,就沒有任何意義。」

「這傢伙告白的方式真是獨特,問題是我居然並不討厭,甚至可以說⋯⋯不只是「不討厭」。

「妳臉紅了呢。」

呃⋯⋯

路卡斯輕笑著低聲說道，我忍不住瞪了他一眼。

「你不能假裝沒看見嗎？」

「漂亮的東西為什麼要假裝沒看見？」

當然，他絲毫不尷尬，還能自然地說出更讓人害羞的話。

最後，又只有我一個人感到鬱悶，無話可說。不過，看著他溫柔的眼神，我心生不滿，用拳頭輕輕捶了路卡斯的肩膀，但他只是輕鬆地擋住並笑了起來。

我暗自發誓，總有一天一定要讓這傢伙跟我一樣動搖。

我故作冷淡地哼了一聲，假裝自己臉紅不是因為他。

❖❖❖

在那之後，時間如流水般逝去。

「為什麼一直盯著我看？」

克洛德終於忍不住開口問道。

「沒什麼。」

我將目光從克洛德身上移開，假裝只是看著眼前的蛋糕。雖然我覺得自己的動作很自然，但克洛德並不這麼認為。

我偷偷抬起頭，看到他微微瞇起眼睛盯著我。糟了。眼神在空中相遇，我只好像個傻瓜一樣，對他露出天真無邪的笑容。

沒辦法，我只是想多看一下爸爸的臉嘛！

唉，事實上，最近我總是不由自主地想看著克洛德，這讓我也有點困擾。但這真的無法抗拒啊，嗚嗚。

「只是覺得爸爸真的、真的、真的很帥，才看您的。」

「我的臉一直沒變，妳的行為卻時不時變得很可疑，這才是問題。」

「可疑？我哪有！」

「我哪裡可疑了？」

「一個月前妳不是突然衝過來，像十年沒見一樣大吵大鬧嗎？」

噢，那是我被困在黃寶石宮那本怪書時發生的事。但我當時是有理由的！雖然我不能說出來……唉。

克洛德一提起那件事，我頓時無話可說。嗯，從他的角度來看，確實是很詭異沒錯。

話說回來，居然已經過了一個月了。

「只是我對爸爸的愛有時會突然爆發嘛……」

「人應該要保持一致性。」

「爸爸是說希望我對您的愛能一直保持不變……」

「妳的這種狡點倒是一直都沒變過。」

哼，謝謝誇獎……不對，他居然說像兔子一樣可愛的女兒很狡點！明明還有更多可愛又精緻的詞可以形容我的！

依我看，克洛德一直以來的毒舌也完全不輸我。好吧，我們一起攜手成為最親密的父女吧。

在與克洛德享受了一如既往的溫馨下午茶後，我離開了石榴宮。

剛剛克洛德的臉突然讓我想起了昨晚夢見的黛安娜。事實上，最近我總是盯著克洛德看的

原因正是這個夢。

從小到大,我時常夢見我的媽媽黛安娜。那通常是在我對克洛德說「我想媽媽」的時候,但有時,即使沒有特別的原因,我也會夢見她。

我猜可能是克洛德太過思念黛安娜的緣故。

克洛德很少和我談起她,所以我經常去問周圍的人。每次他們都會告訴我,黛安娜是一個美麗、溫柔且自由的人。

「菲力斯,我媽媽真的很漂亮嗎?」

「是的,她真的跟公主殿下一樣美麗。」

「她和爸爸一定是天造地設的一對。」

「天造地設⋯⋯這個詞我不太熟悉,但可以肯定的是,他們確實非常相配。」

當我向走在我後方的菲力斯提問時,他總是會認真地回答我的問題。聽到他的回答,我微微笑了起來。其實,我的心情有點複雜。

正如先前所說,我比平時更關心克洛德的原因是那些夢。更準確地說,是因為夢中的黛安娜變得越來越模糊。

克洛德使用的魔法是將他腦海中的記憶分享給我,所以隨著時間推移,他對黛安娜的記憶逐漸模糊也不是什麼奇怪的事。畢竟人的記憶並非總是那麼清晰。

克洛德在黛安娜去世後,依然被她困擾了那麼久,而現在他終於開始慢慢將她遺忘,讓我感到既酸楚又欣慰。

時間總能治癒一切,所以這也許是理所當然的。

我想,是時候讓黛安娜放手了。雖然這聽起來有點自私,但對我來說,我更在乎爸爸能否

和我一起幸福地生活下去。

儘管如此，我在夢中看到的黛安娜依舊美麗，也許克洛德對她的思念會一直永恆地延續下去，所以請媽媽多包涵一點吧。

我一邊想著，一邊在心中對黛安娜說道，並緩緩走回了綠寶石宮。

❖❖❖

「公主殿下，您在等的信件送到了。請去房間看看吧。」

我一進宮，莉莉就笑著對我說道。

啊，本以為明天才會到呢，沒想到今天就來了。我非常高興，立刻走進了房間。

「公主殿下，要給您倒杯茶嗎？」

「不用了，我剛剛已經喝過了。」

我一說完，剛打掃完的瑟絲就點點頭離開了房間。我沒看到漢娜，但她應該是在照顧諾克斯。

我拿起桌上的信封，裡面是珍妮特和伊傑契爾寄來的信。我們依舊保持著通信，互相關心著彼此的近況。

事實上，從我進入書中看到另一個世界的他們之後，就更常想起他們了。當然，我也很好奇書中的兩人過得如何。但我無從得知另一個世界的消息，所以自然而然更關心現實生活中的人。

因此，我終於決定下週去見珍妮特和伊傑契爾了。當然，克洛德一開始有些不高興，但終

278

究沒有阻止我。也許是知道我的倔強，才只好勉強答應吧。

咳，其實就算克洛德一直不讓我去，我也會暗地裡偷偷前往。真是條條大路通首爾，對我來說結果還是滿好的啊，這樣看來，爸爸也在身體力行著「沒有父母能贏過孩子」這個道理呢。嗯，好感動⋯⋯

總之，現在我可以堂堂正正去見他們了。

我也會好好孝順爸爸的！

「妳要去見奇美拉了嗎？」

在我正感到得意雀躍之時，突然感覺額頭上多了一股沉重的重量。接著，熟悉的聲音自頭頂上了過傳來。

想也知道，出現在我的房間裡的肯定是路卡斯。

哇，這次我居然一點也不驚訝！人類果然是適應力最強的動物！

「不過你在我頭上放了什麼？」

「我的下巴。」

我抱怨著抬起頭，這次路卡斯又將手放在我的肩膀上。

我瞬間呆住了。一開始只覺得頭很重，有些不舒服，但當這傢伙連手臂都伸過來，讓我不得動彈的時候，我好像突然發現了什麼！

啊？哎呀？等等！糟糕！難道這就是所謂的背後抱嗎？

現在是什麼樣的畫面？在我的想像中，路卡斯這傢伙正從後面抱著我，對吧？

「小白的兒子也在對吧？」

突然意識到這讓人害羞的情況，我開始有點不自在了。

「對啊⋯⋯？」

「嗯，那個奇美拉和小白的兒子沒在一起嗎?」

「我怎麼知道?」

「他們天天待在一起都在幹些什麼啊?就算要擦出火花，也早該擦出一百次了吧。」

路卡斯似乎對伊傑契爾和珍妮特至今仍單身感到相當遺憾。

啾!我趁機擺脫了路卡斯的懷抱，但他好像本來就打算放過我，當我轉過身，他便自然地垂下了頭。

啾。

啊!啾?啾?竟然啾!

我突然又被路卡斯親了一口，慌亂地向後退了一步。

「你……!你怎麼可以!我都沒同意就這樣!」

我生氣地喊道。

「我在我的東西上蓋章，有什麼問題?」

路卡斯露出得意的笑容。

這傢伙還是一如既往地厚臉皮。爸爸，這裡也有個保持一致性的傢伙!

「好吧，既然提到這個，那我就順便說清楚!」

雖然之前也有這種感覺，但人類果然是適應力超強的動物!

我不再像以前那樣尷尬結巴，而是直接對著眼前的路卡斯大聲說道。

「我不是你的，你才是我的!知道了嗎?」

我早就不喜歡他一直把我當成他的所有物!

我堅定的宣言讓路卡斯的表情變得相當微妙。

「我是妳的?」

「對!」

我得意地大聲喊道。

「怎麼樣,你也有些慌了吧?」

「還不錯……嗯?」

對,還不錯呢。

耳邊聽到意外的回答,我瞬間有些恍惚。

路卡斯,你起碼應該有點尷尬吧?

但出乎我的意料,他居然在笑。

他慢條斯理地笑著,抓住了我的手。就像之前被他從後面擁抱一樣,這次我又被他困住了,只能尷尬地眨了眨眼睛。

當路卡斯拉著我的手,把嘴唇印在我的手背上,然後對我眨了眨眼睛時,我感到十分詫異。

「既然我是妳的,妳以後要多愛護我、多照顧我才行。」

啊,這是不是……

「嗯?公主殿下?」

跟我想的不太一樣啊?

雖然我應該大聲反駁,但與腦中的想法不同,我已經徹底被路卡斯的眼神吸引,迷失在這曖昧的氛圍中。

雖然有點生氣,但我果然還是對他的美貌毫無抵抗力。

唉,看來要戰勝路卡斯還需要一些時間呢。

幾天後，我搭著馬車去見珍妮特和伊傑契爾。雖然使用魔法更方便，但這次是半正式的訪問，我只能含淚選擇馬車。幸運的是，我想方設法減少了侍從的數量。

好了，為了讓這趟旅程更加舒適，現在就來施展魔法吧！我像以往乘坐馬車一樣把所有能用的魔法都用上後，周圍就立刻宛如置身世外桃源。

呼，這車坐起來真是太舒服了。這麼一想，也許該考慮使用魔法陣來對馬車施加各種魔法？或是直接半永久性地改良一下？重疊的魔法很快就會散去，所以需要研究一下解決辦法。

我邊想著下次去黑塔的時候，應該和塔主爺爺和其他魔法師們商量，邊獨自思索著各種方法。

◇◇◇

這時，我赫然望向窗外，發現今天的碧藍天空格外引人注目。

天氣真好啊，果然就該趁這種時候外出。

一想到馬上就要見到珍妮特和伊傑契爾，我的心情就像個孩子般有些激動。當然，因為是久違的見面，所以我同時也有些擔心。

對了，伊傑契爾之前送我的那隻青鳥小藍，現在已經開始進行信使鳥的訓練了。說實話，訓練起來其實有些困難，但我開始試著讓牠在外飛翔，並懂得如何回到我的身邊。

以前只在房間裡放出來，這次則是在外面，小藍看起來心情非常愉快。果然，對於鳥類來說，在寬廣的天空下自由飛翔是最好的。

隨著思緒流轉,我度過了一段悠閒的時光。窗外多彩的風景,讓我一點也不無聊。

時間悄悄流逝。最後,馬車平穩地停了下來。

啊,終於到了。那麼,是時候該下車了。

我稍微做了個深呼吸,理了理衣服,總覺得心裡有些忐忑。

片刻後,車門打開了。外面應該就是我今天想見的人了吧。

我踏出車廂,迎向眼前耀眼的光芒。

——〈外傳Ⅱ〉完

Side Story III
路卡斯

那已經是很久以前的事了，久到他現在已無法記得確切的時間點。

路卡斯出生在一個相當富裕的繁榮家庭。身為家中次子，他有一個比自己大兩歲的哥哥。

路卡斯第一次展現魔法才能的具體時間已經記不清了，但大概是在他學會自己走路的時候。

契機是他正在玩的玩具被哥哥搶走了。

路卡斯很生氣，那股憤怒在他體內引發了某種變化，連他自己都不知道發生了什麼。

直到後來進到房間的人們，看到倒在地上、全身是血的哥哥並開始大叫，他才模模糊糊地意識到當時的狀況。

自那以後，路卡斯的父母便讓他隨心所欲地做他想做的事，但他的住所卻從與家人共住的本館被移到了別館。

「為什麼只有我住在別館？」

在他七、八歲的時候，路卡斯問了一起住在別館的奶媽。

「因為少爺很特別啊。」

他一如既往得到了千篇一律的回答。

「哼。」

路卡斯覺得這個回答非常無趣。

他默默地看著眼前正在收拾空盤子的女人，等她靠近一點時，路卡斯伸出了手。被抓住的

奶媽抖了一下，但她隨即用平靜的聲音問道。

「怎麼了？您需要什麼嗎？」

聽著這種一成不變的公式化提問，路卡斯用無趣的眼神看著她。

「沒有。」

他簡短地回答，隨即鬆開了手。

當路卡斯將視線轉向窗外，顯示出他失去興趣時，奶媽重新開始收拾桌上的餐具，聲音明顯比剛才快了許多。

「那請您好好休息吧。」

路卡斯沒有看向她離開的背影，而是繼續把視線停留在窗外。那裡有他的哥哥和母親，兩人正手牽手在花園裡散步。

每當他見到哥哥，哥哥的眼中總是夾雜著恐懼和嫉妒。其他人的目光也大多如此，只不過少了嫉妒罷了。

即便是照顧他的奶媽，只要他稍微深呼吸，她也會不由自主變得緊張。

路卡斯的父母任由他隨心所欲，終究是出於同樣的理由。同時，他們堅決不允許路卡斯回到本館居住。

「好無聊。」

路卡斯望著窗外，喃喃自語道。

不久後，他那如同羊蹄般的小手在空中輕輕一彈。

「呃啊！」

「啊，這是什麼？」

沒過多久，外面傳來了男孩和女士的尖叫。原本被園丁修剪得漂亮的灌木不僅突然長高，還將兩人困住了。

那曾經擁有優雅美感的花園，如今雜草瘋長，變得宛如一座叢林。

被困在其中的人們發出了求救，宅邸裡的眾人紛紛跑了出來，場面一片混亂。

然而，他們很快就意識到會做出這種惡作劇的，在這座宅邸裡唯有路卡斯一人。於是，他們將目光轉向了別館。

然而，路卡斯彷彿不知情般，悠然地關上了窗戶。

如果有人來求助的話，他其實不介意提供幫助。但他太清楚了，這座宅邸裡沒有任何人有那樣的勇氣。

◆◆◆

路卡斯一直被當作一顆隨時可能爆炸的炸彈。

他自己說那是因為他年幼時做過的某件事，儘管此後他從未真正傷害過任何人。

不過，這也並非完全無法理解。畢竟使用魔法對他來說簡直就像呼吸一樣簡單自然。

儘管那個時代魔法師並不少見，但路卡斯仍因力量異常強大而幾乎被隔離。

有幾次，一些著名的魔法師來到宅邸探望路卡斯，但他們每個人都露出一副撞見災難似的表情匆匆離去。

路卡斯的父母不希望他的特殊魔法能力曝光，同時也不願讓他離開別館外出。然而，想要將野性未脫的路卡斯困在同一個地方，本就是痴人說夢。他之所以乖乖留在別館，只是外面沒

有其他更吸引他的事情。

「你真的那麼厲害嗎?」

有一天,一個剛來到別館工作的小伙子無畏地問他。

「你又是誰?」

「我是奶媽的姪子。」

嗯?這讓路卡斯有些感興趣。

不同於躲躲閃閃的奶媽,這個小伙子帶著好奇和期待的眼神閃閃發光地看著他。

「待在這種悶悶的宅邸裡不無聊嗎?要不要跟我出去玩?」

就這樣,這成了路卡斯的第一次外出和冒險。

「喂,是我帶他來的!」

「哇,他真的是那個傳說中住在魔鬼屋裡的小孩?」

「你這小子,說話小心點。如果他真的是魔鬼,你現在已經死了。」

「也是,他看起來還滿正常的。他幾歲啊?看起來和你差不多,十二歲?十三歲?」

奶媽的姪子帶路卡斯來到灰塵飛揚的破舊後巷。雖然那個小伙子才剛進入別館沒多久,卻似乎很熟悉宅邸各處的隱祕出口。這樣一來,他們就可以悄悄地溜出去,避免被人發現,省去了不少麻煩。

「但你真的是那麼厲害的魔法師嗎?」

「那你施展一下魔法來看看吧。」

「對啊,隔壁村那個傑米說他身邊有個會用魔法的小孩,聽說能從手中射出火花什麼的,你也做得到嗎?」

初次置身於如此喧囂的人群之中，路卡斯感到有些不知所措。

而令人驚訝的是，他們在對待路卡斯時完全沒有絲毫畏懼。

「火花？」

「我也很好奇，展示給我們看看吧。」

當帶路卡斯出來的小伙子滿心期待地看著他，路卡斯決定向他們展示自己的魔法。

啾嗚嗚！轟隆！

但他召喚出來的，並不是一些小火花。

路卡斯手一揮，數十顆火球便在空中形成，然後一齊落向剛剛那群人聚集的巷弄。

「呃啊啊！」

人們驚慌失措地躲避著火球，但不久後他們便發現這些火球根本沒有任何溫度，於是停止了逃跑。

「我不會用太弱的魔法。」

當火焰完全消散，路卡斯面無表情地對著還茫然癱坐在地的他們說道。帶他來這裡的那個小伙子看起來也嚇得目瞪口呆。

不過，他們對路卡斯的態度並未變成宅邸的人那樣。

「哇靠，真屌！」

「天啊！這是我第一次看到真正的魔法！」

「這種程度的話，傑米馬上就會被秒殺！」

「喂，你真的很厲害欸！有這麼厲害的能力，為什麼到現在都還閉門不出？」

之後，路卡斯不知不覺成為了那些人的一員。最重要的是，他們都很大膽，不怕他的力量，

288

只是覺得很酷地大加讚賞。

「聽說你最近常常偷偷跑出去，還是克制一下比較好吧？」

起初，他總是暗中逃出宅邸，但隨著時間推移，路卡斯變得越來越大膽，現在甚至直接大剌剌地從正門出去。

家人們自然而然地得知了一切。有一天，父母找他來談話，路卡斯嘲笑地回答道。

「媽的，之前我獨自待在別館時，你們可是一點也不關心。現在才突然來管我是什麼意思？你們還是不要鳥我，像以前那樣互相無視，對彼此都方便。就當我不存在吧，這樣多簡單。」

路卡斯前所未有的粗俗語氣讓他的父母瞠目結舌。

他的行為舉止和語調，都已經受到在外頭遇到的少年們影響。不管父母怎麼勸說，路卡斯都只是不耐煩地揉揉耳朵，迅速離開了那個地方。

每到這種時候，他就會覺得有點痛快。

然而，這種自由自在的生活並沒有持續太久。路卡斯一伙人和鄰村那個傑米帶領的一群少年爆發了一場打鬥，而這場鬥爭帶來了很大的轉折。

面對衝上前的少年，路卡斯不假思索地施展魔法，受到攻擊的少年倒在地上，血流如注。

「靠，怎、怎麼辦？沒死吧？」

「所以就說了要適可而止啊！」

「我、我有說要停手，是路卡斯……」

路卡斯很熟悉那種眼神，那種把他視為恐懼對象的眼神。

所有人的視線突然一致地投向路卡斯。

幸運的是，那名少年並未死亡，但之後路卡斯再也沒有回到那群人之中。

❖❖❖

「靠，活著真是無聊死了。」

平淡的低沉聲音在安靜的房間裡迴盪。

十五歲的路卡斯無所事事地躺在沙發上喃喃自語。

「路卡斯，有客人來了。」

這時，不知為何，他的父母親自來到了別館。身後還跟著一位他從未見過的男人。但路卡斯對他們沒有絲毫興趣，依然躺在沙發上，敷衍地問道。

「這裡怎麼會有客人？誰啊？」

接下來的回答令人出乎意料。

「這位是黑塔魔法師。快點站起來，注意禮貌。」

黑塔魔法師。

即使是剛斷奶的嬰兒也聽過這個名字。畢竟，幾百年來那一直是最強魔法師的代名詞。

而這樣的大人物竟然來到了這裡？

路卡斯感到了一絲興趣，轉動起他的眼珠。

男人身材高大，首先映入眼簾的是他那如白雪般潔白的頭髮，接著是與之形成鮮明對比的墨黑瞳孔。

他的外貌有時看起來像二十多歲的年輕人，有時卻又透出一股三、四十歲的成熟氣息，甚

至偶爾還會讓人聯想到已經度過無數歲月的老者。

畢竟，據說他已經活了幾百年，實際年齡和外貌自然再無關聯。再加上他是黑塔魔法師，從他身上似乎能感受到那種帶著些許神祕感的氛圍。路卡斯覺得他就像一隻從群鳥中獨自脫隊、靜靜站立著的白天鵝。

「他就是傳聞中的那個孩子嗎？」

「是的，魔法師大人。」

「比我想像中還小啊。」

「他今年十五歲了，不算特別年輕。」

「在我眼裡，他就像剛剪斷臍帶的嬰兒。」

同樣地，那個男人觀察了路卡斯一會兒，對他的父母輕聲嘆了口氣。聽到這種將自己當小孩的語氣，路卡斯感到有些不悅。

什麼？這個老頭子，竟敢把我當作嬰兒？

路卡斯久違地遇到了能夠激起他鬥志的對手，決定給眼前的人一個深刻的教訓。就在他召喚魔力的瞬間，男人的目光移向了路卡斯。

嘩啦！鏘鐺！

下一刻，痛苦倒地的並非男人，而是路卡斯。

「咳咳⋯⋯！」

隨後，他耳邊傳來彷彿某種東西碎裂般的巨大聲響，當路卡斯回過神，他已經滾下沙發，在地板上來回翻滾。肚子感覺像被火灼燒一樣疼痛。他發誓這是他一生中第一次感受到如此巨大的痛苦，痛到讓人幾乎淚流滿面。

路卡斯還沒來得及完全理解這是什麼情況，就忍不住抱著胸口趴在地上呻吟。他感覺有東西沿著喉嚨上湧，不久後，暗紅的血液就滴滴答答灑落在地毯上。

靠，這到底是怎麼回事？

就在路卡斯感到無比困惑難堪的時候，一個充滿尷尬的聲音突然從他頭上傳來。

「哎呀，對不起，我沒有打算讓你受傷。我身上的保護魔法不是我能控制的，沒想到你會突然這樣魯莽地使用魔法，所以我沒有提前告知。」

聽到這番話，路卡斯不由得感到一股怒氣從胸中湧出。

現在說這些有用嗎？說自己不是故意的就能解決問題？

他還說的好像一切都是因為路卡斯的魯莽才造成的，讓路卡斯感到更加火大。

「嗯，不過擁有能觸發保護魔法的魔力也真不簡單。」

黑塔魔法師用一種與方才略有不同的目光看著路卡斯，他的視線掃過旁邊的那對男女。

路卡斯的父母只是驚慌失措地看著自己的兒子在地上痛苦地吐血打滾，卻沒有要上前攙扶或關心的意思。

他沉思片刻後走向路卡斯。

當他的手觸碰到路卡斯的肩膀，路卡斯感到內臟被扭曲的劇痛竟奇蹟似地迅速消失了。

「那麼就像我剛才說的，我會帶走這個孩子。」

「好，好的。」

黑塔魔法師的話讓路卡斯的父母不假思索地回答。畢竟這是他們原本就約好的，沒有拒絕的理由。

不過對路卡斯來說，這令人無法接受。

「胡說什麼？我什麼時候同意跟你走了？」

雖然他憤而怒吼，但也因為剛才的事件而變得謹慎起來，沒有再胡亂地施展魔法。

「這裡再也沒有人能夠照顧你了，孩子。」

「照顧？靠，我一直都過得很好，不需要照顧。」

「此事已成定局，你沒有選擇的餘地。」

「什麼？誰定的？」

「去和家人好好告別吧。」

「滾開，這個臭老頭子！」

「看來不必告別了。你的父母似乎也這麼想的，我們現在就走吧。」

這個瘋老頭是不是吃錯藥了？根本講不通啊。

路卡斯張開嘴，正想好好罵他一頓，但下一刻，他所站的地方已經不是別館的房間。

「這是哪裡？」

看到景象瞬間變換，路卡斯大聲地嚷了起來。他原本住的別館本就不算舒適，但這裡卻更顯荒涼。最重要的是，他們所站的地方對路卡斯來說非常陌生。

「唉，我以為你一眼就能認出來，看來還真是有點欠缺觀察力呢。這是我住的塔。」

「誰在乎你的什麼塔啊！這個綁架犯！」

「這也將是你未來的住所，想住哪個房間隨便選。正好有很多空房。」

「哇靠，根本無法溝通⋯⋯但也沒信心能贏過他⋯⋯」

路卡斯對這種前所未見的類型感到很是困惑，結結巴巴了一會兒，但他很快便冷靜下來，狠狠地咬著牙說道。

「我不會在這種陰暗的地方多待一秒鐘。我現在就要回去,你就自己待在你的塔裡吧。」

以往只要他希望,魔法就會發揮作用,所以這次也理應能從這該死的塔中逃脫。

但過了一秒,又過了一分鐘,路卡斯依然被困在塔裡。

「啊,剛才忘了說,我已經把你的魔力封鎖了。在你有系統地學習魔法之前,隨意使用魔法好像有點危險。」

「什麼?這種事要早說啊!不,重點不是這個!誰允許你封鎖我魔力的!」

「從現在起,就叫我師父吧。明天會開始學習,你今天最好先調整一下心情,好好休息。」

路卡斯對今天突如其來的一切感到非常茫然。他感覺糟糕透頂,卻又無法用言語來表達明確的情緒。

不管路卡斯是否理解,黑塔魔法師就這樣留下他一人,自顧自轉身離去。儘管路卡斯使出了所有魔法,但就像黑塔魔法師所說,什麼事情也沒有發生。

可想而知,在那之後,他仍然不斷地瘋狂掙扎。

❖❖❖

「想用雙腳走出去,一天是遠遠不夠的。」

啊,真他媽的……

隔天早晨,當黑塔魔法師找到不知道在第幾層樓梯上躺著的路卡斯,他已經非常憔悴。

「你知道這座塔是從地面延伸到雲層之上的嗎?昨天我把你帶到的地方是最頂層。」

「你應該早點告訴我,這個瘋子!」

不滿的聲音在塔內迴盪。

從昨日到今天清晨，毫不知情的路卡斯一心只想逃出這座塔，不停地從樓梯往下走，也難怪他會那麼想哭。

黑塔魔法師隨後帶著躺在樓梯上的路卡斯移動到了別的地方，但讓人忍不住再次落淚的是，他們回到了昨天所在的最頂層。

「把這個一字不漏地抄下來。」

看著精疲力盡的路卡斯，黑塔魔法師無情地遞出一本書和一疊紙。

「不要，我才不要抄。」

路卡斯當然拒絕了。

「隨便你，但在你抄完之前，可沒有飯吃。」

說完這些，黑塔魔法師就消失了。

被留下的路卡斯，獨自一人思考著自己是怎麼落到這步田地。明明直到昨天中午他都還在自己房間裡悠哉地躺著呢。想到這裡，他突然意識到自己的父母沒有留下半句話就把他交給了黑塔魔法師。

「啊，心情真是糟透了……」

過了一會兒，路卡斯站起來瞪著眼前的書。

他一直以來都是躺在柔軟的床和沙發上，現在卻突然換成了硬地板，讓他感到全身不適。

不過當路卡斯看看黑塔魔法師留下的書究竟是什麼。

不過當路卡斯一翻開，他就傻眼地張大了嘴巴。

「這是什麼？人格修養？品德教育？」

路卡斯越是細看書的內容，越是火冒三丈。

他竟然要我把這種東西抄下來？

讓他感到荒謬至極的是，黑塔魔法師給他的竟是一本講述世間所有道德與倫理的書。

路卡斯氣呼呼地把書扔向牆壁。

過了一段時間，黑塔魔法師又回到了路卡斯所在的地方。

「抄完了嗎？」

「拿走。我為什麼要做這種事？」

黑塔魔法師的目光落在被扔在牆前的書本上。他沒有對路卡斯發火，而是默默地用魔力將那本書召喚到自己手中。

「擁有偉大力量的人應當具備相應的人格。」

那本書讓路卡斯頭痛的書再次被推到了他的面前。

「依我看來，你還欠缺與你年齡相稱的基本教養。」

路卡斯氣到差點笑了出來。

這傢伙現在在說什麼？

「你是在說我無知嗎？」

「你愛怎麼想都無所謂，不過如我剛才所言，你不把這本書抄完，就沒有飯吃。」

這一次，路卡斯在黑塔魔法師面前，把書扔出了窗外。

即使如此，路卡斯心中仍存有一絲希望。難道黑塔魔法師真的會讓他挨餓嗎？

然而，那個無情的黑塔魔法師確實沒有給路卡斯任何東西吃。一天過去了，兩天過去了，在他眼前的只有那本可憐的書。他從未這樣餓過。隨著日子一天天過去，讓他不知如何是好的飢餓越發強烈。如果真的照黑塔魔法師的意思做，路卡斯的自尊心會極度受傷，所以他寧願再次嘗試逃跑。不過，結果仍以失敗告終。最後，在飢餓面前沒有談判餘地的路卡斯含淚開始抄寫。

「媽的，我要把這該死的塔炸飛！」

「如果能做到，就試試看吧。」

「這個老糊塗，我會連你的骨灰都一起埋了！」

不管路卡斯怎麼詛咒，面前的男人都只是平靜地看著他。

那天中午，路卡斯終於吃上了一頓熱騰騰的飯菜。他匆忙地將眼前的菜餚狼吞虎嚥地吃進肚子裡。

「哇，瘋了。這也太爆幹好吃了吧。這裡面有放藥嗎？真的太好吃了。」

「能合你的口味真是太好了。吃完這些後，稍微休息一下，然後換抄這本書吧。」

在路卡斯吃得津津有味時，黑塔魔法師淡定說出的話語讓他差點將飯噴了出來。

「又要？」

「你以為只抄一次就結束了？孩子啊，你還真是天真了。」

不管路卡斯怎麼發飆，情況都沒有任何改變。

也許是有過經驗，路卡斯比第一次更快放棄了掙扎，但他仍然咬牙切齒地動著手，一邊憤

慨地說道。

「該死，手好痛！用魔法的話，一下就能抄完上千張，為什麼要這麼辛苦啊？」

就這樣，又不知道過了多少日子。

「我罵不罵人關你屁事？我想說什麼就說，你管得著嗎？你是我的父母嗎？我真正的父母連這些都不在意，繼續罵又怎樣？」

抄完一本書，然後吃飯，到了夜晚就睡覺……這段時間都是重複這種日常。

「啊，等一下。你人道一點，把我餓得要死也太過分了吧！我真的快死了！說幾句髒話有什麼關係？你知道這是綁架和非法拘禁吧？你真的不是精神病患嗎？」

當然，在黑塔魔法師因路卡斯的言辭而再次停止供給食物後，那短暫的和平也破裂了。

「該死，給我飯，飯！媽的！想餓死人啊！不然就解開魔力讓我自給自足！聽不到我說的話嗎？這個人渣！」

但這一次，輸的人依舊是路卡斯。

「啊，我知道了！知道了！不罵就行了吧！啊，他媽的，該死……啊，不對！剛才那個不算數，取消，取消！」

他一邊自嘲自己的處境，一邊吃著被淚水浸泡的食物。

「等我再次能使用魔法的時候，真的會把你這個傢伙幹掉……」

「看你現在的情況，能再次使用魔法至少要等三百年後了吧。」

黑塔魔法師半開玩笑的話讓路卡斯露出了驚恐的表情。

不過黑塔魔法師並沒有只讓他抄寫書籍。偶爾，他還會教路卡斯正規的魔法。在他的指導下，路卡斯首次有系統地學習了魔法。

由於宅邸裡的所有人都對路卡斯的力量避而不談，所以他從未讀過任何魔法書籍。他們總擔心已經是危險分子的路卡斯會變得更強。

然而，黑塔魔法師卻認為半吊子更危險，堅持應該讓像路卡斯這樣的魔法師接受正規的訓練，以免日後出現問題。

路卡斯第一次聽到這樣的話時，感覺非常奇怪。

「什麼？你已經活了八百多歲？甚至因為後來沒有仔細計算，可能還更老？哇，瘋了，你真的是個活化石啊。」

「對，所以在我眼裡，你不僅僅是老頭，簡直是古董了。」

「胎毛……媽的，你還是個頭上長著胎毛的嬰兒。」

「路卡斯，你還要繼續胡說八道嗎？」

路卡斯漸漸適應了塔中的生活。

雖然不能使用魔法很不方便，但除此之外，生活意外地舒適。不知不覺中，路卡斯已經成為了抄寫高手，能夠迅速而流暢地抄寫整本書籍。黑塔魔法師偶爾講述的古老傳說和魔法故事，也遠比他想像的還要精彩。

過了一段時間，一如既往神祕消失後又回來的黑塔魔法師突然對路卡斯說道。

「今天要出門一趟，準備一下吧。」

聽到這句話，路卡斯的第一個念頭是「這個人突然怎麼了」。但本來就沒什麼要特別準備的，所以他們很快就出發了。

當路卡斯還在困惑，來到的地方竟是他再熟悉不過的老家。

「什麼意思？現在是讓我回家嗎？」

「進去看看吧。」

雖然路卡斯一度以為這是要讓他回家，但似乎並非如此。黑塔魔法師只是用催促的眼神看著他，於是路卡斯只好皺著臉走進了宅邸。

「路、路卡斯，歡迎回來。」

難以置信地，路卡斯的家人彷彿在等待他般，熱烈地歡迎著他。然而他們中間卻有個他從未見過的嬰兒。路卡斯的目光緊緊盯著在母親懷裡的孩子。

「這是最近出生的老三。你要抱一下嗎……？」

路卡斯瞬間心想，這又是在鬧哪齣？

但他也不好拒絕家人的請求，最後他帶著奇怪的表情伸出了手。

不久後，剛剛還有些尷尬的他，懷裡躺著剛出生的嬰兒。

正如黑塔魔法師所說，那是個連胎毛都還沒長齊的嬰兒，他吸吮著手指，安然入睡。當被路卡斯抱起時，他似乎有點不安地嗚咽著，但很快又安靜了下來。

這就是他的弟弟或妹妹嗎？

路卡斯突然很好奇嬰兒的性別，便從孩子臉上移開視線，抬起頭來。

下一刻，看到家人的臉，路卡斯索性閉上了嘴。

大家似乎都在擔心他會如何對待這個嬰兒，臉上寫滿了緊張。

「把他抱回去吧。」

路卡斯冷冷地將抱在懷裡的嬰兒交還給他們，然後轉身離開。他的家人也沒有試圖留下他。

對他們來說，路卡斯已經不再是家人了。不，他真的曾經屬於那裡嗎？若是如此，他們到底為什麼要叫他回來？

「你們打過招呼了嗎？」

剛從宅邸出來，路卡斯就看到男人以同樣的姿態站著。那時，路卡斯才意識到今天的聚會是這個人的安排。

多麼無聊的把戲。

「還可以吧。居然多了個小孩。他們兩位年紀這麼大了，還真有精神。」

本來如果用瞬間移動的話會更簡單，但他們沒有那樣做，而是並肩沿著宅邸外的小徑走著。他們的影子長長地投射在地面上。

突然間，路卡斯意識到他正在與旁邊的人自然地一起回到塔裡，彷彿那裡才是他真正的家。

即使他才不過在那裡待了一年。

這種感覺真是奇怪極了。

❖❖❖

隨著時間流逝，路卡斯終於擺脫了魔力封印的狀態。

他不再被困在塔裡，黑塔魔法師也不像以前那樣試圖將他關住。

不僅如此，他現在也不需要再抄寫書籍了。

那段時間，塔外流傳著一則謠言，說隱居已久的黑塔魔法師終於找到了他的繼承人。

「聽他們在放屁！」

聽到那種話，路卡斯哼了一聲。

「什麼徒弟啊，誰會去伺候這種老掉牙的魔法師？」

「路卡斯，我不是叫你說話要文雅一點？」

「這已經夠文雅了，你還要怎樣？」

黑塔魔法師像平常一樣的嘮叨讓路卡斯只是隨意地撓了撓耳朵。現在的路卡斯魔法師已經是個青年，身體停止了生長。魔法師本來壽命就長，身體老化的速度也慢。特別是路卡斯，因為天生魔力豐厚，據說可以輕輕鬆鬆活個好幾百年。

事實上，聽了那番話後，路卡斯也沒有太大的感觸。他只是想到眼前的黑塔魔法師已經活了超過八百年，自己可能也會如此而已。即使不再被困在塔裡。

雖然他仍會偶爾會離開塔，四處遊蕩，但他從未再踏進原本居住的那座宅邸。

路卡斯偶爾會離開塔，四處遊蕩，但他從未再踏進原本居住的那座宅邸。

然而，當他聽說父母去世的消息，他還是不得不去那裡一趟。

「你來了啊。好久不見，路卡斯。」

他的兄長迎接了他，而那個只見過一次的嬰兒如今也已是青年。儘管時間飛逝，他們仍然疏遠。

不同於哭到眼睛紅腫的手足，路卡斯對父母的去世顯得異常冷漠，因此他很快就離開了喪禮現場。

「今天是你父母的葬禮吧。」

黑塔魔法師對剛回到塔裡的路卡斯問道。

「你向父母送上最後的道別了嗎？」

外面悄悄地下起了雨。細碎的雨聲中，一個平靜的聲音傳進路卡斯耳中。

「你這一生中會見證無數死亡，無論你是否願意，都難以避免逐漸對這些事情感到麻木。所以現在想哭就哭吧，盡情悲傷也沒有關係。」

這是在安慰我嗎？

事實上，路卡斯並不需要這些。就連剛剛在父母的靈柩前，他的眼淚也沒有落下，這讓他感到有些尷尬。

但路卡斯還是無法拒絕黑塔魔法師的擁抱。

為什麼呢？

這麼一想，他被人真正擁抱已經是好久以前的事了。從小他就與家人隔離，連最親近的奶媽也從未抱過他。面對這突如其來的擁抱，他的身體不由自主地僵硬了起來。雖然沒有感受到任何溫情，只有平淡的態度和平凡的觸碰，卻讓他感到意外地溫暖。

也許正因如此，路卡斯沒有拒絕那雙手。那一刻，他彷彿真的像個需要安慰的孩子。

◆◆◆

後來，他弟弟來找過路卡斯一次。

他哭訴自己的女兒快死了，懇求路卡斯救救她。弟弟帶著抓住最後一根稻草的心情來找他，眼淚汪汪地站在依舊保持著青年模樣的哥哥面前。

看著弟弟的模樣，路卡斯一時心血來潮，幫忙治療了他的女兒。

弟弟自上次見面後年紀已經大了許多，他的女兒與路卡斯沒有問，弟弟還是提起了自己的家庭，問他是否會去拜訪。看來他對救了自己女兒的路卡斯既感激又抱歉。

當然，路卡斯拒絕了這個提議。

他直覺這會是最後一次見面，卻依舊沒有把話說出口。

路卡斯是世紀罕見的大魔法師，他的時間不可能像普通人那樣流逝。

因此，當黑塔魔法師某一天突然提起這個話題時，路卡斯不禁感到萬分震驚。

「什麼？結婚？」

他懷疑自己的耳朵是否聽錯了。

結婚？誰？現在要結婚？

「你瘋了嗎？」

路卡斯嚴肅地問道。

「嗯。」

黑塔魔法師對路卡斯的嚴肅詢問依舊平淡地回應。但下一刻，他臉上隱約浮現的情感讓路卡斯完全不知道該說些什麼。

出乎意料地，黑塔魔法師似乎有些害羞。雖然幾乎看不出來，但兩人已共度漫長的時光，路卡斯豈能看不出這一點？

面對此情此景，路卡斯完全不知該作何反應，只能笨拙地說道。

「這麼老了還露出這種表情，不覺得丟臉嗎？你和她差了幾歲啊？」

聽說對方是附近村莊藥材店老闆的女兒。路卡斯在村裡曾見過她幾次。路卡斯不知他們是

304

怎麼相識的，也不想知道，但看來他們確實打算組建家庭。

「我也是幾百年來第一次有這種感覺，真不知道該說些什麼才好。」

不久後，黑塔魔法師帶著那位女士來見路卡斯，介紹說這是他未來的妻子。她看起來既善良又溫柔，有些害羞地說希望能和魔法師這位唯一的徒弟好好相處。聽到這話，路卡斯心中不免諷刺地感到荒謬。

「路卡斯，如果有一天你也遇到了想要共度一生的人，別放手，好好把握。」

那天晚上，黑塔魔法師以往常的平靜語調對面露出尷尬表情的路卡斯說道。

「獨自度過漫長的時間並不容易。我把你當作自己的兒子，才會跟你說這些話。」

路卡斯終於還是覺得黑塔魔法師真的老糊塗了。

✧✧✧

此後，魔法師離開了黑塔，決定像普通人一樣組建家庭。

聽到這個消息，路卡斯覺得黑塔魔法師做的決定並不適合他。

那段時間，路卡斯不在塔裡的時間越來越多。黑塔魔法師和他的妻子告訴路卡斯不論何時都可以去他們家，但路卡斯厭惡地拒絕了。

自某一刻起，他就以十幾歲的模樣生活，因此魔法師的妻子似乎把路卡斯當作自己的弟弟看待。對路卡斯來說，這無疑是極其惱人的事情。

路卡斯真正的家人早已死亡，他對那些後代們的生活也毫不關心。

但現在卻突然玩起扮家家酒，真是無言到讓人哭笑不得。

路卡斯從未踏足黑塔魔法師的新家，看到那兩人在一起，他總感覺很不自在，所以更加避之唯恐不及。

然而，當他聽說黑塔魔法師有了孩子時，他無法不改變自己的步伐。

哇，那個老頭子結婚已經夠讓人驚訝的了，居然還生了孩子？

路卡斯懷著要親眼見證這荒謬場景的決心，前去拜訪了他們。

「歡迎來訪。」

黑塔魔法師見到五年未見的路卡斯，就如同昨日才剛分別似地，熱情地迎接他。

「就是這個孩子嗎？」

「對，你聽到消息才來的吧。」

果然，謠言是真的。

看到魔法師懷中的孩子，路卡斯一時說不出話來。但更令他無言的是那個男人臉上的表情。

這是路卡斯第一次看到黑塔魔法師有著如此溫和的臉龐，那種陌生的溫柔和充滿溫度的眼神⋯⋯

「路卡斯，為什麼用那種眼神看我？」

感受到路卡斯的目光，黑塔魔法師抬起頭，似乎明白了什麼，開口說道。

「你也想抱抱看嗎？」

「我沒那個打算，拿走。」

路卡斯出人意料地冷淡回應。

「哎呀，有客人來了嗎？」

這時,有個女人從廚房走了出來。她看到同樣五年未見的路卡斯,難掩歡喜之情。

「我正準備晚餐呢。路卡斯,如果方便的話,進來一起用餐吧。」

「是啊,既然都來了,不如待一會走。」

黑塔魔法師也一起邀請了他。然而,路卡斯緊閉著嘴巴,一句話也不說。女子不知道在想什麼,面帶微笑地抱著孩子離開了座位。

黑塔魔法師靜靜地注視著妻子的背影,路卡斯則在一旁觀察著他。

「路卡斯。」

過了一會兒,他向路卡斯說道。

「我以前也說過,你就如同我的兒子。」

「以後你想來的時候隨時都可以來。」

他的聲音依舊枯燥。所有的感情似乎都已磨損,乾涸到彷彿隨時會在空中破碎消散。

但是,這次他的臉上流露出以往未有過的溫情。

這時,路卡斯終於明白自己為什麼不願來這裡了。那些人都有一個完整的家庭,而路卡斯不過是其中一個過客。或許,是他一直不願承認這個事實。

「別說傻話了。」

「像兒子一樣?」

「誰想聽那種話?」

「看來你也老了不少。」

路卡斯最終選擇離開了那裡。

當他再次去找黑塔魔法師,已經是好幾十年後的事了。

魔法師的妻子早已過世，他的兒子也老得認不出來。只有黑塔魔法師還保持著不變的青春容貌。

「現在誰是父親、誰是兒子都分不清了嗎？」

看著臥床的老人，路卡斯嘲笑道。那個老人正是上次那個還是嬰兒的魔法師的兒子。

「好久不見了呢，路卡斯。」

看到那仍然平靜的臉龐，路卡斯感到一陣心痛。

「早知道會這樣。你何必無謂地結婚，無謂地生下孩子呢？」

雖然不知道為什麼，但他無法抑制自己想要嘲笑眼前這個男人的衝動。

「如果你真想一直陪在他們身旁，何不讓他變成不死之身？作為天下第一的黑塔魔法師，這又豈是不可能的事。」

魔法師在路卡斯面前沒有任何皺眉的跡象，他依舊面無表情，低聲說道。

「我再三告誡過你，不應該做違背自然規律的事。」

那聽起來就像是在訓斥一個不懂事的孩子，儘管他的聲音依然極其平靜。

「活了這麼久，你還困在那種老掉牙的觀念裡？」

路卡斯無法理解黑塔魔法師的想法。

這種規矩、這種道德觀念有什麼了不起？既然擁有能夠做到任何事的力量，為何要如此愚蠢地活著？

「那我們下次就在你兒子的葬禮上見吧。」

路卡斯嘲笑著安靜坐在已然衰老的兒子身旁的黑塔魔法師，離開了那裡。

在黑塔魔法師唯一的兒子去世後，有消息說他又開始在黑塔中隱居。

這是在他們上次見面幾個月後的事。

聽到這個消息，路卡斯才忽然意識到，自己似乎很久沒有踏足黑塔了，所以他應該回去看看。

不知何故，他感覺自己長久以來壓抑的情緒突然間清爽了許多。

那個人會因為兒子的死去而心痛嗎？如果是的話，或許他可以安慰他一下。

「你來了啊，路卡斯。」

但黑塔魔法師一如往常以平靜的姿態迎接了路卡斯。

在夕陽的紅霞中，路卡斯看著依舊靜靜站立的男人，不禁微微皺眉。

「我就覺得你差不多該來了。」

「聽說你兒子去世了？」

「是的。」

「那你怎麼這麼冷靜？」

黑塔魔法師出乎預料地表現得太過平靜，令人感到不可思議。

一個活了這麼多年的人面對所愛之人的死亡，真的能如此淡定嗎？仔細一想，路卡斯上次看到他的悲痛、絕望和痛苦是那麼地清晰。

而當他的視線最終與那充滿無盡黑暗的眼睛相遇時⋯⋯

「這是第幾次了？」

路卡斯終於意識到了魔法師為什麼會保持這麼平靜的樣子。

「你用了那該死的魔法幾次了？」

路卡斯突然回想起在這裡度過的時光中，曾聽說過的一種魔法。想來這絕非巧合。

「你想死嗎？」

他並沒有否認路卡斯的話。面對那張面無表情的臉，路卡斯感到憤怒。

「如果你無法忍受別人的死亡，那麼最好不要見任何人。」

路卡斯無法理解。在他的一生中，從未覺得需要別人。

「既然如此，你為什麼要結婚？為什麼要有孩子？為什麼要對自己使用禁忌魔法？媽的，如果你有能耐，就應該讓你的妻子和孩子也不死才對。」

即便現在只有他們兩人在這座孤立的塔中，他也認為這就足夠了。

「對，我沒有期待你會理解我。」

雖然他從未親口這樣說過，但路卡斯不知何時已將黑塔魔法師視為自己的父親，而魔法師似乎也將他當作自己的兒子。

「路卡斯，你⋯⋯」

就在那個男人緊閉的嘴唇終於開啟的瞬間，路卡斯不由得倒吸了一口氣。

「真是個可憐的孩子。」

「什麼⋯⋯？」

「你可能覺得我可悲，但我覺得你更可憐。」

塔頂的風吹散了他的頭髮，雪白的髮絲在空中飄揚，那句低語亦在風中起落。

「你從來沒有經歷過幸福的事吧？」

310

就像頭部被重擊了一樣，路卡斯突然一句話也說不出口。

「沒有珍貴的人，沒有珍貴的記憶，沒有珍貴的事……所以當一切都消失後，你也根本不會有什麼無法忍受的感覺，而這卻讓你看起來很可憐。」

轉身望向他的男人白髮在空中飄蕩，臉上的表情無比冷漠。

「你可能以為自己擁有了全世界，但實際上你一無所有。」

不知為何，理由無從得知。

「在這個充滿美好之物的世界裡，你孤身一人空手而來、空手而活，最終將空手而去，這是多麼悲哀啊。」

這番話讓路卡斯真的生氣了。

他咬緊牙關，用極冷的眼神狠狠瞪向眼前的黑塔魔法師，然後轉身離開了那裡。當時，他決定不再踏入黑塔。當然，隨著時間流逝，他的怒火可能會熄滅、心意可能會改變，但此時此刻，他是認真的。

然而不到一天，路卡斯就又回到了他離開的地方。

咻嗚嗚。

「你在這裡做什麼？」

冷清的晨光在地面上灑落，黑塔魔法師正站在那裡。

路卡斯之所以又回到這裡，是他感受到了塔中有股不尋常的魔力波動，彷彿一種暴風雨前的寧靜。

黑塔魔法師正凝視著剛升起的太陽，任由白髮隨風飄散。

「你知道我們這種人唯一的慰藉是什麼嗎？」

他的聲音掠過路卡斯耳邊,就像晨曦一樣平靜。

「雖然我們無法決定開始,但至少可以決定結束。」

他看上去好像一直在等路卡斯。

「我一直在尋找死亡的理由,卻只是讓時間流逝了千年。」

他說的這些話讓路卡斯不知該如何是好,只能輕輕地動了動嘴唇。

「但現在,我終於想死了。」

背對著晨光,男人的存在感比以往任何時候都要模糊,他轉過身看著路卡斯。

「是的,時候終於到了。」

路卡斯勉強吐出了聲音。

「所以你現在要去死?」

在路卡斯耳中,黑塔魔法師似乎在呢喃著什麼意義不明的字句……不,應該說是太過清晰,以至於他根本無法接受。

也許是因為剛失去的兒子?

路卡斯感受到憤怒緩緩湧上,忍不住緊咬牙關。

那傢伙究竟算什麼……自己與他共度的時光遠比那個人長多了。

「就因為某人死了,你就要隨他同赴黃泉?」

「別這麼說。你不也害怕孤單嗎?」

路卡斯的話帶著一絲嘲諷,無法掩飾自己的怒氣。黑塔魔法師的聲音低沉而堅決,讓路卡斯不知不覺愣住了。

當異常的魔力波動再次湧現,路卡斯的脊背不由自主地掠過一絲涼意。

「別這樣。不管你現在想做什麼,都停下來。」

「路卡斯。」

路卡斯感到莫名焦急,向前踏出一步,但那聲簡短的呼喚讓他停住了腳步。

「我相信終有一天你會理解我。」

就在那時,眼前突然爆發出耀眼的白光。與此同時,一道聲音穿透凜冽的風牆,刺入了他的耳膜。

嘩啦!

路卡斯本能地緊閉雙眼,用手擋住了在眼前如洪荒般傾瀉而出的魔力。

「但另一方面,我又希望你永遠也無法理解。」

四周狂風大作,彷彿隨時都能將他壓垮。在魔力漩渦中掙扎的同時,路卡斯勉強抬起眼皮。下一刻,眼前的景象讓他忍不住屏住了呼吸,張大的嘴巴無法發出任何聲音。

黑塔魔法師就像白色粉塵一樣逐漸消散。從指尖和腿腳開始,像是從無中誕生,又逐漸回歸於虛無。他的形體正在慢慢崩解。

路卡斯無法再靠近,只能站在原地,呆呆地看著那個逐漸失去輪廓的男人。

「不要那樣看我。」

在燦爛的晨曦中,那即將消散的聲音最後一次在他耳邊響起。

「父母先於子女離世,不是理所當然的嗎?」

他留下了一句連道別都算不上的話,就從視野中徹底消失。

這位偉大魔法師的末日竟如此虛無,不免讓人覺得無比悲涼。

路卡斯簡直不敢相信眼前發生的一切,呆呆地站在原地好一陣子。

晨光在他蒼白的臉上尖銳地閃耀。狂風仍舊猛烈地襲來，使他感到一陣頭暈目眩。即使從未有過這樣的念頭，他卻彷彿在茫茫大海中迷失方向的孩子。

路卡斯勉強動了動僵硬的嘴唇，卻只能發出沙啞的聲音。寒風掠過他僵硬的指尖，地面上的塵土和白色粉末開始翻騰。

——不要那樣看我。父母先於子女離世，不是理所當然的嗎？

他最後聽到的聲音在耳邊迴響著。路卡斯的嘴角透出一絲乾澀的笑聲。

父母？究竟是誰能稱之為父母？

一個在子女面前自殺的人怎麼能稱為父母？

內心的情感湧了上來，但路卡斯強行將它壓了下去。他在緊咬的嘴唇中嘗到了腥鹹的味道，充斥著血絲的眼眶異常灼熱。

儘管努力克制，他最終還是沒能忍住。

路卡斯在原地癱坐了下來。

滴答⋯⋯

溫熱的液體順著撐在地板的手滴落而下。

「別開玩笑了⋯⋯」

「別開玩笑了⋯⋯」

把我當成自己的兒子？

別開玩笑了。你終究只是嘴上說說，從未真正將我當成你的兒子。

你不是說害怕被獨自留下？

直到那時，路卡斯終於意識到自己被徹底拋棄了。

但你為什麼把我一個人留在這裡？

路卡斯在化為塵土的父親遺骸前，不吃不睡地哭了很久。儘管以前家人去世時他從未感到悲傷，但這次他卻再也忍不住了。

無數日夜過去，久到不知過了多久。路卡斯在哭了這麼久之後，終於完全理解了黑塔魔法師的深意。

當眼淚終於乾涸，他便在指間凝聚起魔力。

在那之後，悲傷如同謊言般徹底地消失，路卡斯終於能站起身來。

他把地上的白灰全部吹出塔外，然後看著那塊空蕩蕩的地方好一陣子，最終離開了黑塔。

❖❖❖

此後，路卡斯四處流浪。

他的足跡所到之處，無不發生災難或猶如奇蹟的重大事件，所有人都在他面前感到恐懼與敬畏。

那時候，人們已經稱他為「黑塔魔法師」。

「我有個請求，希望路卡斯大人能照顧我的兒子。」

他無意中停下腳步的地方，正是歐貝利亞。當時的強大魔法師皇帝凱伊魯是少數對路卡斯態度相對友善之人。正因為如此，他在歐貝利亞的皇宮停留了一段時間。

「亞埃泰勒尼塔斯。這已經是您第九次詢問了。」

「誰啊，那個流著鼻涕的繼承人？他叫什麼名字來著？」

「你們皇族的名字都長得很像，也都很長。總之，我為什麼要這麼做？」

「我兒子確實有很多不足之處，但如果能師承黑塔魔法師閣下，也許會好一些。」

凱伊魯這番無恥之言讓路卡斯皺起了臉。即使面對路卡斯，這位被譽為將名留青史的偉大皇帝也經常說出這種囂張的話。

「不要，太麻煩了。」

但路卡斯不想參與無謂之事，因此拒絕了他的請求。

亞埃泰勒尼塔斯是凱伊魯的繼承人，也是皇子。但他和凱伊魯截然不同，不論是那沉悶的外表還是陰沉的性格。然而，當那個少年看著路卡斯時，總是雙眼發亮，像個孩子一樣。這或許也是凱伊魯想請路卡斯照看自己兒子的原因。

不過，路卡斯一直不喜歡孩子，尤其是男孩。

在路卡斯堅決拒絕之後，凱伊魯雖然有些失望，但也沒有再提出要求。

過了一段時間，路卡斯像以前偶爾會做的那樣，離開了歐貝利亞，回到了黑塔，然後不知不覺間陷入了長達數百年的沉睡。

「怎麼回事，我的魔力怎麼變得這麼少？」

剛醒來的路卡斯意識到自己的魔力嚴重枯竭，那時的他還沒意識到自己已經沉睡了很長一段時間。他過去從未感覺到魔力不足，也從未直接吸收過魔力，但大家都說沒有比吸收神獸魔力更好的方法。

歐貝利亞皇宮裡現在有幾隻神獸呢？反正只要不動繼承人就行，偶爾吃一隻應該沒問題。

路卡斯懷著這樣的想法，前往了歐貝利亞的皇宮。

「妳是誰？」

在那裡，他遇見了某個人。

「那哥哥你是誰？這裡不是普通人能隨便進來的地方。」

也許，那正是他長久以來一直在等待的人。

——路卡斯，如果有一天你也遇到了想要共度一生的人，別放手，好好把握。

就像他父親一樣的前任黑塔魔法師曾對路卡斯說過這樣的話。

——所以當一切都消失後，你也根本不會有什麼無法忍受的感覺，而這卻讓你看起來很可憐。

隨著時間流逝，正如他所言，路卡斯終於遇到了不想失去的人。

——我相信終有一天你會理解我的。

事實上，在他逝去的那天，路卡斯就已深深地理解了他的話。路卡斯就像前任黑塔魔法師一樣，本無死去的理由，但他的生活卻因那次相遇迎來了巨大的改變。

不過，路卡斯並不打算像前任黑塔魔法師那樣愚蠢地讓寶貴的東西隨時間流逝而失去。

「妳和妳爸以後還有幾百年的壽命呢。」

「什麼⋯⋯？幾百年？」

「妳忘了我之前送妳的生日禮物是什麼了嗎？妳和妳爸還有我可是吃了世界樹的枝條。」

「嗯，但感覺還是有些不夠。如果身邊的人都像前任黑塔魔法師那樣早早離世，她可能也不會想再活下去了吧。」

「我最近感覺身體比以前更有活力了，可能是皇上賜予的龍鳳湯的功效吧？莉莉安大人也試試看如何？」

「嗯，不用了。不知道是不是心理作用，我感覺疲勞比以前少了，好像也變得更健康了。」

「啊，沒錯。我和漢娜最近也覺得身體輕鬆了許多。」

「看來那個淨化魔法真的有效呢！」

他們討論著根本不存在的淨化魔法，全然不知這一切都是路卡斯所為。

「就算以後被怨恨，我也不會像你那樣活著。」

路卡斯對著那本怪書吸引進去後出現的幻影說道。

是的，就跟他當時說的一樣，路卡斯現在終於理解了。他真心想要共度一生的人出現了，如果失去她，他會感覺非常糟糕。

所以自己絕不會像他那樣死去。

「既是已死之人，就該像幽靈那樣消失在記憶中。」

他也想過以後可能會被她怨恨，但他決定等那個時刻到來再去煩惱。畢竟他本來就既自私又任性。

「雖然我遇到過和妳長得一模一樣的、另一個世界的妳，但果然不是妳的話，就沒有任何意義。」

沒錯，只要能得到唯一的那個人，別的他都不需要。

路卡斯望著面前臉頰泛紅的女孩。只要與她對視，心中就會出現一股奇異地滿足感。這種感覺與世人所說的「幸福」十分相似。當然，路卡斯自己並不知道。

不過，或許不久後他就會意識到這件事，而那一天似乎會比想像中更快到來。

——〈外傳Ⅲ〉完

——《某天成為公主》全系列完

SU005
某天成為公主 V（完）
어느 날 공주가 되어버렸다

作　　　者	Plutus
譯　　　者	朱紹慈
封 面 設 計	CC
封 面 繪 者	SONNET
責 任 編 輯	任芸慧
校　　　對	葛怡伶

發　　　行	深空出版
出 版 者	星巡文化有限公司
地　　　址	臺北市中正區重慶南路一段57號3樓之5
法 律 顧 問	泓準法律事務所 孫瀅晴律師
電　　　話	(02)7709-6893
傳　　　真	(02)7736-2136
電 子 信 箱	service@starwatcher.com.tw
官 網 網 址	www.starwatcher.com.tw
初 版 日 期	2025年09月

總 經 銷	聯合發行股份有限公司
地　　　址	新北市新店區寶橋路235巷6弄6號2樓
電　　　話	(02)2917-8022

어느 날 공주가 되어버렸다
Copyright ⓒ 2017 by Plutus
Complex Chinese Translation Copyright ⓒ 2025 by STARWATCHER PUBLISHING Ltd.
This translation is published by arrangement with KWBOOKS through
SilkRoad Agency, Seoul, Korea.
All rights reserved.

國家圖書館出版品預行編目(CIP)資料

某天成為公主 / Plutus 著. -- 初版. -- 臺北市：
星巡文化有限公司出版：深空出版發行, 2025.09
　冊；　公分
ISBN 978-626-74126-2-6(第 5 冊：平裝). --
862.57　　　　　　　　　　　114005728

◎凡本著作任何圖片、文字及其他內容，未經本公司同意授權者，均不得擅自重製、仿製或以其他方法加以侵害，如經查獲，必定追究到底，絕不寬貸。
◎版權所有・翻印必究◎
◎本書如有破損、缺頁、裝訂錯誤請寄回更換